灯台
湖の道
ラッキーたちの野営地
洞《どう》くつの入り口
洞《どう》くつの出口
果てしない湖
ニンゲンの町
遊園地
川
街へ

サバイバーズ
SURVIVORS

アルファの乱

エリン・ハンター
井上 里 訳

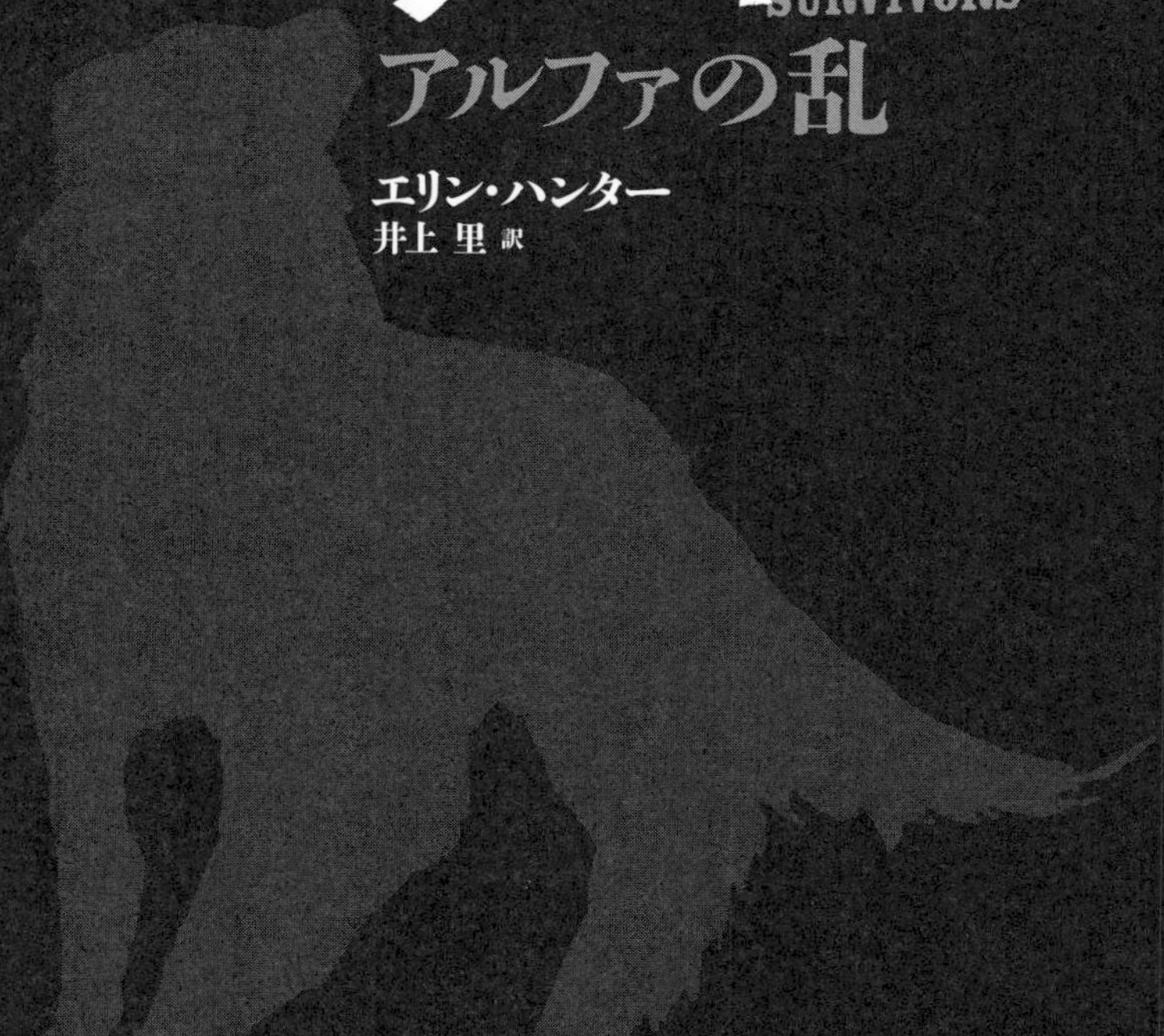

小峰書店

SURVIVORS 6
STORM OF DOGS
by Erin Hunter

Series created by Working Partners Limited

サバイバーズ　アルファの乱

目次

プロローグ……11
1 雪のにおい……16
2 ニンゲンたち……29
3 ベータの決意……43
4 スパイの正体……54
5 血の味……71
6 穴の底……87
7 ブレードのたくらみ……95
8 警告……110
9 〈湖の犬〉の怒《いか》り……126
10 ミッキーの決意……135
11 ブレードの予言……146
12 夢の話……158

13 卑怯者《ひきょうもの》……173
14 新しい作戦……181
15 仲間を探して……196
16 犬たちの決断……214
17 ふたつの未来……229
18 挑戦《ちょうせん》……244
19 アロウの話……251
20 それぞれの使命……267
21 アルファの乱……287
22 対決のとき……308
23 めぐる季節……322
訳者あとがき……336

サバイバーズ おもな登場キャスト

ラッキー（ヤップ）

シェットランド・シープドッグとレトリバーのミックスで、金色と白の毛並みをもつ。狩《か》りが得意。元〈孤独の犬〉

〈野生の犬〉 オス

ベラ（スクイーク）

ラッキーのきょうだいだが、ニンゲンに育てられた。仲間おもいで、勇敢《ゆうかん》。元〈囚われの犬〉

〈野生の犬〉 メス

ミッキー

白黒まだらの牧羊犬（ボーダー・コリー）。群れをまとめること、狩《か》りをすることに長《た》けている。元〈囚われの犬〉

〈野生の犬〉 オス

デイジー

父犬はウェスト・ハイランド・ホワイト・テリア。母犬はジャック・ラッセル。短い足と毛むくじゃらの顔が特徴《とくちょう》。元〈囚われの犬〉

〈野生の犬〉 メス

マーサ

黒くやわらかな毛並みの大型犬。ニューファンドランド。おだやかな気性で、いつも仲間を気にかけている。泳ぎが得意。元〈囚われの犬〉

〈野生の犬〉 メス

サンシャイン（オメガ）

白く毛足の長い小型犬。マルチーズ。陽気な性格のいっぽう、臆病《おくびょう》な一面も。元〈囚われの犬〉

〈野生の犬〉 メス

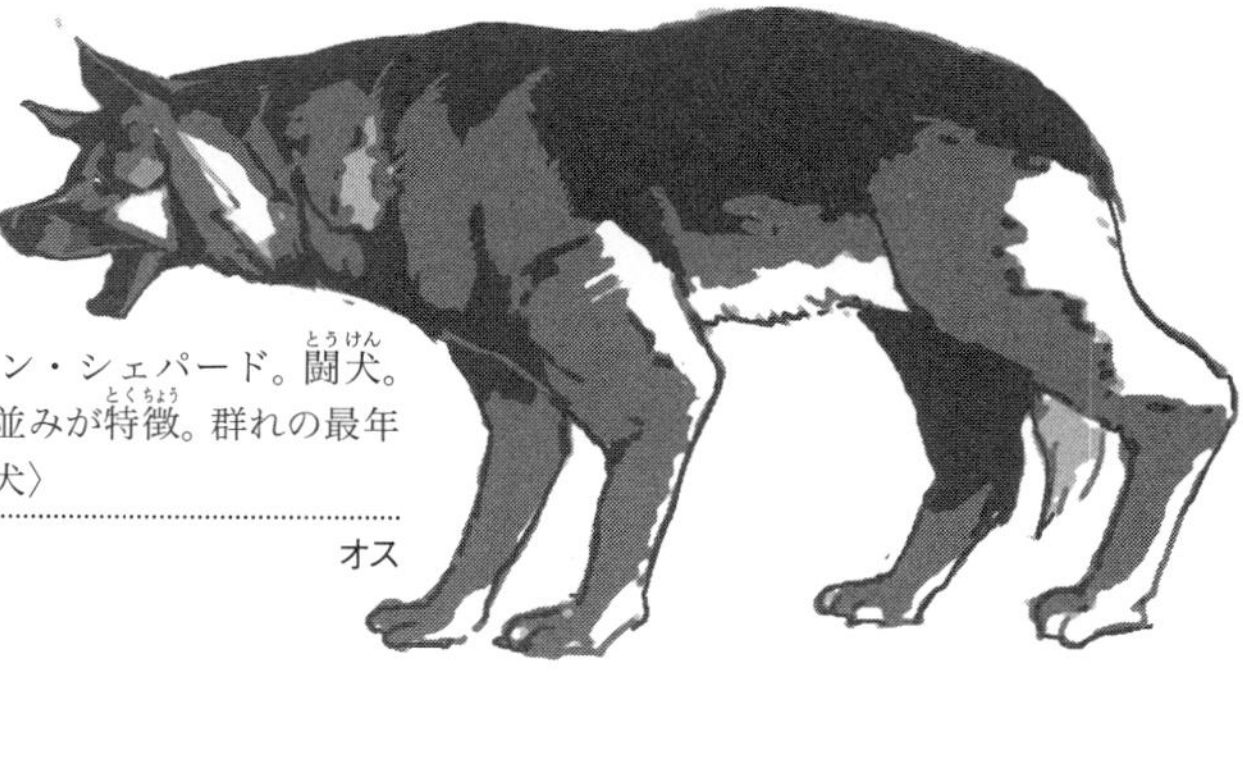

ブルーノ

母犬はジャーマン・シェパード。闘犬《とうけん》。長い鼻と硬《かた》い毛並みが特徴《とくちょう》。群れの最年長。元〈囚われの犬〉

〈野生の犬〉 オス

元アルファ

オオカミの血を引く大型犬。その姿は優《ゆう》雅《が》であると同時に力強い。規則を重んじ、野生の群れを厳しく統制していた。

オス

スイート

短くなめらかな毛並みでほっそりとした体つき。足が速く、身のこなしが軽い。群れで生きることを大切と考えている。

〈野生の犬〉 メス

ホワイン（元オメガ）

ずんぐりとした体《たい》躯《く》に、しわくちゃの顔と小さな耳が特徴《とくちょう》。

〈野生の犬〉 オス

フィアリー

がっしりとした首と力強いあごをもつ黒い大型犬。ムーンの子犬たちの父親でもある。ニンゲンに捕《と》らえられ、のちに死亡。

〈野生の犬〉　オス

ムーン

白黒まだらの牧羊犬。三匹《びき》の子犬の母親（一匹《ぴき》は死別）。敵の足跡《あしあと》をたどること、においをかぎつけることに長《た》けている。

〈野生の犬〉　メス

ストーム（リック）

フィアースドッグの子犬。しなやかな筋肉とがっしりしたあご、鋭《するど》い牙《きば》をもつ。

〈野生の犬〉　メス

〈野生の犬〉

スナップ　メス

褐色《かっしょく》と白の小さな猟犬《りょうけん》。

スプリング　メス

長い耳をした黒と褐色《かっしょく》の犬。

ダート　メス

茶色と白の小柄なやせた猟犬《りょうけん》。

装画／平沢下戸
装幀／城所潤・大谷浩介（JUN KIDOKORO DESIGN）

プロローグ

ラッキーは、はっと目をさまし、はじかれたように立ちあがった。いやな予感で背中がぞくっとする。のどがかっと熱くなる。逃《に》げだしたい。だけど、逃《に》げだせない。行く手をふさぐ金網《かなあみ》をにらむ。

あたりにはほかの犬たちのにおいが立ちこめ、あちこちからおびえた鳴き声がきこえてくる。

ラッキーは混乱して、体をぶるっと振《ふ》った。この場所には見覚えがある……。

ホケンジョだ！

どうしてまたここに？　急いでとなりのケージをのぞき、スイートのにおいがしないかたしかめる。なつかしい、あたたかくてほっとするようなにおいがただよってきた。思わず、ほおひげが震《ふる》える。

「スイート？　なんだか変だ。いやな予感がする」

「ええ、わたしも感じるわ！　なんなの？」スイートの声にはあせりがにじんでいる。

ラッキーは、扉《とびら》の金網《かなあみ》にとびかかった。だが、扉《とびら》はびくともしない。犬たちの吠《ほ》え声はますます高まっていく。これと同じようなことが、前にもあった——逃《に》げたいのに、逃《に》げ場《ば》がない。

「スイート！」ラッキーは吠《ほ》えた。「また、あれがくる——〈大地のうなり〉だ！　わかるか？」

ケージの格子《こうし》のむこうから、スイートがそわそわ動いている音がする。「でも、あれはむかしの話よ。もう、すんだこと。また起こるなんておかしいわ」

スイートの声はおびえていたが、それでもラッキーは少し安心した。やっぱりそうだ。ぼくたちは、〈大地のうなり〉を生きのびた。怖《こわ》がる必要はない——これはただの悪い夢なんだ。

そのとき床《ゆか》が震《ふる》えはじめ、上のほうにある窓ガラスが割れる音がした。ホケンジョじゅうの犬たちが、パニックを起こして遠吠《とおぼ》えをはじめる。恐怖《きょうふ》のにおいがむっと濃《こ》くなる。

ラッキーは、騒《さわ》ぎに負けじと声をはりあげた。「スイート、そのとおりだ！　あれはもうすんだこと。また起こるなんてありえない！」だが、自分でも、声が震《ふる》えているのがわかった。

「二度目が起こったってだいじょうぶだ。ぼくたちは一度目を生きぬいたんだから——そうだ、生きぬいたんだ」

ぴしっという鋭《するど》い音が響《ひび》き、天井《てんじょう》から雪のようにほこりが降ってきた。視界が白くくもり、ラッキーは必死で目をしばたたいた。

「でも、なんだか前とようすがちがうわ」スイートが不安そうにいった。

ラッキーは息がつまり、しっぽをぎゅっとわき腹に押《お》しつけた。そのとおりだ。〈大地のうなり〉の夢なら何度もみたが、どんなときでも、きっと逃《に》げだせるという確信があった。だが、今回は――。

頭の中を整理するまもなく、足元がぐらりとゆれた。バランスを崩《くず》して、横向きに倒《たお》れこむ。金属がきしむ音やガラスが割れる音が響《ひび》き、壁や天井《てんじょう》が崩《くず》れだし、床《ゆか》がひび割れる。犬たちは必死で吠《ほ》えている。もうもうと立ちこめるほこりに目をこらすと、ケージとケージがぶつかり、中にいる犬たちが倒《たお》れるのがみえた。なんとか立ちあがったラッキーは、ぞっとして目をみひらいた。自分のケージが下のケージから、いまにも落ちそうになっている。

「ラッキー！　助けて！」スイートが、金網《かなあみ》を引っかきながら叫《さけ》んだ。

ラッキーはとっさに格子《こうし》にとびつき、すきまから前足をつきだした。「いまいく！」だが、そう叫《さけ》ぶあいだも、いやな予感はしずまらない。ほんとうなら、いまごろホケンジョの壁の一部がスイートのケージにぶつかり、衝撃《しょうげき》で扉《とびら》を開けてくれているはずだ。そして、飛んできた破片が、ラッキーのケージの金網《かなあみ》をやぶいてくれる。この前は、そうやって逃《に》げだせた。だが今回は……。

ゆれはますます強くなり、騒音《そうおん》と吠《ほ》え声で耳が痛い。ラッキーのケージは、がくんとゆれたかと思うと、床《ゆか》に向かってまっさかさまに落ちていった。さかさになったケージがかたい石の床《ゆか》に落ちて、ガシャン！　と音を立てる。背中に焼けつくような痛みが走り、ラッキーは悲鳴をあげた。これは夢じゃないのか？　夢なら痛みなんか感じないはずなのに！　もしかして、これは現実なのか？

ラッキーは顔をしかめながら立ちあがり、逃《に》げだすチャンスをうかがった。天井《てんじょう》が崩《くず》れ、壊《こわ》れたケージにがれきが降っている。ラッキーは足を引きずって金網《かなあみ》に近づき、前足をかけた。ところが、扉《とびら》はがっちりと閉まったままだ。

ほこりとがれきの中に目をこらしていると、スイートの姿がみえた。夢中で金網《かなあみ》を引っかいている。すぐそばにいるのに、金網《かなあみ》とがれきにはばまれて、そばへいくことができない。スイートは黒い目でラッキーをみると、天井《てんじょう》をあおいで遠吠《とおぼ》えをした。「こんなのおかしいわ！前は逃《に》げだせたのに！　逃《に》げだせるはずなのに！」

「そうだ、あきらめるな！」ラッキーは吠《ほ》えた。「絶対にだいじょうぶだ！」ラッキーは金網《かなあみ》に体当たりをすると、全力で押《お》しはじめた。しばらくすると、金網《かなあみ》が動く手ごたえがした。

やった！　声に出さずにつぶやく――〈天空の犬〉よ、感謝します。

そのとき、天井《てんじょう》が大きく崩《くず》れ、ラッキーは思わず身をちぢめた。壁が激しくゆれている――ケージが、風になぶられる木の葉のように震《ふる》えている。ガラスの割れる音が響《ひび》きわたり、その瞬間《しゅんかん》、ラッキーの世界は粉々に砕《くだ》けた。

1 雪のにおい

はっと目が覚めた。あわれっぽい鳴き声がもれる。息を荒《あら》げながら、両耳を立てる。ケージがぶつかり合う音も、ホケンジョの遠吠《とおぼ》えも、きこえない。

夢だったんだ……助かった！

ラッキーは大きく深呼吸をした。ほっとして体から力がぬける。静かな夜だ。空気はひんやりしている。寝床《ねどこ》の茂《しげ》みから外をのぞくと、冷たい夜風が、まばらに生《は》えた木々の枯《か》れ枝《えだ》をゆらしていた。少し先には崖《がけ》のふちがある。崖《がけ》の上にあるこの野営地は、草におおわれ、浅いくぼ地になっている。だいじな仲間だったフィアリーを救いにいき、そして、失敗して帰ってきたとき、ラッキーたちは、崖《がけ》のふちの近くで群れと合流した。スイートは、この野営地が危険だということをわかっていた上で、それでもここにとどまると決めた——群れの犬たちは疲《つか》れていた。安全ななわばりを探すだけの気力は残っていなかったのだ。

ラッキーはスイートのほうをみた。いまやスイートは群れのアルファで、ラッキーの連れ合いだ。スウィフトドッグのスイートは、ラッキーにくっついて丸くなっていた。心地いいぬくもりが伝わってくる。寝息に合わせて、胸が上下していた。クリーム色の毛におおわれた鼻づらは、ぐっすり眠《ねむ》りこんでいる証拠《しょうこ》に、ときおりぴくっと動いた。気持ちよさそうに軽くいびきをかいている。ラッキーは、愛《いと》しさがこみあげてきて、ほおひげがぴくぴく動いた。起こさないように注意しながら、クリーム色の鼻を軽くなめる。スイートはかすかに鼻を鳴らしただけで、目は覚まさなかった。

立ちあがって伸びをしながら、ラッキーは自分たちの寝床《ねどこ》をみまわした。茂《しげ》みとツタでできたほら穴のような場所だ。なわばりの中では一番居心地のいいところで、以前は、元アルファのオオカミ犬がひとり占《じ》めしていた。オオカミ犬のことを思いだすと気分が悪くなる。裏切り者め！　あいつは卑怯者《ひきょうもの》だ。ブレードが率いるフィアースドッグの群れに寝返った。

巣穴の外に出ると、足の下で、こおった草がざくざく音を立てた。木々や、くぼんだ地形に守られて、〈果てしない湖〉から吹《ふ》いてくる風はそれほど強くない。それでも、湖をわたってくる風は冷たく、ラッキーは身ぶるいした。空は、黒く厚い毛皮におおわれたように暗く、かがやく星は用心深い獣《けもの》の目のようだ。ラッキーは、眠《ねむ》っている仲間たちをよけながら歩いていった。群れの犬たちはみんな、茂《しげ》みの下を寝床《ねどこ》にしている。群れの中には、崖《がけ》の上のなわばりを離《はな》れたがった犬もいた。ニンゲンたちが捨てていった町に近すぎるからだ。町はいま、フィアースドッグたちのなわばりになっている。それでも、スイートの決意はかたかった——獲物《えもの》が少ないなら、森まで狩《か》りをしにいけばいい。でも、群れのなわばりはここよ。これ以上旅を続けたら、みんな、疲《つか》れきってしまう。わたしたちに必要なのは、落ちつける場所。家と呼べる場所。

新しいアルファにさからう犬はいなかった。

ラッキーも、とどまることには賛成だった……だが、その理由はスイートとはちがう。

仲間のあいだをぬうように歩くうちに、ストームに目がとまった。眠《ねむ》っているが、肩《かた》に力が入っている。ふいに、くちびるがめくれ、長く白い牙《きば》がぎらりと光った。筋肉がこわばっているのが、毛の上からでもはっきりとわかる——眠《ねむ》っているときでさえ、ストームはどう猛《もう》にみえた。ラッキーは足を止め、耳をぴくぴくさせながら考えこんだ。いったいどんな夢をみているんだろう。〈大地のうなり〉の夢なわけはない——あれが起こったとき、ストームはまだ生まれてもいなかった。

低い声でうなりはじめたストームをみていると、体がそわそわしてくる。もしかして、きょうだいのファングと戦ったときのことを思いだしているんだろうか。あの戦いがあってから、〈月の犬〉がふたたび満ちるくらいの長いときが流れていた。ストームの痛々しく黒ずんだ傷も、ほとんど治っている。ブレードは、〈怒《いか》りの試練〉を二匹《ひき》に課し、ストームかファングのどちらかが死ぬまで戦え、といいわたした。だが、二匹《ひき》はどちらも、あの試練を生きのびた――ストームは、ファングからどれだけ激しく攻撃《こうげき》されても、決して反撃《はんげき》しなかった。自制心があることをりっぱに証明してみせた。ストームがどんなにがまんづよかったかを思いだすと、誇《ほこ》らしくて胸がいっぱいになる。

そのときストームが、びくっと体をけいれんさせたかと思うと、はじかれたように立ちあがった。らんらんとかがやく目を、暗闇《くらやみ》のあちこちに向ける。敵がひそんでいるとでも思っているかのようだ。ラッキーに気づくと、すわってしっぽを小さく振《ふ》った。

ラッキーは子犬に近づき、鼻をふれあわせた。「気分はどうだい？」

ストームは、ケガをしたほうの前足を曲げたり伸ばしたりした。「すごく元気。ほらみて！こっちの足で立ってもいたくないの！」そういうと、軽い足取りでラッキーのまわりをまわってみせた。

ラッキーはストームの顔をのぞきこんだ。鼻のまわりのひっかき傷はずいぶんよくなっている。それでも、小さく欠けた左耳だけは、ずっとこのままだろう。ラッキーは、そばで眠《ねむ》っている仲間たちをちらっとみた。「ちょっと散歩でもしよう」

子犬はうなずいた。二匹《ひき》は池の手前の木立《こだち》まで歩いていった。「〈太陽の犬〉より早起きするなんて、どうしたの？」

ラッキーはため息をついた。さっきみた悪夢のことを話しても、怖《こわ》がらせるだけだろう。「〈氷の風〉の季節になると、〈太陽の犬〉は、ねぼうするようになるんだ。でも、ぼくたち犬に、そんなぜいたくは許されない」ふと横を向いて、空気のにおいをかぐ――いま、たしかに雪のにおいがしたような気がする。

「ねぼうなんてしてたら、敵に攻撃《こうげき》されちゃうもんね」ストームはうなずいた。ふと足を止め、黒い毛におおわれた首をかしげる。「でも、獲物《えもの》もねぼうしてるんじゃない？　いまって狩《か》りのチャンスかも！」

ラッキーは、子犬に調子を合わせてしっぽを振《ふ》った。「いい考えだ！」じつは、巣穴の外に出てきたのは、そうしなくてはと思ったからだった。木陰《こかげ》や、崖《がけ》のはしのようすをたしかめたかった。パトロール犬たちは昼も夜もなわばりに目を光らせているし、ストームとファングの戦いがあってから、このあたりで敵をみかけることは一度もなかった。それでも、ラッキーにはわかっていた。自分たち〈野生の犬〉は決して気をぬいてはいけない。ブレードたちが生きているかぎり、この群れはつねに危険なのだ。

〈太陽の犬〉が、水平線の上で伸びをはじめるころ、ストームがはずむ足取りでもどってきた。くわえているのは、丸々と太った大きな鳥だ。薄茶色《うすちゃいろ》の羽根は、先のほうだけがあわい灰色になっている。ラッキーもおなじ鳥を一羽つかまえていた。鳥の首は長くて黒い。顔も黒いが、くちばしの下のところにだけ、真っ白な羽毛が生《は》えている。何日か前から、この鳥が大きな群れをなして空の高いところを飛び、〈果てしない湖〉をわたっていくのを何度もみた。鳥たちはいつも、それぞれのアルファのあとを追って、おなじ方角から飛んでくる。

どうやって行き先がわかるんだろう。鳥の群れをみるたびに、ラッキーはふしぎに思った。鳥には、犬がみつけられないものをかぎつける能力があるんだろうか。たとえば、もっとあたたかい寝床《ねどこ》なんかを。鳥たちはひょっとして、〈太陽の犬〉が決して眠《ねむ》らない、永遠に明るい場所を知っているんだろうか。

崖《がけ》のそばの岩場にも、鳥が何羽かとまっている。ラッキーとストームが獲物《えもの》を仕留められたのは、鳥がときおり地面に降りてくるからだった。鳥たちは、大空を飛んでいるときは優雅《ゆうが》ですばやいが、地面におりてきたとたん、不器用なよちよち歩きになった。

ラッキーとストームは、獲物《えもの》をくわえて野営地にもどった。群れの仲間たちも起きていて、夜明けのあわい光の中で伸びをしている。夜のあいだも見張り番をしていたデイジーだけは、パトロール犬用の寝床《ねどこ》でうたたねをしていた。デイジーはふと目を覚まし、ラッキーとストームの姿に気づくと、ほかの犬たちといっしょに歓声《かんせい》をあげた。

ビートルが、舌を出してはしゃぎながら、ラッキーたちのまわりをはねまわった。きょうだいのソーンも駆《か》けよってくると、獲物《えもの》の鳥に鼻を寄せ、いぶかしそうな顔でにおいをかいだ。

「これなあに？」伸ばした前足で獲物《えもの》をつつく。「長い首！　変なの！」

ビートルが、目を丸くして、ぴたりと足を止めた。「こんな変な鳥をつかまえられるなんて、ラッキーってすごいよ！」感心した顔で叫《さけ》ぶ。「やっぱり、〈精霊《せいれい》たち〉が味方してくれてるんだ！」

ラッキーにも、これがなんの鳥なのかわからなかった。鳥をみて首をかしげていると、ムーンがそばにきた。「これは雁《がん》だわ」黒い耳をちょっとひねっていう。

奇妙《きみょう》な鳥の正体があっけなくわかってしまっても、ビートルはがっかりしたようすもみせずに、元気よく吠《ほ》えた。「ラッキーのお父さんって、〈精霊《せいれい》たち〉なのかな？」

寝床《ねどこ》から出てきたスイートが、ラッキーをみて愉快《ゆかい》そうに首をかしげる。

スイート、おもしろがってるんだ――ビートルがぼくを英雄《えいゆう》だって思いこんでるから。

「ちがうよ」ラッキーは、きまりが悪くなって、急いでいった。「ぼくの父さんは〈精霊《せいれい》たち〉なんかじゃない」

ラッキーは、あらためてビートルをみた。きょうだいのソーンより、少しだけ小さい。母親のムーンに似《に》て、体は黒と白のまだらもようだが、鼻づらは太く、体つきはがっしりしている。ビートルは、日ましにフィアリーに似《に》てきていた。そして、たぶん、いなくなった父親のかわりを求めていた。

食事の時間になると、群れの犬たちは、アルファのスイートから順番に獲物《えもの》の鳥を食べた。それがすむと、みんなでストームに戦いの訓練をしてもらうために集まった。小さなフィアースドッグは、群れが一心にみまもるなか、どんなふうに敵をかわして攻撃《こうげき》をふせぐのか実演してみせた。

「だいじなのはスピード」ストームはいった。「敵に気づかれずに近づかなきゃ。すきをついて地面に押《お》したおして、のどもとにかみつくの」

ラッキーはまわりの犬たちをみまわして、不安な気持ちでみんなの反応をうかがった。ミッキーとスナップは、すばやく前にとびだすストームを熱心にみて、いっしょうけんめいまねをしている。ブルーノは敵役を引きうけ、短いうなり声とともに前足をつきだしている。ベラとマーサはかわるがわる、ブルーノの攻撃《こうげき》をかわす練習をしていた。訓練となると、いつも真っ先に不平をこぼすホワインでさえ、今日はめずらしくまじめに見学している。ラッキーは、ほっとした。地位の低いストームから指図されても、気を悪くした犬はいないみたいだ。

オオカミ犬がアルファだったときにくらべると、群れの決まりごとはぐっと少なくなり、それは、たしかにみんなのためになっていた。ストームには能力がある。それを共有しないなんてもったいない。こんなときに地位を気にするなんて意味がない。みんなで力を合わせる……それこそが群れなのだ。

「デイジー、実演の相手を頼《たの》んでもいい？」ストームがたずねた。「絶対、痛いことなんてしないから」

白いテリアは、うれしそうにきゃんと吠《ほ》えると、姿勢を正して待ちかまえた。ストームが牙《きば》をむきだしてとびかかると、デイジーはすばやく反撃《はんげき》しようとした。ストームは直前でさっと身をかがめ、デイジーの首を下からくわえて引きたおすと、前足で押《お》さえつけた。少しのあいだ、デイジーはそのまま地面に組みしかれていた。ストームがうしろへ下がると、デイジーは寝返りを打って起きあがった。

ストームは、感謝をこめてテリア犬を軽くなめ、群れの犬に向きなおった。「じゃあ、今度はみんなの番」

「あたし、そんなのむり」ソーンが泣き言をいう。「あたしの口、ストームみたいに大きくないもん。おとなになったって、相手の首にかみつくなんてできっこない」

ストームはすぐにいいかえした。「ちっちゃくたってできるわよ。だいじなのは体の大きさじゃなくて、自信なの。首をしっかりくわえられなくたってかまわない。敵は――どんな敵だって――、のどに牙《きば》を立てられたら怖《こわ》くなるんだから」

ラッキーは、感心してうなずきながら、ストームはいったいどこでそんなことを学んだんだろう、とふしぎになった。敵の下にもぐりこんでのどにかみつく、という戦法だってそうだ。あの子を育てたのは〈野生の犬〉で、フィアースドッグじゃない。この群れに、あんな攻撃《こうげき》の仕方を教えられる犬はいなかった。

そうだ、あの子は生まれつき、ああいう攻撃《こうげき》の仕方を知ってるんだ。

ラッキーは、ここに裏切り者のオオカミ犬がいなくてよかった、と思った。元アルファは、ストームのことをずっと疑いつづけていた。あのころのことを思いだすだけで、気持ちがしぼんでしっぽが垂れる。そのとき、ビートルがソーンと向かいあって身がまえた。ビートルは黒い鼻を震《ふる》わせて、一歩後ずさった。ソーンにかみつかれるのが怖《こわ》いみたいだ。小さな子犬たちに、この訓練はきびしすぎるのだろうか。

ソーンは、ストームがしていたように、牙《きば》をむきだしてとびかかった。きょうだいののどもとをくわえると、勝ちほこってきゅうきゅう鳴いた。ところがビートルも、負けじと体をゆすって、ソーンを振《ふ》りほどいた。ソーンが横向きに倒《たお》れこむと、ビートルは両方の前足で、きょうだいのわき腹を押《お》さえこんだ。

ビートルは、きまり悪そうな顔で、ちらっとストームをみた。「ごめん……これじゃ教わったこととちがうよな。だけど……」前足をはなして、うなだれる。ソーンも立ちあがりながら、すまなそうにひと声鳴いた。

ラッキーは、居心地が悪くなった。ムーンの子どもたちはストームとほとんど年が変わらない。それなのに、ストームの前であんなにおどおどしている。ストームにはもしかして……生まれつき、相手を怖《こわ》がらせてしまうようなところがあるのだろうか。

幼いフィアースドッグは、じゃれつくようにソーンをちょっと押《お》した。「だいじょうぶ、いまは訓練だもん——ちゃんとできるようになるには練習が必要なの」そういってビートルに向きなおる。「とっさに動けるのってすごいんだから、あやまったりしないで——そういうのって、ほんとの戦いのときに役に立つの」

ラッキーの不安は、たちまち消えさった。ほっとして、自然にしっぽがゆれる。ストームは、アルファが決めつけていたみたいな、乱暴な犬じゃない。がまんづよいし、思いやりがある。ふつうのフィアースドッグとはちがう。

ラッキーは誇《ほこ》らしさでいっぱいになった。群れに背を向け、木立《こだち》の中を歩きはじめる。ストームには、お世話係なんて必要ない。信頼《しんらい》していい。足元で、霜《しも》のおりた草がさくさく音を立てる。ラッキーは、野営地を歩いていき、〈果てしない湖〉の上に張りだした崖《がけ》のほうへ向かった。空気は塩の味がして、身を刺《さ》すように冷たい。空に立ちこめる灰色の雲をみるかぎり、天気はこれから荒《あ》れもようになるみたいだ。ラッキーは目をつぶった。このごろひんぱんにみる、吹雪《ふぶき》の夢を思いだす——〈アルファの乱〉の夢を。ふたたび目を開けたとき、木々のあいだに動物のような黒っぽい影《かげ》がみえたような気がした。

思わず息がとまる。まばたきをして、もう一度目をこらす。気のせいだろうか？　なるべく音を立てないように霜《しも》の上を歩く。不審《ふしん》なにおいはしないし、地面がかたいせいで、足跡《あしあと》も残っていない。頭を低くして、周囲を取りかこむ木々の中を慎重《しんちょう》にしらべる。知らない犬の気配はしないが、たしかにいま、あそこにだれかがいた。毛が逆立つのを感じながら、水平線を目でなぞる。

だれか、ぼくをスパイしているんだろうか？

坂道をあがっていくと、群れのみんなの声がきこえてきた。訓練は終わったらしい。にぎやかな声をきいていると、ふしぎな気分になった。こんなに落ちつかない気分なのに、それをだれにも話せないなんて。ラッキーは、最後にもういっぺんだけうしろをたしかめると、しっぽを振《ふ》りあげて野営地へもどった。

2 ニンゲンたち

池のそばを通って野営地の奥へいくころ、〈太陽の犬〉は空高く駆《か》けあがり、金色にかがやくしっぽで、まばらな木立《こだち》の上にかかる雲をはらっていた。冷たい空気がおなかにかみついてくる。ラッキーは、ふしぎになって空をみあげた。どうして、〈氷の風〉の季節のときだけ、〈太陽の犬〉は世界から遠くなるんだろう？

木立《こだち》でみかけた気がする黒い影《かげ》のことを思いだして、ラッキーは足を速めた。神経質になっているだけかもしれないが、スイートには知らせておきたい。

草地に着いてみると、驚《おどろ》いたことに、群れの犬たちが不安そうな顔で円になっていた。ラッキーに気づいたスイートが、とがめるように顔をしかめて鋭《するど》くひと声吠《ほ》える。「いったいどこにいってたの？」

ラッキーは、ごめんというかわりに小さく頭を下げ、スイートの鼻をなめた。「ちょっと散歩にいってたんだ」黒い影《かげ》をみたことを話そうとすると、スイートが先に口を開いた。

「ダートとムーンが、さっきパトロールから帰ってきて、なんだか……妙《みょう》なものをみたっていうのよ」

ムーンが前に進みでた。青い目が鋭《するど》くなっている。「〈果てしない湖〉のほとりにある町までおりていって、まわりをパトロールしてきたの」

ラッキーは、不安になってほおひげを震《ふる》わせた。「二匹《ひき》だけで？　あそこへいくなら、もっと大勢でいかなきゃ――あそこはフィアースドッグのなわばりなんだぞ」

牧羊犬のムーンは、白い鼻面をあげて肩《かた》をそびやかせた。「妙《みょう》なものっていうのは、まさにそれよ。フィアースドッグのにおいが、ちっともしなかったの」

「完全に消えちゃったみたいだった」ダートが横からいう。茶色と白のほっそりした猟犬《りょうけん》は、ムーンのとなりでそわそわと歩きまわっていた。木立《こだち》のむこうにのぞく崖《がけ》から、目をはなそうとしない。

「かわりに、べつの生き物がいたわ」ムーンが険しい顔でうなった。警戒《けいかい》して、大きな耳をうしろに倒《たお》している。ラッキーはいやな予感がしてきた。「ニンゲンよ」吐《は》きすてるようないいかただ。「やっと厄介払《やっかいばら》いできたと思ったのに」

ベラとミッキーが体を寄せあい、ほかの犬たちも不安そうに顔をみあわせた。

ムーンがスイートの顔をみる。「音をきくかぎり、大勢いるみたいだった。だから、アルファのあなたといっしょに偵察《ていさつ》したほうがいいと思って、町の中に入るのはやめておいたの」

ベラは、とまどったように首をかしげた。「いまさらニンゲンたちがもどってきたってこと？」

崖《がけ》のほうを振《ふ》りかえりながら、ラッキーは考えこんだ。ニンゲンたちはずっと姿を消していたし、あれからたくさんのことが変わった。街で暮らしていたころは、路地を歩いたり、ショクドウで食べ物をねだったり、公園で眠《ねむ》ったりした。だが、あれは大むかしのことだ。〈大地のうなり〉が起こるより前のことだ。

サンシャインが、ブルーノとマーサのあいだから顔をのぞかせ、薄汚《うすよご》れたしっぽを小さく振《ふ》った。「ニンゲン？　ニンゲンがもどってきたの？」

スイートは顔をしかめた。「一番問題なのは、どういうニンゲンか、ということ。フィアリーをつかまえたオレンジ色の服のニンゲンなら危険だわ」

ムーンが、毛を逆立ててうなった。「遠くてわからなかったけれど、もしほんとうにあいつらなら、わたしが追い出してやる」

ビートルとソーンが賛成してきゃんきゃん吠《ほ》え、みえない敵を脅《おど》すかのように、はねながらうなり声をあげてみせた。

「つかまえてやる!」ソーンが、白黒まだらの前足で地面をたたく。

ラッキーは立ちあがった。「行動を起こす前に、そのニンゲンたちがなにをしているのか探ろう。日暮れはもうすぐだ」

「今夜はどこにもいかないわ」スイートがきびしい声でいった。「〈氷の風〉の季節には、〈太陽の犬〉が空にいる時間が短いの――もう空のてっぺんにいるし、いくらもたたないうちに寝床《どこ》へ帰ってしまう。暗いなかを移動するのは気が進まない。危険だから。明るくなったら、ちゃんとしたパトロール隊を作って、ニンゲンたちがなにをたくらんでいるのか偵察《ていさつ》にいきましょう。ラッキー、あなたにもきてもらう。あとはベラ、ムーン、ミッキー、マーサ、それから……」集まった犬たちに視線を走らせる。「オメガ」そういって、サンシャインをまっすぐにみた。

長い野外生活で毛並みがくすんだマルチーズは、驚《おどろ》いて声をあげ、目を丸くした。「あたし?」

「あなたは、いろんな種類のニンゲンをみてきたでしょう。貴重な経験だわ」

サンシャインは夢中でしっぽを振《ふ》った。ラッキーは、あらためて連れ合いの顔をみた。スイートが群れを率いるようになってから、犬たちは地位よりも能力を重視されるようになった。オオカミ犬がアルファだったときは、サンシャインはいつも無視されてきた。だがこの小さな犬にとっては、だれかの役に立つことが大きなよろこびなのだ。

ラッキーは、ストームの声でわれに返った。いつのまにかスイートのそばにいる。「あたしもいく」強い口調だ。「万が一のことがあるかもしれないでしょ。あたしならちゃんと戦える」

ラッキーはぎょっとした。なにより避《さ》けたいのは、まさにその〝戦い〟なのだ。それに、もしブレードの群れが町に残っていたら、ストームを連れていくのは危険すぎる。〈怒《いか》りの試練〉でファングを倒《たお》したストームに、復讐《ふくしゅう》をしようとするかもしれない。「ストーム、きみにはここにいてほしいんだ」ラッキーは急いでいった。「じゃなきゃ、ぼくたちが町に偵察《ていさつ》へいくあいだ、だれが野営地を守る？　きみは強くて勇敢《ゆうかん》だ。だから、みんなを守ってほしい」

小さなフィアースドッグのとなりで、スイートが感謝のこもった目でラッキーをみた。ストームを町へいかせたくないのは、スイートもおなじらしい。

ストームは鼻を鳴らした。なわばりに残るのは気が進まなくても、ラッキーに留守を頼《たの》まれて悪い気はしないようだった。「わかった。あたしが野営地を守っとく」

つぎの日夜が明けると、スイート率いるパトロール隊は、ごつごつした崖《がけ》の道を通って〈果てしない湖〉へ向かった。崖《がけ》のふちから下をのぞくと、はるか下の砂浜に波が打ちよせ、白いしぶきをあげている。どこまでも広がる湖をみると、いまでも気分が落ちつかなかった。それでも、最初のころよりはましだ。浜辺へと続く険しい岩の道を苦労してたどりながら、ふとラッキーは、塩のにおいがうすくなっていることに気づいた。

道がせまくなってくると、ラッキーはスイートのうしろに下がった。うしろを振《ふ》りかえると、ミッキーとベラ、ムーンとマーサが、慎重《しんちょう》についてくる。四匹《ひき》は、なかなか岩をこえられないサンシャインに力をかしていた。

崖《がけ》を下っていくと、小川にたどりついた。ラッキーは水を飲もうとして、ふとためらった。なんだかようすがおかしい。一歩近づくと、足元の霜柱《しもばしら》がさくさく音を立てる。前足をそっと水にひたしてみた。痛いくらい冷たい。氷というより、半分は凍《こお》ってみぞれのようになっている。よくみると、みぞれのような部分も少しずつ固い氷に変わりつつある。まるで……ラッキーは、不吉な考えが頭に浮《う》かんで、思わず身をすくめた。

……まるで、死んだ犬の体みたいだ。

街の水たまりが凍《こお》るのをみたことはあるが、力強く走りつづける〈川の犬〉も凍《こお》ったりするものなのだろうか。もしかして、具合が悪いんだろうか。ラッキーは、小川のあちこちにすばやく視線を走らせた。凍《こお》りかけた川面はきらきらかがやき、さざ波ひとつ立っていない。〈川の犬〉は、さぞ寒いにちがいない。〈太陽の犬〉のように、水平線のむこうへ逃《に》げてしまうこともできない。ラッキーは、しっぽをわき腹に押《お》しつけて、きゅうきゅう鳴いた。気の毒な〈川の犬〉のことはひとまず頭から追いやって、スイートのあとを追う。一行は最後の岩場を下りきり、〈果てしない湖〉の岸辺におりたった。慎重《しんちょう》に、町のそばへ近づいていく。

スイートがラッキーを振《ふ》りかえった。「フィアースドッグのにおいがほとんどしないわ」

そのとおりだった──敵のにおいは、ほとんど消えかけている。ニンゲンの建物の中に作ったなわばりを捨てていったのだろうか。だとしたら、どこへいったのだろう？

町が近づいてくると、ニンゲンたちのどなり声がきこえてきた。そのなかに、なつかしい低いうなり声がまじっている。ジドウシャだ！　ムーンが心細そうに鳴き、しっぽを足のあいだにはさんだ。

スイートが足を止め、パトロール隊に向かって声をあげた。「ニンゲンが大勢いるみたいだわ。いったいなにをたくらんでいるのか、ここに留まるつもりなのか、たしかめたいの。だから、もっとそばにいかなくちゃ。わたしについてきてちょうだい。くれぐれも慎重《しんちょう》にね。一列に並んで、壁から離《はな》れないように。そうすれば、そう簡単にはみつからないから」スイートはそういうと、建物の壁沿いを忍《しの》び足で歩きはじめた。少しあいだを置いて、ラッキーもあとに続く。肩《かた》ごしにうしろをたしかめると、きょうだいのベラが、壁際に体を押《お》しつけるようにしてついてきていた。ラッキーに軽くうなずいてみせたベラの目は、興奮でかがやいていた。

ニンゲンとジドウシャの吠《ほ》え声が、どんどん近くなってくる。

通りのはしまでくると、スイートは地面にすわりこみ、首を伸ばして角のむこうをのぞいた。群れのアルファが不安そうにしっぽを垂れたのをみると、ラッキーはとっさにそばへ駆《か》けより、いったいなにがみえたんだろうと首を伸ばした。

むこうの光景が目にとびこんできたとたん、ラッキーはぎょっとした。数えきれないくらいたくさんのニンゲンが行き交い、にぎやかに話している。服はオレンジではなくベージュ色で、頭には、つるつるしたかたい帽子《ぼうし》をかぶっている。いたるところ、砂とがれきまみれだ。数人のニンゲンが、がれきをはき集めている。べつのふたりは、大きな黄色いジドウシャの中にいた。ジドウシャには、びっくりするくらい大きな、横長の歯がついている。ジドウシャはうなりながら動きだすと、その大きな歯で地面を引っかき、がれきをひと山すくい上げた。

スイートとラッキーは後ずさった。振《ふ》りかえると、ほかの犬たちは不安そうなようすで小さな屋根の下に隠《かく》れている。スイートは屋根の下へいき、いまみたばかりの光景をみんなに報告した。

ムーンは考えこむような顔になった。「フィアリーを殺したニンゲンとはちがうみたいね。それに、フィアースドッグたちは、ほんとにいなくなったみたい」

ベラが口のまわりをなめながらいった。「役に立ちそうなものがないか、ちょっと探してみない？　ニンゲンたちがいるところには、かならず食べ物があるんだから」

ムーンが顔をしかめる。「ニンゲンがいるんだから危険だわ」

「そう決めつけなくたっていいじゃないか！」ミッキーは、むっとしたように肩《かた》を怒《いか》らせて吠《ほ》えた。ラッキーは、おなかがちくちくしてきた。この感覚は久しぶりだ。ミッキーは、〈大地のうなり〉があってから、ずいぶん成長した。以前は、〈囚《とら》われの犬〉のだれよりも、いつかニンゲンはもどってくるという希望を強く持っていた。いまさらむかしの生活が恋《こい》しくなっているのだとしたら、これまでの旅はいったいなんだったのだろう？

ところが、興奮して吠《ほ》えながら駆《か》けだしたのは、サンシャインだった。「あたし、あいさつしてくる！」

ラッキーは引きとめようと前にとびだしたが、ミッキーのほうがすばやかった。マーサも力をかそうと駆《か》けより、水かきのあるがっしりした前足で、はしゃぐマルチーズの行く手をふせいだ。「まだだめよ」低く落ちついた声で、群れのオメガをいさめる。「いいニンゲンかどうか、わからないでしょう？」

サンシャインはきまり悪そうな顔になり、おずおずとあやまった。「ごめんなさい。そうよね……あたし、どうかしてたみたい」

「もう遅《おそ》いわよ！」ベラが、あせった顔でサンシャインをみながら吠《ほ》えた。「気づかれたわ！」

ふたりのニンゲンが騒《さわ》ぎをききつけ、こっちを指さしている。片方のニンゲンが、おそるおそる近づいてきた。

ラッキーはスイートをみた。「どうする？　危険な感じはしないけど……」

スイートは毛を逆立てた。「実際はどうかわからないし、優秀《ゆうしゅう》な戦士を危険にさらすつもりはないわ。野営地に引きかえすわよ！」

犬たちは命令に従い、すぐに走りはじめた。先頭のスイートは軽々と走って町を出ると、かたい道路の上を駆《か》けぬけ、波の打ちよせる砂浜にとびだした。ラッキーは群れのうしろに下がり、サンシャインがニンゲンたちのもとへ走っていくようなそぶりをみせたら、すぐにでも止めようと身がまえていた。だが、オメガにそのつもりはないようだ。ベラのとなりにぴたりとつき、毛のもつれたしっぽをぴんと伸ばして、短い足で必死に走りつづけている。ほかの犬たちと同じように、うしろを振《ふ》りかえることはしなかった。

崖《がけ》をのぼっていき、ようやく岩場とイバラの茂《しげ》みの陰《かげ》に隠《かく》れると、ようやくスイートは立ちどまった。ほかの犬たちもアルファのまわりで足を止める。サンシャインは倒《たお》れこむように腹ばいになり、はあはあ荒《あら》い息をついた。小さなマルチーズは長い距離《きょり》を走るのがにがてなのだ。

ミッキーは、怒《おこ》った顔でサンシャインを振《ふ》りかえった。「なにを考えてたんだ？　あんな軽はずみなまねをするなんて！　わたしたち全員を危険にさらしたんだぞ」

サンシャインはため息をつき、地面に頭がつくくらいうなだれた。「ほんとにごめんなさい。自分でもどうしようもなかったの。ニンゲンがいるんだってわかった瞬間《しゅんかん》、そばにいかなきゃって思っちゃう。あたし、ニンゲンに育てられたんだもん。本能みたいに吸いよせられちゃうの。でも、もう落ちついたから、だいじょうぶ」

ミッキーはうなずき、口調をやわらげた。「気持ちはわかるよ」

だが、スイートはあいかわらず険しい表情だ。ラッキーは、オメガに近づくアルファをみて、不安になってきた。オオカミ犬のように容赦《ようしゃ》ない仕打ちはしてほしくない。だが、群れを率いるプレッシャーが、その性格を変えてしまったとしてもおかしくない。

「もっと自制心を持ってちょうだい」スイートは、厳しい声でサンシャインを叱《しか》りつけた。

「わたしたちは、助け合わなくちゃいけないの」それだけいうと、くるりとなわばりのほうを向き、崖《がけ》をのぼる道をたどりはじめた。ミッキーとムーンが、さっそくあとに続く。

サンシャインは立ちあがり、神妙《しんみょう》なおももちでうつむいたまま、三匹《びき》のあとを追いはじめた。

ラッキーはほっと息をついた。スイートはなにも変わっていない。新しいアルファの公平な感覚を、ラッキーはもっと信じるべきだったのだ。連れ合いに対する愛情で胸がいっぱいになる。

犬たちは、崖《がけ》の小道をたどりつづけた。ラッキーはうしろに下がり、後れを取りはじめていたサンシャインのそばにいった。ベラも立ちどまり、二匹《ひき》と並んで歩きはじめる。

サンシャインははっと顔をあげ、ラッキーとベラをみた。「なにがいいたいか、わかってる」悲しげな声でいう。「あそこに、あたしのニンゲンがいるかもって期待したわけじゃないの。でも……〈大地のうなり〉を生きのびたニンゲンがいて、しかももどってこられたなんて、すごくうれしかったの。オレンジ色の服のニンゲンたちがいじわるだってことはわかってるけど、だからって全部のニンゲンをきらいにはなれない。あたしのニンゲンは、いつだってあたしに優《やさ》しかったし」

ラッキーは、思いやりをこめてマルチーズの頭をなめた。「ぼくは怒《おこ》ってなんかないよ。サンシャインがあやまるときは、口先なんかじゃなくて本心だ。大事なのはそこなんだから」

ベラをみると、首をちょっとかたむけて合図をしていた。二匹《ひき》は群れから離《はな》れ、ほかの犬たちに話をきかれないように岩場の陰《かげ》に入った。

ベラが、金色の毛におおわれた首をかしげてたずねた。「全部、順調？」

「まあね……ただ、考えてたんだ。〈大地のうなり〉が起こる前の日常がもどってくるなら――大勢のニンゲンがもどってきて、新しく町を作るなら――また、ニンゲンたちと暮らしたいかい？」

ベラはだまりこみ、わき腹の毛にからみついていたトゲをかみはじめた。ぬけたトゲを、霜《しも》のおりた地面に落とす。「それはないと思う」ゆっくりと言葉をつぐ。「もどりたいとは思わない。もし、わたしのニンゲンがもどってくるなら、そのときはわからない。あのニンゲンたちにもどってきてほしいといわれたら、きっぱり断れるかどうかはわからない。でも、いまのわたしは、群れの一員。〈精霊《せいれい》たち〉を身近に感じながら、好きなように旅をする暮らしが好きなの」

ラッキーは、きょうだいの答えにうれしくなって、しっぽを振《ふ》った。ベラはいま、自分とおなじ、正真正銘《しょうしんしょうめい》の〈野生の犬〉なのだ。オオカミ犬がいなくなってようやく、この群れは、おなじ目標に向かって歩みだしたようだった——「生きぬくこと」をめざして。

3 ベータの決意

野営地の草地をおおっていた霜《しも》はとうに溶けていたが、風はこごえそうなくらい冷たかった。午後の空は、むらさき色の夕日に染まっている。話をしていたスイートは、ほっそりしたクリーム色の顔を一瞬《いっしゅん》うしろに向け、崖《がけ》と〈果てしない湖〉のほうをちらっとみた。それから、群れに向きなおった。

「だからわたしたちは、急いで町を離《はな》れたの」そういって、話をしめくくる。

ダートは目をみひらき、そわそわと地面を引っかいた。「でも、ニンゲンたちにみられたんでしょ？　わたしたちの居場所がばれたってこと？」

ブルーノが短いうなり声をもらす。スナップは体をこわばらせ、かたい毛を逆立てた。

ラッキーは、落ちつきはらって堂々と話すスイートを、ほれぼれとながめていた。

「町にいるところはみられたわ。でも、追ってくることはしなかった。だから、この場所は知られてないの」

ムーンの青い目は、小川に張った氷のように冷たく澄《す》んでいた。「でも、わたしにいわせれば、十分危険よ。ここはニンゲンたちに近すぎる。あの連中はフィアリーを襲《おそ》ったのよ。あんなに強い犬の命を奪《うば》えるなら、わたしたちのだれが犠牲《ぎせい》になったっておかしくない。町が手ぜまになって、このあたりまでなわばりを広げはじめたらどうするの？」

ダートもしきりにきゃんきゃん吠《ほ》え、おびえたように細いしっぽをわき腹に巻きつけた。

マーサが黒い頭を横に振《ふ》る。「ちょっと考えられない……」冷静な声だ。「ここにはニンゲンが住めるような建物がないもの。ニンゲンって、犬より寒さに弱いのよ。住むならべつのところだと思う」

「それは関係ないんだ」ミッキーがいった。「ニンゲンがすみかを〝つくる〟ところを、しょっちゅうみてきた。ここですみかをつくりはじめたって、ふしぎでもなんでもない。ほんとうに賢《かしこ》くて、なんだってできるんだ……」そこまでいって、急に声が小さくなった。ばつが悪そうな顔だ。「べつに、ニンゲンをほめたいわけじゃない。そうじゃないが……」

ミッキーはきっと、群れの犬たちから、ニンゲンのもとにもどりたがっていると誤解されたくないのだろう。ラッキーは、わかっているよと牧羊犬にうなずいてみせ、スイートに向きなおった。群れの犬たちは、期待のこもった目でアルファをみつめている。

スイートは、きっぱりとした声でいった。「ニンゲンをおそれているわけじゃないわ。狩《か》りならわたしたちのほうがうまいもの。それに、〈新たな緑〉の季節がきてあたたかくなるころには、このあたりでも獲物《えもの》がどっさりみつかるようになる。それまで、雁《がん》でもなんでも、つかまえられるもので、どうにか乗りこえましょう」

「フィアースドッグのことはどうなったの？」ダートが心細そうにいった。「もし、また町にもどってきたら？　だいたい、あの犬たちはどこにいったの？」

スイートは、胸を張ったままくりかえした。「とにかく、また移動をくりかえすつもりはないの。逃《に》げまわるのはもうたくさん。そんなことしたって、いたずらにくたびれて、戦う気力をなくすだけ――戦いの場は、きっとまた訪れるはずだもの」スイートはしっぽを大きくひと振《ふ》りし、目をきらりとかがやかせた。「フィアースドッグたちが町にもどりたいなら、好きにすればいい」マーサとミッキーのほうを向いて続ける。「ニンゲンたちが町に住みたいなら、好きにすればいい。でも、崖《がけ》の上のこのなわばりは、わたしたちのもの」

「ニンゲンたちがここにきたら、どうするの？」ダートはまだ不安そうだ。「さっきミッキーがいってたように――」

「なにがあっても、ここを守るのよ」スイートは、きびしい声でいった。

ダートは、気圧《けお》されたようにうつむいた。群れの犬たちはだまっているが、あきらかにほっとしていた。なんといっても、いまは〈氷の風〉の季節だ。好きこのんで荒野《こうや》を旅する犬はいない。

ふたたび口をひらいたスイートは、もとのおだやかな口調になっていた。「明日は儀式《ぎしき》をしましょう。〈太陽の犬〉が起きてくるころに」

ラッキーは首をかしげた。「儀式《ぎしき》って？〈名付けの儀式《ぎしき》〉なら、もう……」

すると、スイートは、いたずらっぽく首をかしげていった。「明日は、あなたが群れのベータになったことのお祝いよ」

生まれたときから野生で暮らしてきた犬たちは、いっせいに歓声《かんせい》をあげた。ラッキーはとまどいながら、なんとなくワクワクしてきた。

スナップがしっぽを振《ふ》り、話についていけていない元〈囚《とら》われの犬〉たちのほうをみた。

「ベータ以外の犬はみんな、〈精霊《せいれい》たち〉にささげるものを探してくることになってるの」

「獲物《えもの》の毛皮でもいいのよ」ムーンが横からいう。「羽根でもいいし、きれいな小石でもいい。〈精霊《せいれい》たち〉に敬意を伝えて、ベータがどんな犬なのか表すものを選んで」

「こないだ、池のそばできれいな白い小石をみつけたのよね」サンシャインがかん高い声でいった。「〈月の犬〉に照らされて、きらきらしてた。あれでもいい？」

ムーンが愉快《ゆかい》そうに耳をゆらす。「もちろん、いいわ」

犬たちはさっそく、めいめいのささげものを探しにいき、ラッキーだけがひとり草地に残された。スイートがオオカミ犬のベータに昇格したとき、ラッキーはまだこの群れにいなかった。儀式《ぎしき》がどんなものなのか想像もつかない。

群れに加わる前のぼくは〈孤独《こどく》の犬〉で、勝手気ままにひとりぼっちで生きていた――。そんな自分が、いまではこの群れの一員になり、スイートを支えることに、誇《ほこ》りと自信を感じている。だが、ほんとうに自分は、〈孤独《こどく》の犬〉だった過去を捨てさって、群れの二番手になれているのだろうか。こんなに短い期間で？

ぼくは、ベータにふさわしいんだろうか。


空が暗くなってくると、ラッキーは、スイートとふたりで使っている寝床《ねどこ》にもどった。スイートはまだ、ほかのみんなと外にいて、明日の儀式《ぎしき》のささげものを探している。ラッキーは、コケと落ち葉の寝床《ねどこ》に寝そべり、大きなあくびをした。

ふいに、きょうだいのベラが寝床《ねどこ》の入り口に顔をのぞかせた。楽しそうに息を切らしている。

「ヤップ、急に儀式《ぎしき》だなんていわれて、緊張《きんちょう》してるんでしょ」

ラッキーは、むっとして毛を逆立てた。「べつに、そんなんじゃないよ」ぶっきらぼうに返す。「ただ、自分がベータになるなんて、やっぱり責任を感じるんだ」

ベラは、短く鼻を鳴らして、寝床《ねどこ》にすわりこんだ。「なるもならないも、ヤップはもうスイートのベータでしょ――儀式《ぎしき》があってもなくても、これまでどおりよ。とにかく、ベータって、ヤップにぴったりだと思う」からかうような目つきだ。

「どういう意味だい？」

「アルファは群れのリーダーだけど、ベータは好き勝手にいばるだけ。楽でしょ？」愉快《ゆかい》そうにいいながら、ラッキーにじゃれついてくる。

「なんだよ、それ！」ラッキーは軽く吠《ほ》えると、きょうだいの耳を軽くかんだ。ベラが、もちろん冗談《じょうだん》よ、といいたげに顔をなめてくる。ラッキーは、寝床《ねどこ》の上で心地よく伸びをすると、ため息をついた。

ベラは、ふいにまじめな表情になった。「ずっとみてきたけど、スイートはどんどんいいアルファになっていくみたい。もちろん、地位をめぐって戦いを挑《いど》んだことは忘れてない。でも、スイートがいいアルファだってことは認めなきゃね。それに、あなたたち二匹《ひき》はいいコンビよ。二匹《ひき》がリーダーになってくれて、群れのみんなはすごく安心してるの——前よりしあわせになった。ちゃんとした儀式《ぎしき》をするのは自然なことだわ」

ラッキーは感謝をこめてベラをみた。〈野生の群れ〉の一員になって以来、きょうだいのことをこんなに身近に感じたのははじめてだった。

ベラがささげものを探しに出ていくと、ラッキーは寝床《ねどこ》に居心地よくねそべって眠《ねむ》りに落ちた。そして、平和な夢をみた。小川がさらさらと、谷間をどこまでも流れていく。陽の光は金色で、空気はあたたかい。緑豊かな岸辺には野の花が咲きみだれ、木々は風の中で枝をゆらしている。低いところにある枝が、ラッキーのわき腹に軽く当たっていた。風が強くなると、枝の動きもせわしなくなる。いや、ちがう。これは枝じゃない。これは……だれかの鼻だ。

ラッキーは、はっと目を開けた。スイートが、ぬれた鼻でラッキーのわき腹をしきりにつついている。〈月の犬〉の弱い光は、寝床《ねどこ》の中には届かない。暗くて、スイートの表情はよくわからなかった。

「やっと起きた！」スイートは体を起こした。「いくらつついても起きないんだから！」

ラッキーは寝返りを打ちながら立ちあがると、体を振《ふ》って眠気《ねむけ》を払《はら》った。「どうかしたのかい？　なにかまずいことでもあった？」

スイートは首を横に振《ふ》った。「いいえ、だいじょうぶ。静かについてきて」

二匹《ひき》は寝床《ねどこ》を出ると、眠《ねむ》る仲間たちのあいだをぬうように歩いていった。野営地のはしではムーンがみんなに背を向けてすわり、敵がやってこないか見張りをしている。ミッキーとスナップは、小さな茂《しげ》みの下で丸くなっていた。少し離《はな》れたところでは、年かさのブルーノがひとりで長々と寝そべり、盛大にいびきをかいていた。ラッキーの踏《ふ》んだ小枝がぱきっと大きな音を立てても、ブルーノはくちびるを少しひくつかせただけで目を覚まさない。

スイートは、冷たい草地の上を長い足ですべるように歩きながら、木々が円のように生《は》えた木立《こだち》へ向かった。なにをするつもりなのかききたかったが、ラッキーは直感に従ってだまっていた。スイートは、行く手をふさぐ茂《しげ》みを払《はら》いながら、迷いのない足取りで歩きつづけている。じきに、なにが目的だったのかわかるにちがいない。

木々に囲まれた池までくると、スイートはようやく足を止めた。空気はしめっていて、〈大地の犬〉のにおいがする。雨が降ったあとのようだが、銀色の〈月の犬〉に照らされた夜空は、さえざえと晴れわたっている。池は、〈月の犬〉のしっぽになでられ、ちらちらとかがやきながら、小さな波を立てていた。このあいだみた小川のように、この池もじきに凍《こお》って、冷たく固くなってしまうのだろうか。

スイートは、池のふちに立って、じっと水面をみつめた。ラッキーもそばにいく。二匹《ひき》の影《かげ》が、暗い水面にぼんやりと浮《う》かびあがる。

スイートは、池から目をはなさずに話しはじめた。「儀式《ぎしき》のひとつに、アルファとベータだけでおこなうものがあるの。ほかの犬が知ることは決してない。わたしがベータになったときにしたことを、今度はあなたがするの。わたしに忠誠を誓《ちか》い、全力で群れを守ると約束しなくてはならない——そしてこの儀式《ぎしき》は、かならず〈太陽の犬〉がもどってくる前に終えなくてはならないの。これがすめば、明日からあなたは、わたしの正式なベータとして生きていくことになる。ただし……」スイートはうつむき、目を伏《ふ》せた。小さな声で続ける。「ただし、あなたがベータの地位をこばむというなら、話はべつよ。気が進まないなら、いまのうちにいってちょうだい」

ラッキーは首を伸ばしてスイートの耳をなめた。「気が進まないわけないじゃないか」

スイートが顔をあげる。「なんというか……ときどき、あなたがなにを考えているのかわからなくなる。だれにもまねできないくらい勇敢《ゆうかん》なことをしたかと思うと、責任を負いたくないんじゃないかって思ってしまうこともある。ホケンジョを脱出したときにあなたがいってたこと、まだ覚えてるのよ。〈孤独《こどく》の犬〉の話を、たくさんしてくれたでしょう」

「あんなの大むかしじゃないか。ぼくは変わったんだ」ラッキーは腰をおろした。「〈大地のうなり〉が起こる前は好きに生きてたし、自分のめんどうだけみとけばよかった。そんな生き方も楽しかった。だけど、ベラたち〈囚《とら》われの犬〉と行動するようになると、どうしたって変わるしかなかった。みんながいろんな質問をしてきて、ぼくの判断をあてにするようになったんだ。怖《こわ》くなったよ、いつか質問に答えられなくなるんじゃないか、って——みんなをがっかりさせるんじゃないか、って」ラッキーは、のどが苦しくなって、せき払《ばら》いをした。「ただの〈孤独《こどく》の犬〉だってことがバレてしまうんじゃないか、って」

スイートはラッキーの首に頭をもたせかけると、おだやかな声で答えた。「まだわからないの？　あなたはずっと、〈孤独《こどく》の犬〉なんかじゃなかったのよ。ほんとうはちがった——ただ、自分の群れがみつかっていなかっただけ。全力で群れのために戦ってくれる忠誠心を、これまで何度も証明してきたじゃない。いま、わたしがしたい質問はたったひとつ。あなたはわたしに忠誠を誓《ちか》う？　なにがあっても裏切らないと誓《ちか》う？」

ラッキーは、連れ合いの表情をうかがおうと身じろぎしたが、スイートはもたせかけた頭を動かそうとしない。しかたなくラッキーは、闇《やみ》をみつめたまま答えた。「なにがあっても裏切らない。そんなこと、もうわかってるだろう。なにがあろうと、ぼくはきみの味方だ」

スイートは満足したようなため息をついた。「ありがとう、ラッキー。その言葉がききたかったの」

つぎの瞬間《しゅんかん》、スイートは、ラッキーの首に牙《きば》を立てた。

4 スパイの正体

焼けつくような痛みが全身に走った。スイートがあごに力をこめ、牙《きば》をいっそう深くつきたててくる。ラッキーはしぼり出すような悲鳴をあげたが、ショックで体が動かなかった。

スイートに攻撃《こうげき》されるなんて！

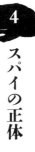

スイートが背中にのしかかってくる。ほっそりしたしっぽが、ラッキーのわき腹を打った。呼吸で胸が激しく上下しているのが、背中ごしに伝わってくる。体がずきずきうずく。どうにかして、パニックをしずめようとする。傷口から全身に、激しい痛みが広がっていく。胸の中で、心臓がどくどくいっている。それとも、これはスイートの心臓の音だろうか？　ふたつの心臓が、おなじリズムを刻んでいるようだ。

ふいに、まひして動かなかった体が、ふたたび自由に動くようになった。スイートが、あごから力をぬいたのだ。足がぶるぶる震《ふる》えている。身を振《ふ》りほどいて、仕返しにかみつくことだってできた。だが、なぜかそんな気分になれない。かみつかれたままだというのに、ラッキーはふしぎとリラックスしていた。背中に押《お》しつけられたやわらかな体があたたかくて、首の痛みはほとんど気にならない。感じるのは、居心地のよさだけだった。スイートのとなりが、ぼくの居場所なんだ。

気づけば、ふたりの呼吸は重なり、おだやかになっていった。とうとうスイートは、口をはなして体を起こし、ラッキーの前に回りこんで顔をのぞきこんできた。

スイートの牙《きば》は、ラッキーの血で赤くぬれていた。くちびるから血がしたたり、足元の草にこぼれ落ちる。「牙《きば》を立てたところは、外からは決してみえないわ」スイートは、おごそかな声でいった。「ほかの犬は、決してその傷に気づかない。でも、傷口はやがて痕《あと》になる。その存在を知るのはわたしたちだけ。これで、あなたはわたしの正式なベータになったの。どんなときも、わたしに忠実でいてちょうだい」

ラッキーはしっぽを垂れて頭を下げた。するべき仕草を、体がはじめから知っているかのようだ。いうべき言葉が、ひとりでに口からすべり出してくる。「傷跡《きずあと》の存在を知るのはぼくたちだけ」スイートの言葉をくりかえす。「この傷跡《きずあと》は、正式なベータになったしるし。ぼくはどんなときも、スイートに——ぼくのアルファに——忠実でいる」

背すじがぞくっとする――ぼくのアルファ……。

スイートも、群れのベータになったとき、これとおなじ儀式《ぎしき》を体験したんだろうか。あのオオカミ犬に忠誠を誓《ちか》ったんだろうか？　ラッキーは、スイートのほっそりした首に視線を走らせた。短い毛並みは、〈月の犬〉の光をあびて美しくかがやいている。あのなめらかな毛の下にも、傷跡《きずあと》がひっそりと隠《かく》れているんだろうか――スイートと、群れの元アルファだけが知っている傷跡《きずあと》が。

嫉妬《しっと》でひげがちくちく痛んでくる。自分の連れ合いがあのオオカミ犬とそんなに親密だったなんて、想像するのも耐《た》えられない。

スイートは、まばたきひとつせずにラッキーをみつめていた。「あなたは、わたしのベータでいると約束してくれた。今度はわたしが、あなたのアルファとして、〈月の犬〉に誓《ちか》うわ。どんなときも、気高く正直で、勇ましくいることを。忠誠を誓《ちか》ってくれたあなたを、なにがあっても守りぬくと約束する」頭を低くしたが、ラッキーから目をそらそうとはしない。「わたしがこの誓《ちか》いをやぶったとき、あるいはアルファとしての地位を失ったとき、わたしたちの絆《きずな》は断たれるわ。もし、わたしの過ちのせいで絆《きずな》が断たれることがあったら――わたしがアルファとしての務めを果たせずに、あなたの期待を裏切るようなことがあったら――、それを償《つぐな》う術《すべ》はないの」一瞬《いっしゅん》、スイートの茶色い目に怒《いか》りが浮《う》かんだ。オオカミ犬に裏切られたことを思い出しているのかもしれない。

ラッキーが近づいて鼻をなめると、スイートは表情をゆるめた。

「さあ、これで秘密の儀式《ぎしき》はおしまい。〈月の犬〉のもとで、わたしたちはぶじに誓《ちか》いをかわせたわね。これからは、力を合わせて群れを率いていきましょう」

スイートとラッキーは寝床《ねどこ》にもどると、よりそって丸くなった。スイートは、ラッキーのわき腹に頭をもたせかけて、すぐにぐっすり寝入った。だが、ラッキーは眠《ねむ》れなかった。どうしても、いままで起こったたくさんのことや、なにかの予兆のような悪夢のことを考えてしまう。

頭がくたびれてきたころ、ようやく〈太陽の犬〉が、くもった灰色の空の下で伸びをはじめた。スイートが、ぱちりと目を覚ます。「首はまだ痛む？」

ラッキーは思わずまばたきをした。驚《おどろ》いたことに、傷はほとんど気にならない。「だいじょうぶ」

「よかった。そろそろ儀式《ぎしき》をはじめましょう」スイートはラッキーの耳をなめ、先に立って寝《ね》床《どこ》から外に出た。

群れの犬たちも、木立《こだち》のわきの野原に集まってくる。ラッキーを中心にしてゆるく輪になり、前足のあいだには、それぞれのささげものを置いている。

ラッキーは、落ちついた表情のマーサからデイジーへ、スナップへ、ダートへ、そしてストームへと視線をうつした。そのむこうにいるムーンと子どもたちをみる。なんとなくそわそわして、体が左右にゆれてしまう。〈太陽の犬〉の下で儀式《ぎしき》をするなんて、なんだかふしぎな気分だ。円の中心にすわるのにもなれていない。

ベラとミッキーのあいだに立ったスイートは、胸を張って話しはじめた。「ここにいるのは、わたしが任命したベータです。それでは、一匹《びき》ずつ、ささげものを持って前へ」

まっさきにスナップが、目をかがやかせて前にとびだしてきた。ラッキーの前にささげものを置く――仕留めたばかりの小さな動物の骨だ。あばら骨のところには、ところどころ赤い肉が残っている。ラッキーは、ささげもののにおいをかいで、顔をあげた。目が合うと、スナップは緊張《きんちょう》した声で説明をはじめた。

「これをベータにささげます。どうか、狩《か》りがいつも成功して、群れが決して飢《う》えないようにしてください」そういうと、伸びあがって鼻と鼻をふれあわせ、うしろへ下がって群れの輪にもどった。

つぎに進みでたのはマーサだった。鮮《あざ》やかな黄色の小石を、ラッキーの前に置く。これとおなじ石を、池のほとりでみかけたことがあった。きっと、サンシャインといっしょに拾いにいったのだろう。サンシャインは、白い小石をくわえて、誇《ほこ》らしそうな顔をしている。「一番きれいでなめらかな石を選んできました」低く落ちついた声でいった。「これをベータにささげます。〈川の犬〉が川岸を洗ってなめらかにするように、群れの犬たちの仲が悪くなってしまうようなことがあったら、あなたの力でひとつにまとめてください」マーサの鼻が自分の鼻にふれると、ラッキーは軽く目を閉じた。マーサにはふしぎな力があって、そばにいてくれるだけでほっとする。一瞬《いっしゅん》ラッキーは、母犬のことを思いだした。

『いいこと、外の世界がはてしなく広く、危険にみえることがあるかもしれない。でも、なにがあっても〈精霊《せいれい》たち〉が、あなたたちをみまもってくれるの。助けを呼べば、きっと力をかしてくれる——きっと守ってくれる』

目を開けると、マーサが輪にもどり、ブルーノが近づいてくるところだった。群れで一番年寄りの無口な犬は、りっぱな大枝を地面に置いた。頭を垂れたまま話しはじめる。「この枝は、とてもがんじょうです。ベータの勇気と気高さを象徴《しょうちょう》していると思って選びました。風が吹《ふ》こうと雨が降ろうと、決してくじけないでください」

ラッキーは、うれしくなってブルーノをみつめた。だが、老犬は目を合わせようとしない。まだうしろめたいからだろう。ブルーノは、元アルファのオオカミ犬といっしょになって、ラッキーを群れから追いだそうとしたことがある。伸びあがってブルーノの鼻にふれたのは、ラッキーのほうだった。そのしぐさで、過去のことは水に流そうと伝えたかった——あれはもう、すんだことだ。

まもなく、群れの全員がそれぞれの贈《おく》り物《もの》をささげ、その意味を説明しおえた。犬たちは、真剣《しんけん》なおももちで静かに立っていた。みんながラッキーを——新しいベータを——みつめている。ストームだけは、よそを向いていた。ひとりで空をみあげている。

ラッキーは、ストームのそばへいった。「どうかしたのかい？」

「なんにも。ただ……」上を向いたまま首をかしげる。「〈太陽の犬〉が、空のこっちからあっちに走っていくの、気づいてた？　毎日、おなじ方向に旅をするの。いっつも、こっちからあっち。どうやったら、あたしたちにみられずに、朝とおなじ場所にもどれるの？」

ラッキーは顔をしかめた。そんなことは、一度も考えたことがなかった。「たしかに、どうしてだろう」

ストームが、目だけ動かしてラッキーをみる。「わからないの？」

できることなら説明してやりたかった。だが、ストームはもう赤んぼうじゃない――そろそろ学んでほしかった。なんでもすぐにラッキーにきくのではなく、世界には、答えの出ない疑問があるということを。

つぎの瞬間《しゅんかん》、ラッキーはびくっとした。スイートが、空を切りさくような遠吠《とおぼ》えをはじめたのだ。天をあおいで毛を逆立てながら、宙を震《ふる》わすような声で長々と吠《ほ》えている。長い遠吠《とおぼ》えを終えると、スイートは前を向き、群れの犬たちを一匹《ぴき》ずつみまわした。

「これで儀式《ぎしき》は終わりです。ベータは正式に承認されました。群れはいままで以上に強くなるでしょう」

スイートは頭をのけぞらせ、ふたたび遠吠《とおぼ》えをはじめた。今度は群れの犬たちも、つぎつぎとあとに続いた。

その夜、寝床《ねどこ》でスイートと並んで横になったラッキーは、これまでになく二匹《ひき》の絆《きずな》を強く感じた。二匹《ひき》の関係は、これで正式なものになったのだ――ただの連れ合いではなく、アルファとベータだ。ラッキーはため息をついて目を閉じた。体にふれているスイートのわき腹が、寝息に合わせて上下に動く。はじめてホケンジョで出会ったときに、こうなる未来がわかっていたらよかったのに。そうしたら、〈大地のうなり〉がくるより先に、ケージを食いやぶってでもそばへいき、ぼくたちはきっとしあわせになる、と伝えにいったのに。

ラッキーは、そのまま考えごとにふけった。ケージの鉄格子《てつごうし》のことを考える。いまもあそこにいるかのように、閉じこめられた犬たちの気配や、体から立ちのぼる恐怖《きょうふ》のにおいをはっきりと感じた。

✷

となりにいるスイートをみようとすると、いつのまにか、ふたりのあいだには冷たい鉄格子《てつごうし》が現れていた。ふれたくてもふれられない。空気がいやな感じに張りつめている。ラッキーは、反射的にしっぽを足のあいだにはさんだ。急いで空気のにおいをかぐ。まわりのケージで眠《ねむ》る犬たちの気配にまじって、なにか危険なものがじわじわと迫《せま》ってくるような気配がする。だが、形もにおいもわからない……。

その瞬間《しゅんかん》、ラッキーは悲鳴をあげてとびあがった。足の下で地面がゆれだしたのだ。〈大地のうなり〉だ！　もう終わったことじゃないのか？　ラッキーは吠《ほ》えた。〈大地のうなり〉は街を破壊《はかい》したけど、ぼくたちは生きのびたんだ！　どうして、何度も何度もホケンジョにもどってくるんだ？　なにかの予兆なのか？

鉄格子《てつごうし》のむこうでは、スイートがぐっすり眠《ねむ》りこんでいる。声をかけようと口を開いたとき、ずんぐりした小柄《こがら》な犬が通路を小走りに走ってくるのがみえた。だれだろうと首を伸ばし、金《かな》網《あみ》の扉《とびら》に前足をかける。その瞬間《しゅんかん》、金網《かなあみ》がふっと消え、ラッキーはケージの外へ転がりでた。あわてて振《ふ》りかえると、ホケンジョも、たくさんのケージも、目の前で霧《きり》のように消えてしまった。

ラッキーは呆気《あっけ》にとられた。寒気を感じて下をみる。すると、いつのまにか地面には氷が張っていた。なにがあったのだろう?

顔をあげ、冷たい暗闇《くらやみ》に目をこらす。地平線のあたりには霧《きり》が立ちこめ、空が毛皮をかぶっているみたいだ。ふいに、さっきみかけた小さな犬が闇《やみ》の中から現れた。背中の毛は黒いが、前足は白い。ラッキーは驚《おどろ》いて声をあげた。

アルフィー!

〈囚《とら》われの犬〉は、澄《す》んだ目でラッキーをみた。オオカミ犬との戦いで負った傷は、きれいに消えている。ケガなんか一度もしたことがないみたいだ。

「生きてたのか!」ラッキーは歓声《かんせい》をあげて、友だちのもとに駆《か》けよった。

アルフィーは一歩うしろに下がり、ゆっくりと首を振《ふ》った。

それをみて、ラッキーはぴたりと足を止めた。よくみると、アルフィーの体のりんかくはぼやけ、雲かなにかのようにぼんやりとしている。そうか――ここは夢の世界だ。

「どうしてきみがぼくの夢に？」ラッキーはたずねた。

「ぼくが死んでから、いろんなことが変わったからだよ」アルフィーは答えた。「ぼくが死んだあと、みんなは、新しく定められた道を歩むようになった。ラッキーも、自分の道をたどってここにきたんだ」

「ここに？　だけど、ここはどこなんだ？」ラッキーは、水のように震《ふる》える闇《やみ》をみわたした。

「もうすぐ、終わりがくる」アルフィーは、むこうを向いてうなった。「感じないか？」

ラッキーは口をつぐみ、感覚を研《と》ぎすました。虫の知らせでも、胸騒《むなさわ》ぎでもいい。なにか感じられないだろうか――だが、なにもわからない。

アルフィーの声がやわらかくなった。「まだ、群れが生きのこる可能性はあると思う。そのためには、嵐《あらし》が襲《おそ》ってきたときに、全員がそれぞれの使命を果たさなくちゃいけない。ラッキー、きみの使命が一番重要なんだ」

ラッキーは、思わず鳴き声をもらした。「使命？」

アルフィーがもう一度ラッキーに向きなおった。むかしはあんなに活発だったのに、いきなり老《ふ》けこんだようにみえた。その体が、うずを描く霧《きり》の中に溶けていく。

ラッキーは前にとびだした。「アルフィー、待ってくれ！」そのとき、足元の地面が大きくきしみ、氷が砕《くだ》ける音が響《ひび》きわたった。悲鳴をあげるまもなく、地面に巨大な穴が開き、ラッキーの体はがくんと……。

✦

ラッキーははね起き、夜の闇《やみ》の中で目をしばたたいた。心臓がどきどきして、息があがっている。となりのスイートは、しあわせそうに眠《ねむ》っている。いまのはただの夢だ。

そのとき、寝床《ねどこ》のすぐ外を、体格のいい犬がさっと通りすぎていった。茂《しげ》みの中をすりぬけていく黒っぽい姿が、たしかにみえた。

アルフィー……？

まさか。アルフィーはもう死んだ。いつか崖《がけ》の近くでみかけた、みしらぬ犬にちがいない。

ラッキーは音を立てないように立ちあがり、寝床《ねどこ》の入り口にいった。スイートを起こしたほうがいいだろうか。いいや、自分はいま、群れの正式なベータだ。自分の判断で行動できることを証明してみせたい。そう決めたラッキーは、注意深くにおいをかぎながら、冷たい夜の闇《やみ》の中へと踏《ふ》みだした。

厚い雲のかたまりが、〈月の犬〉をおおっている。見張り役のダートの姿はみあたらない。なわばりの周囲を偵察《ていさつ》しにいっているのだろう。ラッキーは、自分の鼻を信じて、不審《ふしん》な犬のにおいをたどっていった。まちがいなく知っているにおいだ。だが、〈果てしない湖〉をわたってくる塩っぽい風がじゃまをして、どこでこのにおいをかいだのかうまく思いだせない。ラッキーは、小さな茂《しげ》みのあいだをぬうように歩きながら、顔をしかめた。もしかして、〈孤《こ》独《どく》の犬〉だろうか？　だけど、群れのすぐそばに住もうとする犬なんかいるだろうか。

ラッキーは、はっと顔をあげた。気づかないうちに、においが強くなっている――むこうの犬が立ちどまったらしい。

慎重《しんちょう》ににおいをかぎながら、ラッキーも足を止めた。むこうも一匹《ぴき》だ。意を決してふたたび歩きだしながら、ゆれる枝の下をくぐっていく。そのとき、においの主がだれなのか、はっきりと思いだした。

ファング！

まさにその瞬間《しゅんかん》、木陰《こかげ》からフィアースドッグの子犬が姿を現した。なぜか足元がふらついている。ラッキーは息をのんだ。片方の前足をひどくケガしていて、血が流れているようだ。よろめく子犬をみていられず、ラッキーは急いで駆《か》けよると、そっと体を支えた。

「あんなにひどいことしたのに、まだおれを助けようっていうのか？」ファングは、きゅうきゅう鳴いた。声はかすれていて、みるからにつらそうだ。ファングは、そろそろと地面に腰をおろした。

ラッキーは、一歩うしろに下がった。「なにがあった？」

ファングがうなだれる。「メースにやられた。おれ、ブレードの群れをぬけようとしたんだ。なんとか逃《に》げだしたけど、最後にこっぴどくかまれた。あれから何日もたったのに、傷がまだ治らないんだ」子犬は肩《かた》を落として続けた。「あんたたちのなわばりのそばで、ずっとうろうろしてた。勇気を振《ふ》りしぼって、ケガを治してほしいって頼《たの》もうと思った。だけど、ビビってむりだった」ファングは、大きくため息をついた。「ダートがなわばりの境界をパトロールしにいくまで待って、野営地に忍《しの》びこんだんだ。あんたたちに、おれが群れに入りたがってるだなんて思われたら、カッコつかないだろ。どうせむりだってわかってるし。だけど、だれかがおれのにおいに気づいて野営地の外にきてくれたら、ちょっと助けてもらえるんじゃないかって考えたんだ」

ラッキーは首をかしげた。これまでファングは、異様なくらいフィアースドッグたちに忠実だった――実のきょうだいを殺してまで、忠誠心を証明しようとしたくらいなのだ。こんなに考えが変わるなんて、いったいなにがあったのだろう。「どうしてブレードの群れを出たんだ？」

ファングは、頭がおなかにつきそうなくらいちぢこまった。こんなに恥《は》ずかしそうなファングははじめてみる。「〈怒《いか》りの試練〉でストームは、おれより優秀《ゆうしゅう》な戦士で、感情をうまくおさえられるってことを証明してみせただろ。ブレードは、約束したとおりストームをあきらめなくちゃいけなくなって、めちゃくちゃ怒《おこ》ったんだ。〝ザコども〟に恥《はじ》をかかされたのは、全部おれのせいだ、っていってた。それで群れの犬たちに、おれをいじめろって命令を出したんだ」ファングは、くちびるを震《ふる》わせてうなった。「ストームのやつ、なんでとどめを刺《さ》してくれなかったんだろう」少しのあいだだまりこみ、ラッキーをみあげた。「それに、ねらわれてるのはおれだけじゃない。ブレードたちは、そっちの群れを全滅《ぜんめつ》させようとしてる。あんたに、それを知らせたほうがいいかな、ってちょっと思ったんだ。おれが赤んぼうのころ、けっこういろいろしてくれただろ——あんたとミッキーは。あんたたちがブレードに仕留められたら、おれだっていやだ」

ラッキーはぞっとした。「ブレードは、ぼくたちを不意打ちするつもりなのか？」

近くの木で鳥がホーホーと鳴き、ファングはとびあがった。鳴き声がしたほうをあわてて振《ふ》りかえり、おぼつかない足で立ちあがる。「ここはあぶない。おれ、自分のねぐらがあるんだ。そこなら、みつからない。ブレードにも知られてないし、そんなに遠くないんだ。そこで全部説明するよ。その……助けてくれるならだけど……」ファングは歩きだそうとしてふらつき、苦しそうに顔をゆがめた。

ラッキーは急いで駆《か》けよった。「ほら、ぼくにもたれるといい」

ふたりは、池や木立《こだち》のそばを通りすぎながら、〈野生の犬〉のなわばりから出ていった。ラッキーは、ファングを支えて歩くうちに、疲《つか》れて息が切れてきた。フィアースドッグは、毛の上からでもわかるくらい、がっしりした体をこわばらせている。

「もうすぐだ」ファングは、しぼり出すような声でいった。「崖《がけ》の途中にある」

ねぐらがあるという崖《がけ》の中腹へたどりつくころには、冷たい風が吹《ふ》きつけているにもかかわらず、ラッキーの体は熱くなっていた。足を引きずるファングを助けながら、とがった岩場のあいだを歩いていく。あたりは殺風景で、雨風をしのげるようなものはなにもない。たしかに、こんなに寒い季節に、ここに寄りつくような犬はいないだろう。ラッキーは、いまにも倒《たお》れそうなファングをみてたずねた。「フィアースドッグが怖《こわ》いから、こんなところにねぐらを作ったのか？」

そのとき、背後からうなり声がきこえ、ラッキーはぎょっとしてつまずいた。

「いいえ……でもそうね、ファングはわたしたちのことをとてもおそれているから、自分を救ってくれた犬を罠《わな》にはめたのよ」

5 血の味

どきっとして、ラッキーは急いで振《ふ》りかえった。心臓がどくどくいいはじめる。ブレードだ。両わきにメースとダガーがいる。前のほうからもばらばらと足音がきこえて、ぱっとそっちをみる。すると、ほかのフィアースドッグたちがずらりと整列していた。つややかな毛並みの下で、たくましい筋肉が波打っている。ラッキーは、頭が真っ白になった。逃《に》げるとしたら、崖《がけ》からとびおりるしかない。そうなれば、牙《きば》のように鋭《するど》い岩場まで真っ逆さまだ。つまり、逃《に》げ道はない。

ラッキーは、完全に囲まれていた。

「その犬をつかまえなさい」ブレードがうなった。

メースとダガーが突進《とっしん》してくる。ラッキーは二匹《ひき》の鋭《するど》い牙《きば》をみて体をこわばらせた。ところが、どう猛《もう》なフィアースドッグたちは、ラッキーを乱暴に引き立てて、岩のあいだを歩かせはじめた。

　ラッキーは追いつめられていた。行く手には、ぎざぎざした黒い岩場しかない。メースとダガーに急《せ》きたてられるあいだ、必死であたりをみまわして、逃《に》げ道《みち》がないか探した。ほかのフィアースドッグたちは、すぐうしろからついてくる。ダガーに前へつきとばされたはずみに、岩壁にぽっかりと開いた穴が目にはいった。洞《どう》くつだ！　崖《がけ》の下のほうへ続いているらしい。ふたたび乱暴にわき腹を押《お》されたラッキーは、踏《ふ》みとどまることもできず、つんのめるようにして洞《どう》くつの中へ転がりこんだ。中は暗くじめじめしていて、気が立った犬たちのにおいが充満している。

　ここがフィアースドッグたちの野営地らしい。

　ラッキーは、洞《どう》くつの中を進みつづけるしかなかった。牙《きば》をむいたメースが、洞《どう》くつの奥へとしきりに追いたててくる。暗がりに目がなれてくると、急いであたりに視線を走らせた。だが石の壁には、すき間ひとつ、割れ目ひとつ、みあたらない。

「ぐずぐずするな、野良犬！」メースがうなり、前足でラッキーのわき腹をなぐりつけた。

　ラッキーはよろめき、岩にぶつかった。

　肩《かた》に走る激痛《げきつう》に悲鳴をあげ、よろめきながら前に進む。洞《どう》くつは犬の足のようにカーブし、どんどん暗くなっていく。行く手になにがあるのかはほとんどわからないが、すみずみに敵のにおいが染みついている。フィアースドッグたちは、ニンゲンたちが町にもどってきたときに、ここへ移ってきたのだろう。もう何日も前から、ラッキーたちの群れを見張っていたにちがいない。

ラッキーは、声に出さずに自分をののしった。どうして、風が運んでくる不審《ふしん》なにおいに気づかなかったんだろう？ 「はやく歩け、こののろま！」メースが鋭《するど》く吠《ほ》える。

ラッキーは、足を速めた。そのあたりまでくると、天井《てんじょう》には細かい割れ目がいくつかあり、そこから、雲間にうかぶ〈月の犬〉の光が、かすかに射しこんでいた。ラッキーは、目をこらした。少し先に、なにかある――水たまりかなにかだろうか。もっと近くまでくると、それは水たまりではなく、深い穴だということがわかった。ラッキーは凍《こお》りついた。胸の中で心臓が暴れはじめる。薄暗《うすくら》がりの中では、底がどうなっているのかもわからない。つぎの瞬間《しゅんかん》、いやな予感に打たれて、ぞくっとした――こいつら、ぼくをつきおとして殺すつもりだ！ 群れのみんなには、ぼくがどうなったかわからないだろう。スイートがいくら呼んでも、ぼくは答えられない……。〈森の犬〉のことを考えて、助けてくださいと祈《いの》ろうとした。だが、じめついた洞《どう》くつの奥で青々とした森を頭に思いうかべるのはむずかしい。

そのとき、首すじにだれかの息がかかった。全身の毛がざわりと逆立つ。メースが耳元でうなる。「前へ進めといっただろう?」

足音がきこえて振《ふ》りかえると、ブレードがメースのすぐとなりに立っていた。満足そうに目をかがやかせ、猫なで声でいう。「街の犬、このときを待ちわびていたのよ。最後にいい残しておきたいことは?」

「やめてくれ」思わずすがりつくような声が出て、ラッキーは身をすくめた。いやだ、ブレードの脅《おど》しなんかに負けてたまるか。ラッキーは、のどを鳴らしてつばを飲みこんだ。命ごいなんかするもんか。「いいのこすことなんかない」

ブレードの声は、心なしかくやしそうだった。「勝手にしろ、野良犬め!」そう吠《ほ》えるなり、牙《きば》をむいて突進《とっしん》してくる。反射的にとびすさったラッキーは、ほんの一瞬《いっしゅん》、ぽっかりと開いた穴のふちにしがみつこうと、夢中で引っかいた。体が宙を落ちていくのを感じながら、叫《さけ》び、足をばたつかせる。穴の底に体がぶつかり、激しい痛みが頭をつらぬいた。それっきり、意識がなくなった。

✷

灰と煙《けむり》のにおいで鼻が痛い。あたりをみまわすと、そこは荒《あ》れはてたニンゲンの町だった。

通りのあちこちで、炎《ほのお》がぱちぱちと音を立てて燃えている。〈天空の犬〉が降らせるどしゃぶりの雨のもとでさえ、炎《ほのお》が消える気配はない。灰色のほこりがうずを巻いて立ちのぼり、のどがいたくなる。ほこりは黒い毛皮のようにあたりをおおい、〈太陽の犬〉の光をさえぎっている。なぜかラッキーには、この先あたたかな日の光を浴びることはないだろう、という確信があった——偉大《いだい》な〈太陽の犬〉は、どこかへ退散してしまったのだ。

フィアースドッグたちが、隊列を組んで荒《あ》れた通りを行進していく。あたりに響《ひび》きわたるような猛々《たけだけ》しい吠《ほ》え声に、思わず頼《たよ》りない鳴き声がもれた。だが、フィアースドッグたちは、こちらを見向きもせずに通りすぎていく。ラッキーの姿がみえていないかのようだ。

ラッキーは、冷たい雨に打たれて震《ふる》えながら、雨宿りができる場所を探した。むかし、しょっちゅう残り物を分けてもらったショクドウの前を通りすぎる。だが、食べ物のにおいはまったくしない。ニンゲンたちは、とっくのむかしにこの町から出ていったらしい。ここはもう、フィアースドッグに支配されているのだ。

犬が町をまるごと自分たちのものにするなんて、ありえない。どうして〈大地の犬〉は、〈うなり〉を起こしてこの犬たちを追いはらわないのだろう。痛い目にあわせてやればいい。

ラッキーは、前足で地面をたたいてみて、思わずしっぽを足のあいだにはさんだ。〈大地の犬〉

の気配がしない。地面は冷たく、静まりかえっていて、まるで死んでいるみたいだ。〈大地の犬〉まで、どこかへ退散していったかのようだ。

怒《おこ》った吠《ほ》え声がして、さっとうしろを振《ふ》りむく。みると、メースとダガーが、犬の一団を追いたてていた。犬たちは力なくうなだれ、しっぽをだらりと垂れている。

「なまけるな、奴隷《どれい》ども！」メースがうなり、犬たちの足に容赦《ようしゃ》なくかみついた。

ラッキーはふと、金色の毛のメス犬に目をとめた。見覚えがあるような気がするが、毛はところどころはげてみすぼらしく、歩くのもやっとなくらいつらそうだ。片方のうしろ足が痛々しいくらい変形して、おかしな方向を向いている。「ベラ！」ラッキーはぎょっとして叫《さけ》んだ。

「ベラ、なにがあったんだ？」

だが、ラッキーのきょうだいは、なにもきこえていないようだった。

年老いた茶色の闘犬《とうけん》と、かたい毛並みの小さな犬もいる。ブルーノとデイジーだ！ラッキーは息をのんだ。奴隷《どれい》にされているのは、群れの仲間たちだったのだ。傷だらけでやせほそり、やつれきっているせいで、すぐにはあの犬たちだとわからなかった。ミッキーはマーサにもたれかかり、仲間を支えるがっしりしたウォータードッグでさえ、いまにも倒《たお》れそうだった。

そのとき、ラッキーはスイートに気づいた……。

衝撃《しょうげき》で、胸が悪くなる。美しいスウィフトドッグは変わりはてた姿になっていた。肉はたるみ、骨は浮《う》きあがり、足は曲がった枝のように頼《たよ》りない。腰のあたりについた深い傷からは、どくどくと血が流れている。

ダガーをみると、あごが血にぬれている。

ラッキーは、怒《いか》りにまかせて吠《ほ》えた。「スイートを傷つけるな！」だが、その声はだれにもきこえていないらしい。駆《か》けよりたくても、地面に根が生《は》えたように体が動かない。ふと下をみると、なにか赤い液体がちゃぷちゃぷと足をぬらしている。

この液体は、どこから流れてきたんだろう？　急いで顔をあげる。フィアースドッグたちは、牙《きば》をむき出して吠《ほ》えたてながら、〈野生の群れ〉を容赦《ようしゃ》なく追いたてている。奴隷《どれい》にされたラッキーの仲間たちは、重い足を引きずりながら、なにか、黒く巨大な毛皮のかたまりのようなもののそばを通りすぎていった。ジドウシャほども――いや、群れのなわばりほども――大きく、半分はがれきに埋《う》もれている。赤い液体は、その小山のような毛皮のかたまりから流れだし、がれきのあいだをぬってラッキーの足に打ちよせていた。

ブレードが毛皮の山にとびつき、てっぺんまでのぼっていくと、誇《ほこ》らしそうに肩《かた》をそびやかした。そのまわりで、炎《ほのお》がちろちろと燃えている。だが、あの毛皮はなんなのだろう？　まさか、あれは……。

ラッキーは目をしばたたき、信じられない思いで首を振《ふ》った。

いいや、やっぱりそうだ――ブレードが〈大地の犬〉を倒《たお》したんだ！

毛皮のかたまりから顔をそむけたラッキーは、気づけばケージに閉じこめられていた。目の前にあるのは、ホケンジョの壁だ。金網《かなあみ》の戸に鼻を押《お》しつけると、まわりのケージで眠っているほかの犬たちがみえた。静まりかえっているが、空気がかすかに振動《しんどう》している。なにかが迫《せま》っている。

ラッキーは金網《かなあみ》にとびつき、混乱した頭をぶるっと振《ふ》った――どうして、またここにもどってきたんだ？

アルフィーが、ほかの犬のケージのあいだから現れ、まっすぐにラッキーをみつめた。口をひらき、静かな声でいう。「心配しなくていい。どうするべきかは、きみ自身がわかってる」

ラッキーは金網《かなあみ》をなぐりつけた。「わからないよ！　教えてくれ！」

その声に、ほかの犬たちが目を覚ました。きゃんきゃんいう、かん高い吠《ほ》え声があたりに響《ひび》きわたり、それと同時に足元の床《ゆか》がぐらりとゆれた。

「アルフィー、助けてくれないのか？」ラッキーは吠《ほ》えた。「どうすればいい？」いてもたってもいられず、ケージの扉《とびら》に体当たりする。金網《かなあみ》が顔に食いこみ、ぎゅっと目をつぶった。目を開けると、ホケンジョは赤く染まっていた。どろりとした赤い血が顔にまとわりつき、ほおひげからしたたり落ちる。口の中に、灰と、腐《くさ》った肉がまざりあったような味が広がる。これは、あの味だ。

〈大地の犬〉の血の味だ。

✷

ラッキーはぱっと目を開け、暗闇《くらやみ》の中で目をしばたたいた。生きてる！　塩のにおいがするしずくがひたいに落ちてきて、鼻先へと伝っていく。ずきずき痛む頭をどうにか持ちあげて、天井《てんじょう》をみあげる。そこは、深い穴の底だった。フィアースドッグの洞《どう》くつには、地面をくりぬいたようなくぼみができているのだ。ラッキーは、フィアリーを助けにいった帰りに通った、崖《がけ》の中のトンネルを思いだした。落ちたときに打った頭は痛かったが、ほかはどこもケガしていないようだった。おそるおそる足を伸ばしてみる――骨は折れていない。

ラッキーは立ちあがり、あたりをみまわした。真上の岩には穴が開いていて、そこから〈月の犬〉と、空にのぼりはじめた〈太陽の犬〉のかすかな光がみえる。

一気に、体じゅうの緊張《きんちょう》がとける。〈太陽の犬〉はぶじだ――フィアースドッグも、〈精霊《せいれい》たち〉までには手出しができないらしい。そこでラッキーは、われに返って顔をしかめた。さっきは、悪い夢をみただけだ。いくらフィアースドッグが強いといっても、〈精霊《せいれい》たち〉を相手にできるわけがない。戦ってかなう相手じゃないのだ。

空気が塩からい。さらさらという水の音がきこえる。すぐ近くに小川があって、〈果てしない湖〉へ流れこんでいるらしい。天井《てんじょう》から壁を伝って、ちょろちょろと水が流れている。ラッキーは壁ぎわへいくと、うしろ足で立ちあがってぬけ道を探した。まわりの壁はどれも勾配《こうばい》が急で、よじのぼるのはむずかしそうだ。ごつごつした岩に前足をかけようとしても、爪《つめ》がすべってのぼれない。

上のほうから、愉快《ゆかい》そうなうなり声がきこえた。ぱっと顔をあげると、穴のふちにブレードが立っていた。こっちをみおろしている。

「いい夢がみられたみたいね」ブレードは、ざらついた声でいった。残忍《ざんにん》そうな目が興奮でかがやいている。

ラッキーは、にくい敵の顔なんか、みるのもいやだった。だが、目をそらさずに吠《ほ》えかえした。「〈野生の群れ〉がそんなに目ざわりなら、ぼくをすぐに殺せばよかったじゃないか。ずいぶん、ふぬけになったんだな」

ブレードは、いまいましそうに顔をゆがめて、穴のふちから身を乗りだした。「みくびらないでちょうだい。その気になれば、どんな残酷《ざんこく》なことだってやってみせる。そのうち思い知るでしょうね」鼻を鳴らして続ける。「おまえごときを仕留めるために、こんな苦労をしているとでも思うの？　ベータになったくらいでうぬぼれるんじゃないわよ」

ラッキーは、驚《おどろ》きを隠《かく》せなかった。どうして、ぼくがベータになったことを知ってるんだ？

「おまえたちの動きは完ぺきに把握《はあく》しているのよ」ベータは、吐《は》きすてるようにいった。「おまえとやせっぽちのスウィフトドッグが、感動的な儀式《ぎしき》をしているところも、ファングが全部みていた。とはいえ、あのメス犬にはちょっと感心しているのよ。なかなかタフだし、雑種どもにしてはまあまあの群れを作っている。ただ、あいつもしょせんは〈野生の犬〉。頭が悪いし、手下のしつけも甘《あま》すぎる」

ラッキーののどの奥から、うなり声がもれた。激しい恐怖のほかに、もうひとつべつの感情がわいてきて、ほおひげがちりちりする――これは、怒《いか》りだ。「スイートは関係ないだろ！」

ブレードはわざとらしくゆっくりと首を振《ふ》り、もったいぶったようすで舌なめずりをしてみせた。腹ばいになり、穴のふちから顔をつきだす。「もう手遅《ておく》れよ。お仲間の雑種犬は、おまえがいなくなっていることに気づいたら、どうすると思う？　ここをみつけるのは簡単でしょうね。おまえのにおいも残っているし、ファングの血が道しるべまでつけている。見境のない忠誠心――それが、おまえたちの弱点よ。スイートたちは、まっすぐわたしの罠《わな》にとびこんでくるはずよ」

「スイートだけは見逃《みのが》してくれ。なにもしていないじゃないか！」ラッキーは、強い頭痛をこらえながら叫《さけ》んだ。

ブレードが天をあおぐ。「ほんとうにおろかね！　このわたしが、あんなみすぼらしいアルファにかかずらうとでも？　めあては、フィアースドッグの子犬よ。あのちびののどを食いやぶって、これ以上悪さをしないようにとどめを刺《さ》してやる」冷ややかな声だ。「じゃまものは殺すのみよ」

ラッキーは、背すじがぞくっとした。「〝じゃまもの〟って、どういう意味だ？　ストームは、そっちの群れを襲《おそ》ったりしない。ほうっておいてくれれば、ストームだってなにもしない！」

「いいえ、それはちがう」ブレードはうなった。「あのちびは、わたしたちを破滅《はめつ》させる――フィアースドッグも、〈野生の犬〉も、〈囚《とら》われの犬〉も、全員を一匹《ぴき》残らず破滅《はめつ》へ追いやる。たしかに、そう告げる夢をみたのよ」

ラッキーの息が止まった。いまきいた言葉が信じられない。ラッキー自身も、迫《せま》りくる恐《おそ》ろしい戦いを引きおこすのはストームなんじゃないかと、くりかえし考えてきた。一瞬《いっしゅん》、自分がみた夢のことをブレードに話そうかとさえ思った。吹雪《ふぶき》の中でくりひろげられる〈アルファの乱〉の夢を、ブレードもみたことがあるんだろうか。そこまで考えたところで、体をぶるっと振《ふ》って、気持ちを落ちつけた。ブレードはただ、優秀《ゆうしゅう》な戦士としてのストームを怖《こわ》がっているだけだ。自分が何度も夢でみた〈アルファの乱〉とは、なんの関係もないかもしれない。

ブレードが、おびえた顔でかっと目をみひらいた。「夢をみた――世界の終わりを。〈大地のうなり〉があったときとそっくりだった。傷ついて倒《たお》れた〈大地の犬〉が、どくどく血を流していた――たしかに、みたのよ！　いまこの瞬間《しゅんかん》だって、〈大地の犬〉は傷ついて凶暴《きょうぼう》になっている。だれかをいけにえにしなければ、〈大地の犬〉の傷はいやせない！」ブレードは牙《きば》をむき出し、のどの奥でうなった。「ストームが、最後の戦いを引きおこす。空はふたつに引きさかれ、世界は雪と血におおわれるだろう。止める方法はただひとつ。〈精霊《せいれい》たち〉が、それをわたしに示してくれた。〈大地のうなり〉のあとに生まれたフィアースドッグの子犬を、皆殺しにするのよ。〈大地の犬〉は、いけにえを求めている。いけにえをささげなければ、ふたたび大地はうなり、わたしたちを全滅《ぜんめつ》させる！」

ラッキーは、吐《は》き気《け》がしてよろめいた。フィアースドッグの基地でミッキーとみつけた、死んだ子犬のことを思いだした。あの子は、ストームとファングのきょうだいじゃなかった。

「それでおまえは、自分の子犬を殺したのか」あえぎながらいう。

ブレードは、顔をなぐられたかのように身をすくめた。憎《にく》らしげに顔をゆがめる。「わたしは、やるべきことをやったまでよ」

「それに、ウィグルまで……」胸がずきっと痛む。ブレードに殺されたウィグルは、きょうだいの中でもとりわけ小さくてか弱かった——おとなしくて気の優《やさ》しい子だった。

ブレードは、表情ひとつ変えなかった。「あんな腰ぬけはどうだっていい。群れを率いて基地を出たときの、わたしの詰《つ》めが甘《あま》かった。母犬を殺しさえすれば、子犬たちは勝手に弱って死ぬだろうと思った。ところが、おまえらが子犬たちを盗《ぬす》み、わたしの計画をだいなしにした。でも、いまからでも遅《おそ》くない。〈精霊《せいれい》たち〉のお告げがあったのだから、わたしは二度と、自分の使命をおろそかにはしない」ブレードは立ちあがった。〈大地のうなり〉を食いとめられるかどうかは、わたしにかかっているのよ。まずはストームを殺し——役立たずのきょうだいも殺す。だけど、安心しなさい。ファングは手早く殺してやるわ——なかなかうまくおまえをおびき寄せてみせたんだから」

ブレードはうしろを向き、トンネルのむこうに吠《ほ》えかけた。「アロウ！」

岩をける足音がきこえたかと思うと、若いフィアースドッグが走ってきた。ストームやファングより少し年上のようだ。ほかのフィアースドッグとはちがって、首輪を付けていない。だが、両耳はきれいな三角形で、ほかの犬にかみちぎられたファングの耳のようなぎざぎざにはなっていない。ニンゲンが、ぶきみな目的のために整えたのだ。ということは、この若い犬は〈大地のうなり〉より前に生まれたのだ。気をつけの姿勢で立ち、ブレードの命令を待ちかまえている。アロウだって目の前にいるブレードに殺されていたかもしれないのに、そのことに気づいているんだろうか？〈うなり〉のあとに生まれていたら、ここにはいなかったかもしれないのだ。

「準備は？」ブレードがたずねる。

「できています、アルファ！」アロウが答えた。

二匹《ひき》はトンネルのむこうへ姿を消した。

ラッキーは、ふらつく頭をはたらかせた。どうにかここから脱出して、群れのみんなに、これは罠《わな》だと教えなくちゃいけない――だけど、どうやって？首をかしげて、あたりをみまわす。むこうの壁はほかよりごつごつしているし、傾斜《けいしゃ》も少しゆるやかなようだ。全速力で助走をすれば、もしかしたら……。さっそくラッキーは、全力で走り、前足をあげて壁にとびついた。だが、岩はかたくつるつるしていて、爪《つめ》を立てられない。勢いあまってはねかえり、背中から穴の底に倒《たお》れこんだ。

あせる気持ちをおさえこみ、いらいらする自分を叱《しか》りつける。大きく深呼吸をすると、あらためて壁を調べてまわった。天井《てんじょう》からの水でしめっているあたりには、コケがかたまりになって生《は》えている。コケを足がかりにすればのぼれるかもしれない。

ためしに、前足でコケをつついてみた。ところどころはがれ落ちてしまうが、しっかりと岩に付いている部分もある。コケがはがれる前に急いでのぼれば……。

ラッキーは、できるだけうしろに下がると、助走をつけて壁にとびかかった。コケに爪《つめ》を立てると、土に似《に》たやわらかな緑のかたまりが、足の下でほろほろと崩《くず》れていく。急いではいあがらないと、足がかりがなくなってしまう。

もうすぐだ！　あと少し！

とうとう、ラッキーの前足が穴のふちをつかんだ。ほっとして、体を引きあげようと体勢を整える。

ところがその瞬間《しゅんかん》、目のはしにぎらつく牙《きば》が映り、前足に激しい痛みが走った。

6 穴の底

ラッキーは遠吠《とおぼ》えをあげ、暗闇《くらやみ》に目をこらした。穴の上からこちらに乗りだしているのは、毛を逆立たせたオオカミにそっくりな獣《けもの》だ。アルファ！　群れを去った、むかしのアルファだ！　オオカミ犬は、ラッキーの前足に牙《きば》を立てたまま、勝ちほこったようにうなった。

焼けつくような痛みに、ラッキーは思わず足を引っこめた。たちまち、体がずるずると岩壁をすべっていき、しめった洞《どう》くつの底に横向きに転がった。塩水が傷にしみたが、ラッキーは歯を食いしばって悲鳴をこらえた。あんなやつに悲鳴をきかせてたまるか！

〈野生の群れ〉の元アルファは、穴のふちをゆっくりと回っている。洞《どう》くつからのぞく空を背にして、オオカミ犬の長い顔は影《かげ》になっている。だがラッキーには、残忍《ざんにん》そうに光る黄色い目がはっきりとみえた。

「ほんとうに、こりないやつだ」オオカミ犬はうなった。「いつだって英雄《えいゆう》になりたがる。どこまでおろかなんだ？　これほどわかりやすい罠《わな》にも、まんまと引っかかった。あれだけひどい仕打ちをされていながら、なぜファングを信じようとした？　この世界には、信用できない犬もいるのだ」

「そんなことは知ってる」ラッキーはうなり返し、激しい前足の痛みをこらえて立ちあがった。「あんたのことは、会った瞬間《しゅんかん》から性根《しょうね》がくさったケダモノだって思ってた。おまえがアルフィーを殺したんだ」

オオカミ犬は足を止めた。「アルフィー？」ほんとうにわからないようだ。

ラッキーは怒《いか》りで毛が逆立った。名前も覚えていないなんて！　こいつにとって、アルフィーは、その程度の存在だったのだ。

オオカミ犬は首をかしげて考えこんだ。「ああ……あの、ぶかっこうな〈囚《とら》われの犬〉か。許可もなくなわばりに入ってきたやつだろう。おまえたちのようなならず者の集団を、わたしの群れに近づけるわけにはいかなかったからな。ああするしかなかった」

ラッキーは怒《いか》りを爆発させた。「なんの罪もない犬を殺して、罪悪感も覚えないのか。どうしようもないやつだな！　おまえは、ほかの犬をだましてひどい目に合わせるのが、心底好きなんだ。いまだって、罠《わな》にはまったぼくをみるのが楽しいんだろ？」

オオカミ犬は穴のふちから身を乗りだし、腹立たしげに吠《ほ》えた。「なにもわかっていない。おまえのことなど、どうでもいい」

「へえ、そうか？」ラッキーは鼻を鳴らした。「じゃあ、なんなんだ？　どんな理由があったら、自分の群れを裏切って、フィアースドッグに寝返ったりできるんだ？」

オオカミ犬は、ちらっと背後をたしかめると、声を落としていった。「生きのびるために決まっている。自分を守るためならなんでもする。わたしのような考えの者がふえれば、いろいろなことがもっとうまくいくはずだ」

ラッキーはため息をついた。「〈野生の群れ〉は、あのままでうまくいってたんだ。〈囚《とら》われの犬〉が仲間に加わって、少しずつ仲良くなっていった。あんたが〈果てしない湖〉に落ちたときは、死んだと思ったんだ。みんな、あんたを思って胸を痛めたのに」全員じゃないけど――ラッキーは胸の中で付けくわえた。オオカミ犬がいなくなっても、ラッキーはそれほど悲しくなかった。「なのに、あんたはフィアースドッグの群れに加わった！　あんなに毛ぎらいしてたくせに！　めちゃくちゃじゃないか」

オオカミ犬は、おさえた声でいった。「凶暴《きょうぼう》さゆえにフィアースドッグを毛ぎらいしてたのはほんとうだ。ニンゲンの手足となるために訓練されているところも気に食わなかった。〈大地のうなり〉が起こる前は、それくらいしか知らなかったのだ――フィアースドッグはニンゲンの手先だと思っていた」また、おびえた顔でうしろをたしかめる。「だが、いまのフィアースドッグはちがう。あれこれ命令されることもない。わたしが見切りをつけたそっちの群れでは、〈囚《とら》われの犬〉が新たに加わってからというもの、またたくまに多くの規律が失われていった。だが、フィアースドッグの団結力はすばらしい。わたしはブレードを尊敬しているのだ。賢《かしこ》く、自信にあふれていて、群れをみごとにまとめている」

ラッキーは、いらいらして首を振《ふ》った。「じゃあ、あいつらにこびへつらうのも平気だってことか？　雑用を引きうけて、残飯を食べる生活に満足してるのか？」

「ずっとオメガの地位に甘《あま》んじるつもりはない」牙《きば》に舌をはわせていう。オオカミ犬の銀色の毛が、外から射しこむ光を受けてかがやいた。〈太陽の犬〉がのぼりはじめている。「この群れでも、物をいうのは知恵《ちえ》だ。おまえをここへ誘《さそ》いこむという案は、だれが出したと思う？」

怒《いか》りがこみあげてきたが、ラッキーはまっすぐにオオカミ犬をみて、静かに答えた。「オメガ、あんたなんだろ。最近はそう呼ばれているんだよな？」

オオカミ犬は、はっと顔をこわばらせた。「オメガは、わたしの名前ではない。アルファも、名前ではない。おまえがわたしのほんとうの名前を知ることは決してない！」さらになにかいいかけたが、両耳をぴくっと震《ふる》わせ、急いで姿勢を正した。トンネルのむこうからアロウがやってきたのだ。口には、ごつごつした流木をくわえている。オオカミ犬は、おびえた子犬のように小さくなり、急いで穴のそばから離《はな》れた。群れのオメガが立っていたあたりに、アロウは運んできた流木を置いた。ラッキーが逃《に》げられないようにするためだろう。

アロウは、ラッキーがみえていないかのように、たんたんと作業を進めた。流木をまっすぐに置きおえると、ラッキーを穴の底に残したまま、トンネルを引きかえしていった。

風が強くなったらしい。遠くから、大波が岸に打ちよせる音がきこえてくる。塩のにおいが、むっと濃《こ》くなった。しめった洞《どう》くつの中には、寒さをしのげるような場所はどこにもない。

小さくため息をつくと、少しでもあたたまろうと体をゆすった。この方法は、ムーンが教えてくれた。だが、効果はほとんどなかった。洞《どう》くつの中を歩きまわると、氷のように冷たい水がはねあがる。空をみあげると〈月の犬〉はいなくなっていた。〈太陽の犬〉も、細い光のしっぽが灰色の厚い雲のあいだから射しているだけで、姿はよくみえない。〈精霊《せいれい》たち〉はどうしてしまったのだろう。むかしは、〈精霊《せいれい》たち〉が守ってくれることを疑いもしなかったのに、〈大地のうなり〉が起こってからというもの、その確信は少しずつゆらいでいる。

〈アルファの乱〉の夢には、なにか意味があるんだろうか。ふとブレードの言葉を思いだして、ラッキーは目をみひらいた。ブレードも自分とおなじ夢をみていた——これから起こる大きな戦いのかぎはストームがにぎっているはずだ、といっていた。不吉《ふきつ》な予感がふくれあがってくる。自分たちがみたのは、ただの夢じゃなくて、なにかの予兆なんだろうか。〈精霊《せいれい》たち〉からのお告げなんだろうか。だが、ストーム自身はなにも気づいていないようだ。夢がなにかのお告げなら、なぜ〈精霊《せいれい》たち〉は、ラッキーとブレードに伝えようとするのだろう。それほど重要な役割をになっているなら、なぜストームは、迫《せま》りくる危険に気づかないのだろう。

夢が現実になるなら、ラッキーの役割はなんなのだろう。

〈太陽の犬〉が、洞《どう》くつの天井《てんじょう》の真上にのぼってきた。ラッキーはみじめな気分で空をみあげ、太陽のぬくもりを少しでも感じられないだろうかと考えていた。天井《てんじょう》から流れてくる〈果てしない湖〉の水が、足元でちゃぷちゃぷ音を立てている。地面にできた浅い水たまりは、しばらくすると、少しずつどこかへ流れていく。ラッキーの足は、つねに水につかった状態だった。ひどいときは水かさが上がって、腹までつかってしまう。

このまま水が流れなくなったら、自分はどうなってしまうんだろう。穴の底でおぼれ死ぬんだろうか。

からっぽのおなかがぐうぐう鳴り、のどはからからに渇《かわ》いていた。天井《てんじょう》からしたたる水を飲むわけにはいかない。塩水を飲んだりしたらひどい目にあう。疲《つか》れと寒さで目がまわり、足が震《ふる》えた。

なるべく体をぬらさないために、岩壁にわき腹を押《お》しつけてまっすぐに立った。雲が晴れると、今度は、強い風が崖《がけ》の上から吹《ふ》いてきた。冷たい風に体をなぶられると、塩水のしみた傷口がちくちく痛んだ。ラッキーは、オオカミ犬にかまれた前足を上げて、何度もなめた。心細くてたまらない。神経を集中させて、真夏の熱気でかすんでみえる、青々と茂《しげ》った木々を心に思いえがく。それは、大好きな〈森の犬〉の姿だ。これまで何度もラッキーを救ってくれた。

賢《かしこ》い〈森の犬〉よ、どうか、こんなに冷たい穴の底にぼくを置きざりにしないでください。もし助けてくださったら、世界一勇敢《ゆうかん》で、ひかえめで、忠実な犬になるように努力します――もう一度、あなたに会いたいんです。

ラッキーは、木の葉にたまった甘《あま》い朝露《あさつゆ》のことや、口を開けてそれを受けるところを想像した。岩に頭をもたせかけていると、だんだん意識がうすれていく。鼻に落ちてくる塩水は、朝《あさ》露《つゆ》とは大ちがいで、ヒリヒリして不愉快《ふゆかい》だった。だが、いちいち顔を振《ふ》って払《はら》いおとす気力もない。冷たい空気が牙《きば》のようにかみついてくる。とうとう、ラッキーの体はがたがた震《ふる》えはじめ、浅い息が耳ざわりな音を立てはじめた。

「ラッキー！」

かすんだ目で、声のしたほうをみあげる。ほっそりした美しい犬が、穴のふちに立っている。

スイート？　これは夢だろうか。

そのとなりにベラが現れ、アロウが置いていった流木から身を乗りだしてきた。夢じゃない──助けにきてくれたんだ！　草一本生《は》えない洞《どう》くつの奥から祈《いの》ったのに、ラッキーの声は〈森の犬〉にちゃんと届いていたのだ。

そのとき、小さな足音がきこえた。ベラとスイートのとなりに黒い顔が並ぶ。

ストーム──あの子まで！

ふいに、よろこびがすっと冷め、じわじわと恐怖《きょうふ》がわいてきた。ほんとうに、夢だったらよかった。これが夢じゃないということは──スイートたちが助けにきてくれたということは──ブレードの計画どおりになったということなのだ。

7 ブレードのたくらみ

スイートとベラとストームは、さっそく流木を引っぱってどけはじめた。

ほんとうに、夢じゃないんだ。

「やめろ」ラッキーはしゃがれた声で吠《ほ》えた。のどがからからで、声がうまく出ない。つばを飲みこみ、これはブレードの罠《わな》なんだと伝えようとする。

「だいじょうぶよ」ベラがいった。「むりにしゃべらないで」片方の前足を穴の中にさしのべて、ごつごつした岩壁をたたく。「うしろ足で立ってみてくれる?」

頭がくらくらして、目もろくにみえなかったが、ラッキーはベラに意識を集中させた。大きく息を吸って立ちあがり、両方の前足を岩に置いて体を支える。ストームが、心配そうにこっちをみおろしていた。ラッキーは、ぶるぶる震《ふる》えるうしろ足で立っていたが、いつ倒《たお》れてもおかしくなかった。目をつぶり、全身の痛みから意識をそらす。ふいに、ストームの気配がした。

がっしりした口がラッキーの首をくわえ、体を穴の上へと引っぱりあげていく。両わきから、スイートとベラが力をかす。じきにラッキーは、穴の外に助けだされた。

三匹《びき》の足元に倒《たお》れこみ、荒《あら》い息をつく。顔のすぐそばに水たまりがあるのに気づいて、慎《しん》重《ちょう》ににおいをかいでみた。雨水だ！　夢中でなめると、新鮮《しんせん》な冷たい水がのどをすべっていった。心の中で〈森の犬〉に祈《いの》りをささげる。どんなに離《はな》れていても、〈森の犬〉はかならずラッキーを守ってくれるのだ。

スイートがラッキーの顔をなめた。「もうだいじょうぶ。わたしたちがきたんだから。野営地に連れてかえるわ」

ラッキーは、やっとのことで声をしぼり出した。「ちがうんだ。ブレードは、ぼくをエサにして、きみたちをここへ誘《さそ》いこんだ。これは罠《わな》なんだ」

ストームがきっぱりと首を横に振《ふ》った。「洞《どう》くつの入り口でちゃんとたしかめたの。犬のにおいなんかしなかった」

ラッキーは体を起こし、立ちあがった。雨水のおかげで、少し気分がよくなっている。空気のにおいをかいでみると、たしかにフィアースドッグの気配はしなかった。かすかな希望がわいてくる。ひょっとすると、ストームのいうとおりなのかもしれない。ブレードが油断したんだろうか。

そのとき、洞《どう》くつのむこうから、うなり声が響《ひび》いてきた。「思ったとおりだ。おまえたちはおろかしいほど忠実で、自分から危険にとびこんでくる」

うしろを振《ふ》りむくと、ブレードのとがった耳がはっきりとみえた。洞《どう》くつの入り口に立ち、そのうしろでは、フィアースドッグの群れが整然と並んでいた。ぬれた毛がかがやいている。〈果てしない湖〉の水を全身にかぶって、においを消してきたらしい。だから気配に気づけなかったのだ。

スイートは、さっと入り口を振《ふ》りかえると、表情を引きしめてラッキーたちに向きなおった。「ブレードたちに突進《とっしん》するわよ」小声でいう。「こっちの群れとあっちの群れのあいだの壁に、ぬけ道があるわ――トンネルみたいな穴が続いてる。突進《とっしん》して不意をつけば、むこうが冷静になる前にトンネルの中に逃《に》げこめると思う。そうしたら、こっちに有利よ」

ベラが短くうなずく。「あいつらより先にトンネルにたどりつくのね」

ラッキーはいつでも走りだせるように、足に力をこめた。まだめまいがしているし、寒さと疲労《ひろう》で体が震《ふる》えている。三匹《びき》についていける自信はあまりない。

だが、心配しているひまはなかった。スイートが岩をけり、フィアースドッグに向かってダッと駆《か》けだした。ブレードが驚《おどろ》いた顔になる。スイートはそのあいだも、とぶような速さで走りつづけた。ベラとストームがあとに続き、ラッキーも、震《ふる》える足にムチを打って走りはじめた。走る速さではスイートにかなう犬はいない。それでもラッキーは、一匹《ぴき》だけ目立って遅《おく》れていた。

「フィアースドッグたち、覚悟《かくご》しなさい！」スイートが激しく吠《ほ》えた。

ふいをつかれたブレードは、まだ動揺から立ち直っていない。スイートがなにをたくらんでいるのか、見当もつかないらしい。たった四匹《ひき》の〈野生の犬〉が自分たちに襲《おそ》いかかってくるなんて、とても信じられないのだろう。ブレードのためらいが、スイートには有利にはたらいた。まさにブレードに襲《おそ》いかかりそうにみえたその瞬間《しゅんかん》、スイートはいきなり方向を変え、フィアースドッグがみている前でトンネルにとびこんだ。

ブレードの目が怒《いか》りに燃えた。「追いかけろ！」

フィアースドッグたちがいっせいに走りはじめる。激流《げきりゅう》のように、ラッキーたちめがけて突《とっ》進《しん》してくる。

「雑種どもはどうでもいい！」ブレードが叫《さけ》んだ。「子犬だけは逃《に》がすな！　めあては、そいつ一匹《ぴき》だ！」

ベラが速度をあげた。フィアースドッグよりはやくトンネルにたどりつき、中にとびこむ。ストームもあと少しで追いつきそうだ。ラッキーも、疲《つか》れた足をむりやり駆《か》って、どうにか子犬に追いついた。ブレードより先にトンネルにたどりつかなければ、スイートとベラには合流できない。痛みをこらえて歯を食いしばる。気づくと、ストームがラッキーのうしろになっている。わざと足をゆるめているようだ――ラッキーは、はっとした。

いやな予感がする。ストームは、わざとフィアースドッグにつかまろうとしているのだ。逃《に》げずに戦うつもりだ。

そう気づいた瞬間《しゅんかん》、ラッキーの体の奥から、ふしぎなエネルギーがわいてきた。「走れ、ストーム！　スイートに追いつけ！　いま意地を張ったら、むだ死にするぞ！」

ストームは不服そうな顔でうなった。「ブレードに思い知らせてやるの！」

「いまはむりだ！　相手が多すぎる！　スイートとベラにけがをさせたいか？　死にたくないだろ？」ラッキーは、苦痛に顔をゆがめながら足を速めた。前足がずきずきするが、気にしているひまはない。ストームが速度をあげて追いついてきたのをみて、ラッキーはほっとした。

二匹《ひき》がトンネルにとびこんだときには、フィアースドッグはすぐそばまで迫《せま》っていた。

やった、逃《に》げきれる！　ラッキーは歓声《かんせい》をあげそうになった。

ところが、なにかようすがおかしい。スイートとベラが立ちつくしている。あやうくぶつかりそうになり、ラッキーたちは荒《あら》い息をつきながら足を止めた。

薄暗《うすくら》がりに目をこらしたラッキーは、どきっとした。警戒《けいかい》してしっぽがこわばる。目の前には、がっしりしたフィアースドッグが三匹《びき》立っていた。太い首輪がぎらりと光る――ひとまわり小さい犬だけは、首になにも付いていない。ほかの二匹《ひき》より小柄《こがら》で、まだ子犬といってもいい年だ。だが、きたえられた筋肉のせいか、実際よりも年が上にみえた。耳のりんかくがぎざぎざしているのは、ほかの犬にかみちぎられた跡《あと》だ。その若い犬は、ファングだった。

足音がきこえてうしろを向くと、ブレードたちが迫《せま》っていた。おしまいだ――どこにも逃《に》げられない。

ストームは毛を逆立てて肩《かた》を怒《いか》らせ、のどの奥で、グルル……とうなった。ファングには目もくれず、ブレードに向きなおる。「これがあんたのやり方？　罠《わな》なんて卑怯《ひきょう》よ！　ちゃんと戦うのが怖《こわ》いんでしょ？」そういうと、フィアースドッグのアルファに一歩つめよった。スイートとベラが、急いであいだに入る。

「落ちつきなさい」スイートが、低い声で命令した。

ストームは、怒《いか》りで体をわななかせながら、うなりつづけた。「でも、そりゃそうよね。

フィアースドッグのリーダーなんて、ただの臆病者《おくびょうもの》だもの！」

ブレードはぴくりとも動かず、ぎらつく目で子犬をにらみつけている。「おまえこそ！　雑種どもにへつらいながら、どの口でわたしを卑怯者《ひきょうもの》呼ばわりするつもり？」

ラッキーは、耳をなめてストームをなだめようとした。「ブレードはきみを挑発《ちょうはつ》してるんだ」

そのとき、ふいに敵のアルファの言葉を思いだした。

『ストームが、最後の戦いを引きおこす。空はふたつに引きさかれ、世界は雪と血におおわれるだろう』

背中を冷たいものが走った。ブレードは、ストームを挑発《ちょうはつ》しているんじゃない——殺すつもりだ。

ブレードは、肩をそびやかし、鋭《するど》い声で命令した。「ファング、こっちにきなさい。わたしのとなりで、きょうだいの最期をよくみておくのよ」

ファングは、すばやくうなずいた。足を引きずりながら近づいてきて、スイートとベラを押《お》しのける。きょうだいには目もくれず、まっすぐ前だけをみている。

ひどい仕打ちをたくさん受けたことも忘れて、ラッキーはファングがかわいそうになった。ミッキーとふたりで基地から助けだしたときには、ファングはふつうの、目をきらきらさせた活発な子犬だったのだ。いまでは変わりはてた姿になっている――やせて皮がたるみ、毛はもつれ、体じゅうについた深いかみあとからは血がにじんでいる。歩くたびに、痛そうに顔をゆがめている。こいつらがファングをこんな姿にしたんだ――ラッキーは、悲しくてやりきれなかった。ぼくたちの群れに入っていれば、こんなことにはならなかったのに。

ファングは、どうにかブレードのとなりへいくと、落ちつかない表情ですわった。ブレードは、暗がりの中でぶきみに目を光らせながら、鋭《するど》い牙《きば》をなめている。

ラッキーはため息をついた。自分がいくら悲しもうと、むこうの群れを選んだのはファング自身だ。ファングは、ブレードがウィグルを殺しても、気持ちを変えなかった。そのとき、ラッキーは、あることに思いいたって体をこわばらせた。どうしてブレードは、ファングを生かしておいたんだ？　ストームとおなじ、〈大地のうなり〉のあとに生まれた子犬なのに。

ラッキーは顔をしかめた。ブレードの言葉を思いだして、全身がぞくりと寒くなる――敵のアルファは、ファングを殺すといっていた。まだストームを〝片づけて〟はいないが、ブレードは、利用する価値のなくなった犬をいつまでも生かしておくような犬ではない。

「ファング！」ラッキーは叫《さけ》んだ。「逃《に》げろ！　あぶない！」

子犬が身動きするよりはやく、ブレードはものもいわずにファングに襲《おそ》いかかった。のどもとに深々と牙《きば》をつきたて、ためらうようすもみせずに急所を食いやぶる。傷口から噴きだした血が、大きな弧《こ》を描いてあたりの壁一面にとびちった。脈打つ真っ赤な傷口から、耳をふさぎたくなるような、ゴボゴボという音がもれてくる。ファングは横向きに倒《たお》れこみ、地面を転げまわった。うしろ足をばたつかせ、自分の血で染まった壁を前足で引っかいている。

ストームが悲鳴をあげた。ほかの犬は身じろぎもしない。

ラッキーもその場で凍《こお》りついていた。ファングの体がけいれんしはじめる。ずっと前に会った、〈精霊《せいれい》たち〉からお告げをきけると言い張っていたテラーも、発作を起こすとこんなふうになった。テラーはしばらくすると回復した――。

だがきっと、ファングが回復することはない。

ブレードは、勝ちほこった顔で子犬のそばに立ちはだかっている。

どちらの群れの犬もぼう然としていた。フィアースドッグは立ちつくし、スイートたちは恐怖《きょうふ》ですくみあがっている。ブレードだけが、満足そうな顔だ。がっしりした前足でファングの体を壁ぎわへ押《お》しやると、自分の毛にとびちった血をなめはじめた。ファングは体を激しく震《ふる》わせ、白目をむいた。なめらかな目は、ふたつの〈月の犬〉のようにみえる。苦しげなゴホッというせきを最後に、ファングの頭からがくりと力がぬけ、それきり動かなくなった。

「殺したのか」ラッキーは息ができなかった。「あんなにおまえに忠実だった犬を――殺したのか」

ブレードは、怒《いか》りにまかせて前足で地面を打った。「忠実だろうとなんだろうと、関係ない。わたしは、この世の犬たちを救おうとしているのよ――少しは感謝したらどう？」鋭《するど》い目で群れをにらみわたす。「〈精霊《せいれい》たち〉がわたしに告げてくれた。〈うなり〉のあとに生まれた子犬は、一匹《ぴき》残らず息の根を止めなくてはならない。これで、残すはあと一匹《ぴき》だけになったわ」ブレードは、熱に浮《う》かされたような目をしている。ひげについたファングの血をぺろりとなめ、ストームに向きなおった。「あと少しで片がつく。最後の子犬を消すときがきたのよ」

ラッキーは二匹《ひき》のあいだに割って入り、急いでストームのようすをたしかめた。

恐怖《きょうふ》に凍《こお》りついていたストームは、少しずつ冷静さを取りもどしはじめていた。憎《にく》らしそうに鼻づらにしわを寄せ、血まみれになったきょうだいのなきがらに向けていた目を敵のアルファに向けた。つぎの瞬間《しゅんかん》、ラッキーをつきとばしたかと思うと、ブレードに突進《とっしん》しはじめる。

ブレードが肩《かた》を怒《いか》らせ、戦いの姿勢を取る。ところが、なにかに気づいたかのように、ぱっと目をみひらいた。「なにかが迫《せま》っている！」

ストームもぴたりと足を止め、しきりに左右をみまわしている。

ラッキーも気づいていた。空気が細かく震《ふる》え、本能が、いますぐ逃《に》げろと叫《さけ》んでいる。毛がぴりぴりしている。スイートは、目を大きくみひらき、恐怖《きょうふ》に打たれた声で叫《さけ》んだ。「ホケンジョのときとおなじよ。こんなふうに空気が震《ふる》えてから、壁がゆれはじめたわ」

メースは壁ぎわで小さくなり、ダガーは子犬のように鳴いている。「あのときとおなじだ！ニンゲンがいなくなったときとおなじだ！」

「これ、なに？」ストームは、足元の地面をみつめている。「なんだか、〈大地の犬〉が体を震《ふる》わせてるみたい！　怒《おこ》ってるの？　病気なの？」警戒《けいかい》してとびすさり、ラッキーを振《ふ》りむいた。「なにもわかってないの、あたしだけみたい」

「きみが生まれる前のことなんだ」ラッキーは小声でいった。ストームがなにも知らないのは当然なのだ――〈大地のうなり〉のあとに生まれたのだから。話にきいたことはあっても、どんなものなのか想像がつくはずがない。だが、いま説明しているひまはない。早口でスイートとベラに耳打ちする。「あいつらが気を取られているうちに脱出しよう」それをきいたスイートは、迷わず走りだした。身軽な体が、震《ふる》える地面をけっていく。ベラがあとに続き、フィアースドッグのあいだをジグザグにぬっていった。おびえた敵は、それを止める余裕《よゆう》もないらしい。ラッキーはストームを押《お》した。「走れ！」返事は待たず、トンネルを走りはじめる。うしろから子犬が追ってくる音がして、ラッキーはほっと胸をなでおろした。

地面はまだ震《ふる》えている。「〈大地の犬〉のお告げよ！」ブレードが吠《ほ》えた。「これは警告なのよ――子犬を殺しそこねたら、〈うなり〉を起こしてわたしたちを全滅《ぜんめつ》させるつもりよ！」

ラッキーは、肩《かた》ごしにちらりとうしろをたしかめた。メースは、細いしっぽを足のあいだにはさんで、しきりに地面のにおいをかいでいる。ダガーが追いかけてくるようなそぶりをみせたが、片方の前足を宙に浮《う》かせたまま、ぴたりと立ちどまった。「アルファ、空気が震《ふる》えています！」

「空気がどうだろうとどうでもいい！　子犬をつかまえなさい！」ブレードは腹立たしげに叫《さけ》んだが、フィアースドッグたちは、おびえてすくみあがっている。

だいじょうぶだ、逃《に》げきれる！　そう感じたラッキーは、腹の底から力がわいてくるのを感じた。ストームがついてきているのを確認すると、前足の激痛《げきつう》をこらえながら駆《か》けもどり、子犬のとなりに並んで走りはじめた。暗いトンネルのカーブを曲がると、スイートとベラが岩の裂《さ》け目から外へ出ようとしているところだった。

ラッキーとストームも外へとびだし、冷たく澄《す》んだ空気をめいっぱい吸いこんだ。かたい岩の上で足がすべったが、地面の震《ふる》えはおさまってきたようだ。〈大地のうなり〉なんかじゃなかったのかもしれない。ラッキーの胸に希望がわいてきた。疲《つか》れた体をふるい立たせ、先をいくスイートとベラとストームのあとを追う。

崖《がけ》のふちを走る小道をたどりながら、ラッキーたちはみすぼらしい茂《しげ》みやごつごつした岩場を乗りこえて、なわばりがあるほうへと走りつづけた。ゆれる枝が足を打ち、いばらがしっぽにからみついてくる。

とうとう、先頭を走っていたスイートが立ちどまり、ストームとラッキーが追いついてくるのを待った。ひたいにしわを寄せ、逃《に》げてきたほうをにらんでいる。「つけられてはいないみたい」

「でも、ストームをつかまえに、すぐ野営地に押《お》しよせてくるわよ」ベラがうめいた。「ブレードは決心してるみたいだった。ファングにあんなことができるんだもの……」

ラッキーはうなずいた。さっきの光景を思いだすと、吐《は》き気《け》がこみあげてくる。

「あんなやつ、怖《こわ》くない」ストームがうなった。

「バカなこといわないで」ベラがぴしゃりといった。

スイートが歩きはじめた。「さあ、いきましょう。群れがいるところまで、まだ距離《きょり》があるわ――ここは危険よ」そういって、ちらっとラッキーをみた。「つらそうね。もう少しがんばって。あとちょっとで休めるわ」

〈太陽の犬〉が水平線のすぐ上までおりてきたころ、ラッキーはベラとストームに支えてもらいながら、どうにか野営地にたどりついた。先に着いたスイートに、サンシャインとミッキーとデイジーが駆《か》けよっている。三匹《びき》はすぐにラッキーを取りかこみ、力をかそうとした。

「はやく休ませよう！」ミッキーが吠《ほ》えた。白と黒のまだらもようの首を、心配そうにかしげている。

「なにか食べさせなきゃ！」サンシャインがきゃんきゃん吠《ほ》える。

デイジーはラッキーの鼻をなめた。「冷たい！　氷みたい！」

スイートは、せっぱつまった声で吠《ほ》えた。「ブルーノ！　スナップ！　ラッキーのために獲《え》物《もの》をつかまえてきてちょうだい！」

猟犬《りょうけん》たちはすばやくうなずくと、急いで木立《こだち》のほうへ走っていった。ラッキーは、重い体を引きずりながら寝床《ねどこ》へ向かった。体が激しく震《ふる》え、寒くてたまらない。まっすぐ立っているのもやっとだ。寝床《ねどこ》にもぐりこむと、ベラとスイートとストームが体を寄せてきた。仲間のぬくもりはありがたかったが、震《ふる》えは止まらず、歯がかちかち鳴った。

「だいじょうぶ、すぐに元気になるわ」スイートが首を伸ばして、鼻をなめてくれた。

それをきいても、ラッキーの不安はしずまらなかった――寒くて寒くて、体じゅうの血が氷になってしまったみたいだ。このまま凍《こお》ってしまうんだろうか。

8 警告

ラッキーは重いまぶたをあげ、体にまとわりつく眠気《ねむけ》を振《ふ》りはらうと、暗がりに目をこらした。オオカミ犬にかまれた前足は、いまもずきずきうずいている。それでも、あんなに冷えきっていた体はあたたまっていた。スイートとベラとストームは、ぴたりと寄りそったままぐっすり眠《ねむ》りこんでいる。みんなのおかげで逃《に》げだせたんだ。ラッキーは感謝でいっぱいになった。野営地にもどってきたんだから、もう安心していいんだ。

だが、どうしてもいやな予感をぬぐえない。空気には、かすかに金属のようなにおいがただよっている。〈大地の犬〉は静かになっていたが、ラッキーの首元の毛はあいかわらず逆立ったままだった。足の下で、なにかが動く気配がする。

そのとき、おいしそうなにおいに鼻をくすぐられて、ラッキーは目をしばたたいた。おなかがすいていたことを急に思いだす。ぐうぐう鳴りはじめたおなかの音をききながら、口のまわりをなめた。サンシャインがちょこちょこ走ってくる。口には、おいしそうなぶあつい雁《がん》の胸肉をくわえていた。小走りでやってきて、寝床《ねどこ》のすぐそばに肉を置く。

スイートが、片目を開けた。「ベータ、それはあなたの分よ。食べて力をつけてちょうだい。わたしたちはあとで食べるから」そういうと、もう一度目をつぶって、眠《ねむ》りに落ちた。

肉のかたまりをみていると、口につばがわいてくる。

「ブルーノが、とくべつ太った雁《がん》をつかまえたの」サンシャインが説明した。「あたしたち、すごく心配したのよ――だまって出ていくなんて、ラッキーらしくないし。でも、なかなかもどってこないから、なにかあったんじゃないかって思って」

ラッキーは、感謝をこめて頭を下げた。くちびるをなめて返事をしようとしたが、声がかすれていた。肉にかぶりつきたくても、のどがからからに渇《かわ》いていて、力がわいてこない。

サンシャインは、心配そうに鼻をひくひくさせながら、しばらく考えこんでいた。ふいにうしろを向き、いきなり寝床《ねどこ》をとびだしていく。おもてでなにかしているらしい。ガサガサいう音のあとに、なにかを引きずるような音が続いた。しばらくしてもどってきたマルチーズは、木のようなものをくわえていた。おわんのような形をした木の皮の中には、きらきら光る水が入っている。サンシャインは、急ごしらえのおわんを引きずってきて、ラッキーの前に置いた。

ラッキーはさっそく水に突進《とっしん》すると、夢中で飲みはじめた。

「ありがとう、オメガ。のどが渇《かわ》いてたんだ」

サンシャインは、毛のもつれたしっぽをうれしそうに振《ふ》った。「じゃあ、がんばってお肉を食べて！　食べればきっと気分がよくなるから」サンシャインは肉にかみつくと、小さくかみちぎって、ラッキーの口元にさしだした。やわらかい肉を口で受けとってかむと、肉汁がのどをすべり落ちていく。サンシャインのいうとおりだ——さっそく元気がわいてきたような気がする。サンシャインは、肉をかみちぎってはラッキーにさしだし、食べているあいだは鼻をなめて元気づけてくれた。ふとラッキーは、むごい死に方をしたファングのことを思いだして、顔をこわばらせた。「フィアースドッグは追ってこなかったのかい？」

「心配しないで」サンシャインは、なだめるようにいった。「群れのみんながついてるし、パトロール犬たちが見張ってるから。だいじょうぶ、ここは安全よ。ラッキーは休んで、ちゃんと元気になって」

ラッキーは、いわれるがままに目を閉じた。こんなふうに世話を焼いてもらうのは、子犬のころ以来だ。

✷

いつのまにかラッキーはヤップにもどっていて、母犬に顔を洗ってもらっていた。母犬にもっと甘《あま》えたくて、鼻を押《お》しつける。たっぷり飲んだミルクと、ニンゲンたちが子犬用に出してくれるやわらかい肉で、おなかがふくれている。ニンゲンのすみかは居心地がよかった。窓から射しこむ日の光をあびて、体がぽかぽかする。ヤップは大きなあくびをして、母犬をみあげた。

「ママ、おはなししてくれる？」

体をすりよせると、母犬はあたたかな前足を背中に置いて、抱《だ》きよせてくれた。「もちろん。じゃあ、ライトニングの話をしてあげましょう。足の速さでは、ライトニングに並ぶ犬はいないのよ」

ヤップはうれしくなって、しっぽをひとふりした。お気に入りのはなしだ！

母犬は、せき払《ばら》いをすると話しはじめた。「〈天空の犬〉は、いつもライトニングを見張って、守っていたの。ところが、それをみていた〈大地の犬〉が、やきもちをやいた。ライトニングはもう十分すぎるくらい生きたんだから、その強力な命を自分にゆずってくれてもいいんじゃないかって考えたのね」

ヤップは、なんとなく怖《こわ》くなってきた。あたたかな陽の光は消え、空には雲がどんよりと垂れこめている。母犬の声が低くなり、やわらかな体が急にこわばりはじめたような気がした。

「ある夜、ライトニングは〈大地の犬〉をからかいはじめたの。この犬はいつだってずる賢《がしこ》くて、いじわるばかりしているのよ。地面をすばやく引っかいて、自分だけは安全な空へさっさと逃《に》げかえるの」

ヤップは驚《おどろ》いて、母犬の表情をたしかめようとした。ライトニングと〈天空の犬〉がいたずら好きなのは知っている。だけど、いじわるだなんて思ったことは一度もない。ライトニングが本気で〈大地の犬〉をいじめるなんて、そんなことあるわけない。

背中に置かれた母犬の前足が、急に重くなったような気がした。「〈大地の犬〉は知恵《ちえ》をはたらかせて、ライトニングの考えを読もうとしたの。息をひそめて待ちかまえ、ライトニングのかぎ爪《づめ》が何度もおなじところを引っかきはじめると、つぎはここをねらうにちがいない、と見当をつけた」母犬の声が、どんどん大きくなっていく。「そんなふうにして、〈大地の犬〉は舌なめずりをしながら待っていた。そして、ライトニングが自分のほうへとびこんできたその瞬間《しゅんかん》――なにをしたと思う?」

ヤップは、目をみひらいてだまっていた。怖《こわ》くて声が出ない。

母犬の声は、ヒステリックにかん高くなっている。「〈大地の犬〉は、恐《おそ》ろしい声でうなると、口をがあっと大きく開けて、ライトニングを丸飲みしてしまったの！」

ヤップは恐怖で息をのんだ。前にもおなじ話をしてもらった。だけど、こんな結末じゃなかった！　ヤップは母犬の体に顔をうずめた。たくましい筋肉が、呼吸とともに上下している。

ヤップは、はっと身を引いて、おそるおそる母犬をみあげた。悲鳴がもれる――こっちをにらみつけているのは母犬じゃない！

ブレードだ！

フィアースドッグは牙《きば》をむき、ぐっと顔を寄せてきた。ほおひげがふれそうなくらい近い。顔にかかる息が金くさい。これは、血のにおいだ。

ヤップが後ずさろうとすると、ブレードは、背中に置いた前足に力をこめて地面に押《お》さえつけてきた。

「ぼくのママは？」ヤップはきゅうきゅう鳴いた。「ぼくのきょうだいはどこ？」

ブレードは、愉快《ゆかい》そうに目をかがやかせた。「悪い犬にはおしおきをしなくちゃ。〈大地の犬〉はライトニングを飲みこんだ！　ごらん、あいつの血が地面に染みこんでいるでしょう？」

ブレードにぎりぎりと地面に押《お》さえつけられ、ヤップは息ができなくなった。

はっと目を覚ますと、〈太陽の犬〉の光が寝床《ねどこ》にまっすぐ射しこんでいた。心臓がどきどきしている。空は明るく晴れわたり、ブレードの姿はどこにもない。

ほっとしてため息をつき、勢いよく体を振《ふ》って気分を変えた。スイートとストームとベラは、外にいるらしい。ラッキーは、あくびをしながら伸びをした。悪夢に振《ふ》りまわされるのはうんざりだ。おなかは心地よくふくれているし、ぐっすり眠《ねむ》ったおかげで体調もよくなった。前足の痛みも、ましになっている。

ラッキーは、木々に囲まれた池まで歩いていき、水をごくごく飲んだ。あたたかな寝床《ねどこ》を出てきたせいか、吹《ふ》きつける風が凍《こご》えそうなくらい冷たい。木々には葉っぱ一枚ついていない。池のほとりの草まで、霜《しも》にやられてしおれている。ラッキーは地面のにおいをかいだ。霜《しも》のせいでわかりにくくなっているが、かすかに、いつもとちがうにおいがした。もう一度、鼻をくんくんさせる。土の中から、すっぱいようなにおいがただよいだしてきた。空気が、かすかに震《ふる》えている。またしても恐怖《きょうふ》がこみあげてきて、ラッキーは背すじが冷たくなった。

あの日、世界がばらばらになる前も、こんな感じだった――。〈大地の犬〉は、まだ怒《おこ》っているのだろうか。まだ危険なんだろうか。いったいなにをすれば、きげんを直してくれるのだろう。ラッキーは、ブレードの不吉《ふきつ》な予言を思いだして身ぶるいした。弱気になりかけた自分を、急いで叱《しか》りつける。そんなわけない。ストームと〈大地のうなり〉は、なんの関係もない。

だが、不安な思いは、なかなか消えてくれなかった。

はやく、みんなに警告しにいこう。安全なところへ逃《に》げるんだ。

そのとき、崖《がけ》のふちのほうから、仲間の吠《ほ》え声がきこえた。ラッキーは急いで群れのほうへ走った。スイートを真ん中にして、みんなが輪になっている。警告の必要はなさそうだ――なにが迫《せま》っているのか、みんなわかっているのだ。

「みんな怖《こわ》がってるのよ」スナップがラッキーに訴えた。「逃《に》げたほうがいいの？」

足の速い猟犬《りょうけん》のダートは、落ちつきをなくしてぐるぐる回っている。「〈大地のうなり〉が起こると、木が倒《たお》れて、地面が……地面が裂《さ》けるのよ！」

デイジーが耳をぴくぴくけいれんさせる。「あたしのニンゲンの家は、ものすごくゆれたの。みんなのこと、いっしょうけんめい呼んだのに、いなくなっちゃってたの！」

「ガラスが砕《くだ》けるんだ」ブルーノが、茶色い耳をぺたりと寝かせて吠《ほ》えた。「いきなり粉々になるんだぞ！」

ホワインは地面にしがみつくように小さくなって、ぶるぶる震《ふる》えている。

群れはパニックを起こしかけていた。スイートが、みかねたように大声で叱《しか》りつける。「落ちつきなさい！〈大地のうなり〉のときのことなら、みんなよく覚えているわ。わざわざいやな記憶《きおく》を引っぱりだしたって、なんの役にも立たないでしょう？」

ラッキーは、スイートのそばにいった。「ここにはいられない。できるだけ遠くへ逃《に》げよう」

「でも、どこへいくというの？」スイートは、湖のほうへ視線をさまよわせた。「結局、〈大地のうなり〉からは逃《に》げられなかったのよ。ここはひらけているし、木だって池のほとりにしか生《は》えていないわ。覚えてるでしょう？　わたしたちが暮らしていた街や、〈果てしない湖〉のほとりの町がどんなことになったか。〈大地の犬〉が体を震《ふる》わせると、背の高いものや重いものは、とたんに危険になるの。もし、ほんとうに〈うなり〉がくるのだとしたら、なるべく広い場所にいたほうが安全よ」

ムーンが立ちあがった。「アルファが正しいわ。むかしから〈野生の群れ〉だった犬たちは覚えているはずよ。森の中でだって、地面がゆれて、木々が倒《たお》れてきたじゃない。わたしたちが生きのびたのは、野営地がひらけたところにあったから。こういう場所にいたほうが安全なはず。やみくもに、あるかどうかもわからない理想のなわばりを探すよりも」

ダートは心細そうに鳴き、前足で頭をおおってうずくまった。デイジーはそわそわと歩きまわっている。

ラッキーは、ふたりの意見をきいて、もう一度考えなおしてみた。スイートとムーンのいうことはもっともだった。ここを出ても、いくあてはない。大地の上を歩くしかないのに、その大地から逃《に》げようだなんて、むちゃなのだ。

スイートがラッキーのほうを向いた。「ベータ、どう思う？」

ラッキーはうなずいた。「たしかに、そのとおりだ。いまいるところから、離《はな》れないほうがいい。だけど、崖《がけ》のふちには近づかないほうがいいかもしれない。〈大地のうなり〉のとき、ニンゲンのすみかがいくつも崩《くず》れたんだ――もし、このあたりの崖《がけ》が崩《くず》れて、だれかがそこに立っていたりしたら大変なことになる」ラッキーは、〈果てしない湖〉のそばにある町のことを思いだした。通りには、岸辺の砂や水草がたくさん散らばっていた。ひょっとすると、〈うなり〉のときに湖の水があふれて、町に流れこんだんじゃないだろうか。ラッキーは、身ぶるいした。「〈果てしない湖〉からも離《はな》れておいたほうがいいと思う」

とたんに、群れの犬たちは落ちつきを取りもどした。アルファとベータの意見が一致したのをみて、安心したのだろう。

デイジーが、しっぽを垂れたまま、おずおずと前に進みでた。「町にもどってきてるニンゲンたちは、どうなるの？　あのニンゲンたち、湖のすぐそばで暮らしてるし――〈うなり〉がきたら、おぼれちゃうかも」

スイートが、あきれたような顔になった。「そんなこと、わたしたちには関係ないわ。冷たくきこえたらごめんなさい。でも、いままでニンゲンが犬を助けてくれたことなんてあった？」

もとから〈野生の群れ〉だった犬たちは、スイートに賛成してうなずいている。

「ニンゲンたちは、自分たちの知恵《ちえ》に自信があるみたいだもの」そうつぶやいたムーンの目は、冬空のように冷ややかだ。「自分たちでどうにかするでしょう」

だが、以前〈囚《とら》われの犬〉だった者たちは、決めかねたようにちらちらと視線をかわしている。ミッキーが前に進みでた。「わたしたちはニンゲンと暮らしていたんだ。世話をしてもらい、エサをもらい、愛情まで与《あた》えてもらった」口ごもって、遠くをみる。きっと、一番の親友だったという、小さな男の子のことを思いだしているのだろう。ミッキーは、すがるような声でスイートにいった。「かんちがいしないでほしい。いまのわたしは〈野生の群れ〉だし、ほかのみんなだって〈囚《とら》われの犬〉にもどりたいなんて思っていない。ニンゲンのもとに帰りたいとも、また首輪をつけたいとも望んでいない。ただ、町にいるニンゲンたちに、〈大地のうなり〉が迫《せま》っていることを知らせたいだけなんだ。命がかかっている。アルファがニンゲンたちを好きになれないのは、よくわかる。それでも、やっぱり、わたしたちは、ニンゲンを見殺しにすることはできない」

仲間の言葉に、元〈囚《とら》われの犬〉たちは心を動かされたようだった。マーサはミッキーのそばへいき、ベラは自信を取りもどしたように胸を張った。サンシャインは興奮してぐるぐる回り、すぐにでも走り出していきそうだ。

スイートは顔をこわばらせている。〈果てしない湖〉に近づくなんて、アルファとしては許せないのだろう。だがラッキーは、ベラが一度決めたことをがんとして変えないことも知っていた。〈大地のうなり〉が迫《せま》り、フィアースドッグたちがすぐそばにいるようなときに、仲たがいをしてほしくない。

ラッキーは、急いで二匹《ひき》のあいだに入ると、頭を低くして服従の姿勢を取った。「アルファ、許してもらえるなら、ぼくがみんなを町まで連れていって、ニンゲンたちに警告してくる。ニンゲンは賢《かしこ》い生き物だけど、本能で危険を察知することができないんだ――〈うなり〉が近づいていることにも、気づいていないと思う」ラッキーはさらに頭を垂れ、地面に鼻をすりつけるようにして続けた。「約束する。長居はしないし、〈うなり〉がくる前に、きっとぶじになわばりへもどってくる」

ラッキーは、息をつめて、アルファの返事を待った。スイートのきびしい視線を痛いほど感じる。〈うなり〉がいつ襲《おそ》ってくるかなんて、どんな犬にもわからない。かならず間に合うという保証はない。だがスイートは、元〈囚《とら》われの犬〉たちの気持ちをわかってくれるはずだ。名ばかりのアルファだったオオカミ犬とはちがう。スイートなら、きっとわかってくれる。

ラッキーは、祈《いの》るような思いで頭を下げつづけた。ほかの犬たちも、緊張《きんちょう》してアルファの返事を待っている。

スイートがため息をついた。「とんでもない計画ね。でも、いくなとはいえない」

ラッキーは顔をあげ、感謝をこめてアルファをみつめた。やっぱり、オオカミ犬とは大ちがいだ！

スイートは、きびしい表情を崩《くず》さなかった。「ベータ、どうか気をつけて。そして急いでちょうだい！」それから、ほかの犬たちに向きなおった。「ベータとともに、ニンゲンに警告をしにいきたい者は？」

「わたしもいきます」マーサが、低くおだやかな声でいった。

ベラが、金色のしっぽをひと振《ふ》りする。「わたしもいく。ニンゲンを助けるのも、きっとこれが最後ね。これがすんだら、ニンゲンはニンゲンの道を、わたしたちはわたしたちの道をいけばいいわ」

ミッキーが、目をかがやかせながら駆《か》けよってきた。「いっしょにニンゲンたちを助けよう。絶対に、こうすべきなんだ。アルファ、すぐにもどってくる」

サンシャインとデイジーは、はしゃいではねまわっている。

「あたしたちでニンゲンを助けてあげるの！」サンシャインが歓声《かんせい》をあげた。

ところが、ブルーノはムーンのそばにすわりこみ、動くそぶりもみせない。「おれは残る。おれはもう、〈群れの犬〉なんだ。〈うなり〉のときはニンゲンに見捨てられたし、町にいるニンゲンにいたっては、顔も名前も知らん」ブルーノの冷ややかな目をみて、ラッキーは意外に思った。だが、いいたいことはわかるような気がした。ブルーノはもう、ニンゲンを心配する気持ちになれないのだ。

ところが、もっと意外なことに、〈果てしない湖〉に向かおうとしている犬たちの一団に、べつの犬が走りよってきた。スナップだ。

「あたしもいくわ」

ベラがスナップを振《ふ》りかえった。「あんたは、生まれたときから〈野生の犬〉でしょ？」

「役に立ちたいから」スナップはベラから顔をそむけていうと、両耳をうしろにたおした。

「ありがとう」ミッキーが小さな声でいって、小柄《こがら》なスナップの耳をそっとなめた。スナップは、愛情のこもった目で牧羊犬をみあげている。ラッキーは二匹《ひき》の姿をみて、ようやく気づいた――ミッキーとスナップは連れ合いになっていたんだ！　どうしていままで気づかなかったんだろう？

だれかに足をつつかれて下をみると、ビートルが、顔をかがやかせてこっちをみあげていた。

「ぼくもいく！」

ムーンがとびだしてきて、子どもの首根っこをくわえた。「いけません！　ニンゲンは、あなたのお父さんを殺したのよ。〈囚《とら》われの犬〉が果たそうとしている使命は、わたしたちとはなんの関係もないの。首をつっこんではだめ。ニンゲンにはなんの借りもないんだから」

スイートがせき払《ばら》いをして、群れの注目を集めた。「あとに残る犬たちは、全員、よくきいてちょうだい――〈大地のうなり〉がきたときのために、獲物《えもの》を多めに狩《か》ってそなえましょう。〈うなり〉が起こったあとは、獲物《えもの》がぐっと減ってしまうから。ブルーノとムーンは、野営地のまわりで狩《か》りをしてきてちょうだい。ただし、あまり遠くへいかないこと。みんな、フィアースドッグには注意するのよ。このへんにきているかもしれないから」

ブルーノとムーンは真剣《しんけん》な表情でうなずくと、すぐに駆《か》けだしていった。霜《しも》におおわれた草に鼻を寄せて、においをたしかめている。ムーンは途中で振《ふ》りかえり、警告するような顔でビートルをみた。子犬はうなずき、しぶしぶラッキーから離《はな》れた。

スイートは、町へ向かって歩きだした犬たちに声をかけた。「わたしのいったことを忘れないで——できるだけはやくもどってちょうだい」そういうと、町へいく一団を誘導《ゆうどう》していたラッキーのそばにきた。ベラとマーサが二匹《ひき》を追いこし、ごつごつした岩を乗りこえながら崖《がけ》を下っていく。ラッキーは、スイートと離《はな》れたくなくて、なかなか歩きだせなかった。スイートが耳元に口を寄せ、かすれた声できゅうきゅう鳴く。「気をつけてね。あぶないと思ったら、すぐにもどってちょうだい」そういって、ほおを寄せてきた。連れ合いの甘《あま》いにおいを吸いこんでいると、ラッキーは胸が痛くなってきた。

やがてラッキーは、意を決して歩きはじめた。しばらくいくと、うしろを振《ふ》りかえる。崖《がけ》のてっぺんに立つスイートは、ひとりぼっちで、さびしそうだった。

ラッキーは、むりやり顔をそむけると、足を速めてほかの犬のあとを追った。なにもこれが最後の別れってわけじゃないんだ、と自分にいいきかせる。だが、ごつごつした崖《がけ》を足早におりていくあいだも、胸の中では、いやな予感とさびしさがふくれあがっていった。

9 〈湖の犬〉の怒《いか》り

ラッキーは、注意深く岩をよけながら仲間に追いついた。〈果てしない湖〉をわたってくる風は、いちだんと塩からくなっている。あばら骨のあいだがちくちくするような不安感は、なかなか消えなかった。胸苦しさを抱《かか》えて崖《がけ》をみあげると、なわばりのある平地も、池のそばにある木立《こだち》も、とっくにみえなくなっていた。アルファの甘《あま》いにおいも、もう感じられない。先のほうをみると、崖《がけ》が大きく陸のほうへ湾曲《わんきょく》し、そのあたりから雑木林が広がっている。フィアースドッグの新しい野営地があったのは、その近くのじめじめした洞《どう》くつだ。敵のにおいはわからなかったが、ブレードはいまも、あの林の中に隠《かく》れて、こっちを見張っているのかもしれない。

そのとき、鋭《するど》い悲鳴がきこえて、ラッキーははっと振《ふ》りかえった。サンシャインだ。ここまでけんめいに岩を乗りこえ、勇気をふるい起こしては、あぶなっかしい足取りで岩から岩へととびうつってきた。ところが、着地に失敗して足をひねってしまったらしい。痛めたところをしきりになめている。

サンシャインとラッキーのあいだにいたミッキーが、声をかけた。「だいじょうぶかい？力をかそうか？」

「だいじょうぶ」マルチーズは、きっぱりといった。気を取りなおし、つぎの岩へととびおりる。ところが足をすべらせ、はねあげた小石をあたりに雨のように降らせた。いくつかは、崖《がけ》のむこうへ転がりおちていく。

ラッキーは、はらはらしながらみまもっていた。はるか下からは、〈果てしない湖〉の波が崖《がけ》に打ちよせる音がきこえてくる。一瞬《いっしゅん》、小さなマルチーズが崖《がけ》からまっさかさまに落ちていく姿が目に浮《う》かび、思わず顔をしかめた。

「サンシャイン、力をかすよ」ラッキーは、マルチーズが気を悪くしないように、なるべくさりげない口調でいった。「岩場が険しいときだけ、引っぱってあげるよ。黒い雲に追いかけられたときのこと、覚えてるかい？　みんなで、すごく急な坂をのぼって逃《に》げただろう？　ほかの犬だって――ホワインとか――、群れのみんなに助けてもらったんだ。恥《は》ずかしがることはないんだよ」

「ほんとに、だいじょうぶなの」サンシャインはゆずらない。「おりるのは得意だもん」そういうと、感謝をこめた表情でミッキーとラッキーをみあげ、小さな声で続けた。「でも、のぼるときはおねがいしようかな」

ミッキーは首を伸ばして、マルチーズの鼻をなめた。「もちろん、いいとも」ミッキーはサンシャインのとなりに並び、ラッキーはうしろにひかえておくことにした。こうして一団は、崖《がけ》のふもとへとおりていった。

〈果てしない湖〉の岸をたどっていくと、町がみえてきた。離《はな》れたところからでも、通りを走るジドウシャたちがみえる。そこらじゅうに、ニンゲンたちの姿があった。思ったとおりだ。危険が迫《せま》っていることには、まったく気づいていないようだ。

先をいっていた犬たちは、ニンゲンたちにみつからないように、町から離《はな》れたところで休んでいた。そこへ、ラッキーとミッキーとサンシャインが合流する。

「みて！」ふいに、ベラが吠《ほ》えた。「〈湖の犬〉が怒《おこ》っているみたい。なにかが変だって、気づいているのよ」

ラッキーは、湖をみて身ぶるいした。きょうだいのいったとおりだ。規則正しい波のリズムが乱れ、やたらと大きくゆれて、暴れているみたいだ。

思ったとおりだった。このあいだの〈大地のうなり〉のときも、湖は岸をやぶって流れこんできたにちがいない。今度もまた、きっとおなじことが起こる。

「なんだか、いやな感じ」スナップが心細そうにいった。

ミッキーが連れ合いのそばへいき、なぐさめるようにほおを寄せた。「ベータ、長居するつもりはないんだろう?」

「ニンゲンに警告したら、すぐに野営地へもどる」ラッキーは約束した。いやな予感で毛が逆立つ。地面が、いまにもぐらりとゆれそうな気がしてならない。

だいじょうぶ、落ちつけ——ラッキーは自分にいいきかせたが、不安は消えなかった。

ラッキーが先頭になって町へ近づくと、一行はニンゲンのようすをうかがった。オレンジ色の服を着たニンゲンたちが、てきぱきと動いている。ふたりは、ミニチュアの木をさかさにしたような棒で道路を掃《は》きながら、砂や割れたガラスや、ゴミ箱からこぼれだしたゴミを集めていた。陽気な声でおしゃべりをしている。そのとき、一台のジドウシャがごう音を立てながら走ってきた。中からべつのニンゲンが顔を出して、道路にいるふたりに手を振《ふ》る。

ラッキーは慎重《しんちょう》に町へ入り、しっぽを軽く振《ふ》って、仲間についてきてくれと合図した。ニンゲンたちにみつからないように、壁ぞいに進む。

「あのニンゲンたちは、いったいなにをしているんだ？」ミッキーが、声をおさえてたずねた。

ゴミを集めているニンゲンたちのむこうでは、べつのニンゲンが、細長い木の杭《くい》をぐるりと地面に打ちこんでいる。「わからない」ラッキーも小声で返した。

「ほんとに、〈大地のうなり〉が迫《せま》ってることに気づいてないの？」スナップがいった。「ほら、みてよ。なんにも心配してないみたい」

「ニンゲンは、犬とはちがうから」ベラが説明する。「〈精霊《せいれい》たち〉に助けてもらえないのよ」

「これからどうする？」スナップがたずねた。「どうやって警告すればいいの？」

ラッキーは、口のまわりをなめながら考えこんだ。

するとサンシャインが、得意げに声をあげた。「あたしのニンゲンは、あたしがぐるぐる回ってきゃんきゃん吠《ほ》えると、なにか変だぞって気づいてくれたわ。やってみる？」

「ニンゲンを前足で押《お》して、〈果てしない湖〉から遠ざけるのはどう？」マーサもアイデアを出した。「こっちのいいたいことが伝わるかもしれない」

ベラも両耳を立てて記憶《きおく》をたどった。「遠吠《とおぼ》えをしたら、危険だって気づくかもね」

「全部、いい考えだと思う」ラッキーはうなずいて振《ふ》りかえり、湖の波打ちぎわのほうをみた。ぶきみなうずがいくつもできていて、白いしぶきがあがっている。背すじがぞくっとした。

「急ごう。ニンゲンに危険を知らせられるなら、どんなことでもやってみるんだ――だけど、つかまっちゃだめだぞ！　ぼくが合図を出したら、すぐに逃《に》げるんだ。帰りはスピードが勝負になる」

「了解、ベータ」犬たちはいっせいに答えた。

「よし、じゃあいこう！」ラッキーは通りを勢いよく走りはじめた。うしろから仲間たちの足音がきこえてくる。振《ふ》りかえると、サンシャインがせっぱつまった声で鳴きながら、気がふれたようにぐるぐるまわっているのがみえた。スナップとデイジーもそれをまねて、小さく円を描くようにはねまわっている。ラッキーは足をゆるめ、ニンゲンたちの反応をみまもった。

はじめのうち、ニンゲンはおもしろがっているようだった。棒を手にしたふたりは、道路を掃《は》くのをやめてサンシャインたちを指さしている。ところが、ベラとラッキーが遠吠《とおぼ》えをはじめたとたん、ニンゲンたちは顔をこわばらせた。マーサとラッキーが駆《か》けよっていくと、身を守るように両手を前につきだして、後ずさりをはじめる。ふたりは、ほかのニンゲンたちといっしょに、あたふたと犬たちから逃《に》げていった。杭《くい》を打ちこんだあたりを大きく避《さ》けて走っていく。

「そっちじゃない！」ミッキーがじれったそうに吠《ほ》える。「〈果てしない湖〉から逃《に》げるんだ！」

「それじゃ怖《こわ》がらせてるだけだ！」ラッキーは呼びかけた。「こっちの言葉はわからないんだから」ふと、杭《くい》に囲まれた場所をみて、ラッキーは身ぶるいした。深い穴がぽっかりと開いている。フィアースドッグにだまされて落ちた穴を思いだす。

「なんの音？」マーサが、湖のほうを振《ふ》りかえった。

ミッキーが両耳を立てて凍《こお》りついた。「湖の水が、どんどん引いていっている。なにか大変なことが起こるぞ！」

全身の毛が逆立ち、恐怖《きょうふ》で胃がきりきり締《し》めつけられる。ラッキーは大声で号令を出した。

「野営地へ！」

「ニンゲンたちはどうする！」ミッキーが悲しげに鳴いた。「吠《ほ》えたって怖《こわ》がらせるだけかもしれないが、なにかに気づいてくれるかもしれない！」そういうと、肩《かた》を怒《いか》らせてうなり、ニンゲンたちに突進《とっしん》しはじめた。スナップも、小さくうなりながら連れ合いの横に並ぶ。

残っていたニンゲンたちのうち、ふたりはわきへ逃《に》げたが、三人目は大きな穴のほうへ後ずさった。地面にささった杭《くい》を力まかせに引きぬき、犬たちに向かって振《ふ》りかざす。スナップはひるみ、片方の前足を宙に浮《う》かせたまま立ちどまった。だがミッキーは、激しく吠《ほ》えながらニンゲンにつめよった。「逃《に》げろ！　ここはあぶないんだ！」いまにもかみつきそうな勢いだ。

ニンゲンはおびえた悲鳴をあげた。やみくもに振《ふ》りまわした杭《くい》が、ミッキーのわき腹に当たる。ミッキーは痛みに叫《さけ》んだが、引きさがろうとはしなかった。ラッキーははっとして前にとびだし、仲間を力ずくで引きもどそうとした。ニンゲンがもう一度杭《くい》を振《ふ》りかざしたそのとき、べつのニンゲンの叫《さけ》び声が響《ひび》きわたった。その声に振《ふ》りかえった犬たちは、ひとりのニンゲンが、青い顔で〈果てしない湖〉を指さしているのに気づいた。

危険に気づいた！　ラッキーはほっとした。湖の水が沖《おき》のほうへ引いている。いつ大波が襲《おそ》ってきてもおかしくない。湖を指さしていたニンゲンは、耳に押しあてた長方形の箱に向かって、あせった表情でなにかどなりはじめた。ほかのニンゲンたちは、両腕《りょううで》を大きく振《ふ》りながら逃《に》げていく。

あたりは、ニンゲンのどなり声とジドウシャの吠《ほ》え声でいっぱいになった。

ラッキーは、騒音《そうおん》に負けじと声を張りあげた。

「みんな、ニンゲンたちは湖のようすに気づいた！　危険に気づいたんだ！　はやくここを離《はな》れよう。アルファが待ってる。野営地へ急げ！」

「ラッキー、いまいく！」ミッキーが、こっちを振《ふ》りむきながら大声で吠《ほ》えた。

杭《くい》を振《ふ》りまわしていたニンゲンは、その声に驚《おどろ》いてとびすさった。片足が、穴のふちを踏《ふ》みはずす。ニンゲンは耳をつんざくような悲鳴をあげ、つかんでいた杭《くい》を取りおとした。両腕《りょううで》をばたつかせて、なにかにつかまろうとしている。だが、その手は宙をつかむばかりだ。かん高い叫《さけ》び声とともに、ニンゲンは穴の中に落ちていった。

10 ミッキーの決意

ラッキーたちはミッキーのそばに駆《か》けより、ふちから穴の中をのぞきこんだ。ニンゲンは、深い穴の底にいた——自力ではいあがるには深すぎるようだ。両手でしきりに土を引っかき、よじのぼろうとしている。助けを呼んでいるようだが、その声は、ジドウシャやニンゲンが立てる騒音《そうおん》にかき消されてしまう。

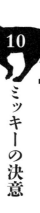

ミッキーが穴のふちを引っかいた。「助けてやろう」

「ミッキー、むりだ」ラッキーはうなった。力ずくでも仲間を連れて帰るつもりだった。「それはぼくたちの仕事じゃない。ほかのニンゲンたちが助けてくれる」

「ラッキーのいうとおりよ」スナップがうなずいた。「あのニンゲン、あなたをなぐったのよ。敵だわ」

だが、ミッキーは恨《うら》んでいないようだ。「怖《こわ》がってただけだ！　わたしにかまれると思ったんだ！」

ベラは、なだめるように、鼻でミッキーの肩《かた》にふれた。「ニンゲンのことはニンゲンにまかせればいいのよ。そろそろ野営地にもどらなくちゃ」

「だが、ニンゲンたちは、仲間が危険だってことに気づいていない！〈果てしない湖〉をみなかったのか？　水かさが異様に減っていただろう？　大波が迫《せま》っているにちがいないんだ」

ミッキーは、あせりで目を血走らせ、悲しそうにきゅうきゅう鳴いた。「だれもあのニンゲンを助けようとしていない。このままじゃ死んでしまう！」

ラッキーは、大混乱になっている町をみわたした。ニンゲンたちは、通りのあちこちにいるジドウシャにとびこみ、大あわてで走りさっていく。ここからは湖のようすがよくわからないが、たぶん、ミッキーの予想は当たっている。〈大地の犬〉が体をゆらして〈湖の犬〉をあおり立て、湖の水が陸地へと押《お》しよせてこようとしているのだ。

そのとき、妙《みょう》な音が耳にとびこんできた。空のむこうから、ブウンというかすかな音がする——どこかできいたことのある音だったが、その正体を思いだすまで、しばらく時間がかかった。それは、怪物《かいぶつ》のように大きな鳥が立てる羽音だ。おなかはガラスでできていて、ジドウシャのように大きく、くるくるまわる翼《つばさ》はぎょっとするほど長い。とうとう地面が震《ふる》えはじめた。だが、それが〝鳥〟のせいなのか〈うなり〉のせいなのか、ラッキーにはわからなかった。穴の内側の土が、滝《たき》のようにザアッと流れおち、底にいるニンゲンの頭に降りそそぐ。バランスを崩《くず》して倒《たお》れこんだニンゲンは、体をゆすって土を払《はら》いおとそうとしている。

ラッキーは、もう一度通りに目をもどした。ミッキーのいうとおりだ。ほかのニンゲンたちはせっぱつまったようすでどなり合い、ジドウシャに乗りこんで逃《に》げていったり、町の上空で速度を落とした〝鳥〟のそばに駆《か》けよったりしている。穴に落ちたニンゲンには、だれひとり気づいていない。

ラッキーは穴に向きなおった。ニンゲンは、助けを求めるように両手を上にあげ、悲しそうにうめいている。

それをみると、気の毒で胸が苦しくなった。このままじゃ、おぼれ死ぬより先に生《い》き埋《う》めになってしまう……。

フィアースドッグの罠《わな》にかかり、岩穴にとらえられていたときの記憶《きおく》がよみがえってくる。まわりにそびえていた岩壁を思いだすと、背中の毛がぞわっと逆立った。息苦しさや、どうがんばっても脱出できないという絶望感を、生々しく思いだす。いやな思い出で、胸がむかむかしてくる。スイートには、危険だと感じたらすぐにもどると約束したはずだ。なのに、どうして自分は、ぐずぐずしているんだろう。

「ラッキー、頼《たの》む」ミッキーがすがりつくような声で鳴いた。「見殺しにはできない」

ラッキーは、あせりながらあたりをみまわし、決断を下すヒントを探して視線を走らせた。ぶるっと首を振《ふ》り、気持ちを落ちつける。こんなことをしている場合じゃないのは、よくわかっている。それでも、気づけば口が勝手に動いていた。「地面にささっている杭《くい》を一本ぬいてくれ。あれを使えば、ニンゲンを助けられるかもしれない」

ミッキーはほっとしたようにしっぽを振《ふ》ると、杭《くい》をくわえて引きぬき、穴のふちへ引きずっていった。ベラはとがめるような顔でラッキーをにらんだが、すぐにミッキーのそばへいき、力をかそうと杭《くい》をくわえた。三匹《びき》の犬は力を合わせて、杭《くい》の先を穴の底へ近づけていった。

そのときサンシャインが、そわそわはねまわりながら叫《さけ》んだ。「なんだか空気が変なの！変な感じ！」

ラッキーは両耳をうしろにたおして、あたりの気配をたしかめた。サンシャインがいったとおり、なにかがおかしい。「みんな、急ごう」木の杭《くい》をしっかりくわえているせいで、うまく声が出ない。

ミッキーが両方の前足を使って、杭《くい》の先を穴の底へぐっと押《お》しさげた。はじめのうち、ニンゲンはためらうような素振《そぶ》りをみせていた。だが、意を決してそろそろと両手を伸ばし、杭《くい》のはしをつかもうとしはじめた。

その瞬間《しゅんかん》、地面が大きくぐらりとゆれ、ガラスが砕《くだ》ける鋭《するど》い音が宙を切りさいた。

「〈うなり〉よ!」ベラが叫《さけ》ぶ。

ラッキーたちは思わず口をはなした。杭《くい》が穴の底へ転がりおち、ちぢこまったニンゲンにあやうくぶつかりそうになる。ラッキーは、急いでうしろを振《ふ》りかえり、はっと息をのんだ。灰色の通りが、まっぷたつに裂《さ》けている。そこから、泥《どろ》のまじった水が泡立《あわだ》ちながら噴きだしている。あたりには、〈果てしない湖〉のにおいが、むっと立ちこめていた――左右にも、上にも、足元にさえ。そばにあったゴミ箱が横向きに倒《たお》れ、ガラガラと音を立てながら通りを転がっていく。

恐怖《きょうふ》で気が遠くなり、ラッキーは少しのあいだ動けなかった。マーサは震《ふる》え、サンシャインはちぢみあがり、ベラとスナップはパニックを起こしてぐるぐる走りまわっている。

ミッキーだけは、ニンゲンを助けようと奮闘《ふんとう》しつづけていた。ななめになった杭《くい》に飛びつき、しっかりとくわえて力まかせに引きぬく。

ラッキーは、はやく逃《に》げろという本能にさからい、恐怖心《きょうふしん》をむりやりおさえこむと、ミッキーを助けにいった。二匹《ひき》でいっしょに、杭《くい》を穴のふちに運んでいく。それをみたマーサは、われに返ったように落ちつきを取りもどし、駆《か》けよってきた。たくましいマーサは軽々と杭《くい》をくわえあげ、穴の底へとさしこんだ。

何羽もの奇妙《きみょう》な〝鳥〟が、町の上空を飛びまわっている。やがて、ガラスのおなかの横側が開き、中から縄《なわ》でできたはしごが投げおろされた。それを伝って、鳥のおなかに乗っていたニンゲンたちが地面に下りてくる。黒いマスクをしたぶきみなニンゲンだ。いつだったか、これとそっくりなニンゲンたちを、森の中でもみたことがある。だが、このニンゲンたちは、犬にはなんの興味もないようだった——ラッキーたちには目もくれず、地面にたどりついたとたん、町にいる仲間たちを集めにかかった。

「このニンゲンのことは忘れてしまったみたいだ」ミッキーは荒《あら》い息をつきながら、ニンゲンがつかみやすいように、そろそろと杭《くい》を押《お》していった。

ニンゲンはもう、流れおちてくる土に半分埋《う》まっていた。夢中でもがき、どうにか杭《くい》の先に手を伸ばそうとしている。ラッキーは、心臓がどきどきしはじめた——ダメだ……ぼくたちも、もうダメかもしれない。

そのとき、うしろからマーサの落ちついた声がきこえた。「〈湖の犬〉はこっちにきているけれど、わたしたちが野営地へもどるまでは待ってくれるわ。〈湖の犬〉は、〈川の犬〉のいもうとなの。わたしがお祈《いの》りしておいたから、きっとわかってくれたはず」

その言葉をほんとうに信じていいのかはわからなかったが、マーサの言葉は、ラッキーの恐怖《きょうふ》をしずめてくれた。もう一度、力がわいてくる。深呼吸をひとつすると、杭《くい》の角度を変えようと苦労しているミッキーに力をかした。二匹《ひき》のうしろで、マーサが杭《くい》をしっかりくわえ、できるだけ深いところまでおろしていく。

地面が上下に大きくゆれ、穴の底でニンゲンの体がはねあがった。ニンゲンは、そのすきを逃《のが》さず、両手を上へ伸ばして杭《くい》の先にしがみついた。ラッキーは、ゆれる地面の上で足をふんばり、よろめきそうになる体を支えた。三匹《びき》はそろそろと後ずさり、杭《くい》の先にぶらさがっているニンゲンを持ちあげていった。

怪物《かいぶつ》のような〝鳥〟の翼《つばさ》が、ごう音を立てながらつむじ風を起こし、小石やがれきを舞いあげはじめた。風はすさまじい勢いで、ラッキーたちは目を開けていられなかった。杭《くい》をくわえたあごは、力を入れすぎてうずいている。うずまく風の中で思いきって目を開けると、ニンゲンが穴のふちに片手をかけているのがみえた。ニンゲンはもう片方の手で杭《くい》につかまったまま、地面の上に体を引きあげた。そのまま、転がるように倒《たお》れこみ、ぼう然とした顔で荒《あら》い息をついた。

ラッキーは、通りをみまわした。みると、ニンゲンの群れはほとんどいなくなり、最後の数人が縄《なわ》のはしごを伝って、鳥のおなかの中へと乗りこんでいるところだった。ラッキーは、ミッキーに呼びかけた。「急げ！　そのニンゲンだけ置いていかれる！」

ミッキーは、すぐに気づいたようだった。倒《たお》れこんだニンゲンに駆《か》けより、顔をしきりになめて起きあがらせようとする。それでも反応がないと、ぐったりしたニンゲンの体を頭で押《お》しながら、せいいっぱい大きな声で鳴きはじめた。

目を覚ましたニンゲンは、もうミッキーのことを怖《こわ》がっていないようだった。上半身を起こすと手を伸ばし、親しみをこめてミッキーの頭をぽんぽんとなでた。

ミッキーは必死にきゅうきゅう鳴いている。ニンゲンは〝鳥〟に気づくと、われに返ったような表情になった。ふらふらと立ちあがると、おぼつかない足取りで走りだし、空に浮《う》きあがった〝鳥〟へ向かって走りはじめる。

ラッキーは苦い思いで、声に出さずにつぶやいた。ミッキーがあんなにがんばったのに、ろくに感謝もしない。命を救ってもらったのに、頭をぽんとたたいて、それで終わり。

ところが、縄《なわ》のはしごにたどりついたニンゲンは、そこでぴたりと足を止めた。こっちを振《ふ》りかえり、なにか叫《さけ》びながら手まねきをしている。いっしょに逃《に》げようと誘《さそ》っているのだ。

スナップがくんくん鳴きながらしっぽを垂れる。

ラッキーは、思わず鳴き声をもらしそうになった。ミッキーがニンゲンといってしまう！　それこそが、ずっと前からのミッキーの望みだったのだから。

ミッキーは、ニンゲンをみたまましっぽを勢いよく振《ふ》ると、うれしそうに、はっはっと息をはずませた。それからくるっと向きを変え、ラッキーたちのほうへ走ってきた。一度も振《ふ》りかえらない。ミッキーのむこうでは、ニンゲンがはしごをよじのぼり、仲間に助けられて〝鳥〟のおなかへ入っていった。それから鳥は空高く舞いあがり、はるかむこうの森のほうへ飛んでいった。

ラッキーは意外に思ってたずねた。「ずっとニンゲンのもとに帰りたいっていってたじゃないか。絶好のチャンスだったのに、どうしてついていかなかったんだい？」

「いまのは、わたしのニンゲンじゃない」ミッキーはきっぱりと答えた。「だいたい、そんなのはむかしの話じゃないか。わたしはあれからずいぶんと変わったんだ。ニンゲンと暮らしたいなんて思っていないよ。わたしは群れの一員なんだから」

ラッキーは、うれしくなって息をはずませた。〈囚《とら》われの犬〉だった仲間たちが、りっぱに過去を捨てさったことが、心から誇《ほこ》らしい。あのサンシャインでさえ、ニンゲンを大勢乗せて遠ざかっていく〝鳥〟たちを、ちらりともみていない。仲間に対する愛情で、胸があたたかくなる。あんなに長いあいだ、リードにしがみついて、〈大地のうなり〉が起こる前の暮らしを恋《こい》しがっていたのに。

——そうだ、〈大地のうなり〉だ！

ラッキーはわれに返った。のんびりしているひまはない。地面のゆれはますます大きくなり、ぱっくり開いた通りの裂《さ》け目《め》からは、シューッという音を立てながら水が噴きだしている。おそるおそる、〈果てしない湖〉のようすをうかがう。なぎさのあたりでは、白い三角波が立ち、砕《くだ》けてはしぶきをあげている。いっぽう、ずっと沖《おき》のほうに目をやると、水面がぶきみに盛りあがっている。大波は、すさまじいスピードでこちらへ近づいていた。

「いくぞ！」ラッキーは吠《ほ》えた。

犬たちが、野営地へと続くごつごつした岩の道に向かいはじめたときだった。ふいに、崖《がけ》のほうから、ゴロゴロという不吉《ふきつ》な音がきこえてきた。ラッキーは耳を立て、息をつめてみまもった。つぎの瞬間《しゅんかん》、まさにラッキーたちの目の前で、崖《がけ》が音を立てて崩《くず》れはじめた。転がりおちてくるいくつもの岩が、たったひとつのぬけ道をふさいでいく。

「道が！　なくなる！」ミッキーがおびえた顔で吠《ほ》える。

ラッキーの胸の中で、心臓がどきどき暴れはじめた。「群れのみんなは、まだ崖《がけ》の上にいる！」

そのとき、湖のほうへつきだしていた崖《がけ》のてっぺんが、音を立てて崩《くず》れおちた。

11 ブレードの予言

ラッキーは、崩《くず》れた崖《がけ》のまわりに立ちこめる土ぼこりを、ぼう然とみつめていた。恐怖《きょうふ》で心臓が痛い。頭に浮《う》かぶのは、ひとつの名前だけだった——スイート！　スイートは、群れのみんなといっしょに崖《がけ》の上にいるのだ。みんなは、崖《がけ》のふちから十分に離《はな》れていただろうか。ぶじでいるだろうか。

「湖をみて！」ベラが吠《ほ》えた。

振《ふ》りかえると、泡立《あわだ》つ湖とさかまく白い波が目にとびこんできた。沖合《おきあい》の巨大な波は、ぐんぐんこっちへ向かっている。行く手の水をどんどん集め、みるみるうちにふくれあがっていく。はじめはジドウシャくらいだった波は、ニンゲンを運ぶ〝鳥〟くらいの大きさになり、しまいにはニンゲンたちの家ほども大きくなった。

「〈湖の犬〉って、水を食べて大きくなるの？」ベラが不安そうに鳴いた。「すごくおなかが空いてるんだわ。町を飲みこむつもりよ！」

「逃《に》げろ！」ラッキーは叫《さけ》び、崖《がけ》のふもとをめざして走りはじめた。通りに長々とのびる裂《さ》け目《め》から塩からい水が噴きだし、ラッキーたちに降りかかってくる。そのとき地面が大きくゆれて、ラッキーは横ざまに倒《たお》れこんだ。あわてて体勢を立てなおし、〈果てしない湖〉の岸辺へ向かって走りつづける。

野営地にもどるには、岸辺を走っていくしかない——いつ怒《いか》れる〈湖の犬〉につかまって流されてもおかしくない。ラッキーは足を止め、追ってくる犬たちのようすをたしかめた。マーサは声を出さずに口を動かしている。〈湖の犬〉に祈《いの》りを送って、どうか見逃《みのが》してください、あと少しだけ待ってくださいと頼《たの》んでいるのだろうか。

ラッキーは崖《がけ》をみあげた。表面の岩が崩《くず》れおちて、内側の灰色の部分があらわになっている。そこから、とびだした木の根や土くれがぶら下がっている。もうもうと立ちこめる土ぼこりのせいで、空がかすんでみえた。

「あんなところ、近づきたくない！」ベラが吠《ほ》えた。「すごく危険よ」

追いついてきたミッキーは、湖のほうをにらんでいる。「危険だけど、このまま岸辺を走るしかないんだ——そのうち、崖《がけ》の上に続くべつの道がみつかると思う」

「でも、波が迫《せま》ってるのに！」デイジーが震《ふる》えながら叫《さけ》んだ。

ラッキーは、必死で頭をはたらかせた。あの大きな波は、速度をあげながらどんどん岸に近づいている。あの調子でふくれあがってくるだろう。波が襲《おそ》ってくる前に、あとどれくらい距《きょ》離《り》をかせげるだろうか。

「いこう！　はやく！」ミッキーが吠《ほ》えた。

ラッキーは覚悟《かくご》を決めてうなずいた。「みんな、いくぞ！」勢いよくとびだし、岸辺を走りはじめる。暴れる湖や、ぐんぐん迫《せま》ってくる大波のほうをみる勇気はない。犬たちは、震《ふる》える砂地と格闘《かくとう》しながら走りつづけた。くたびれた足にムチ打ち、息があがっても速度をゆるめない。土砂崩《くず》れに巻きこまれるのを避《さ》けるために、できるだけ崖《がけ》から離《はな》れて走った。どこまでいっても崖《がけ》は険しく、よじのぼれそうな場所はみあたらない。選択《せんたく》をまちがったのかもしれない。むりをしてでも、崩《くず》れた道をのぼるべきだったのかもしれない――このままでは崖《がけ》にあがれず、大波に飲みこまれてしまう。パニックになりかけたとき、ラッキーの目に、一本の細い道がとびこんできた。からみあった草におおわれているが、たしかに崖《がけ》の上へと続いている。

〈森の犬〉よ、感謝します！

「こっちだ！」ラッキーは吠《ほ》え、岩のあいだの小道をのぼりはじめた。すぐあとから、ベラ、スナップ、ミッキーが続く。ラッキーは、ほかの犬たちのようすをたしかめた。デイジーは短い足をけんめいに動かして、険しい岩場をなんとか乗りこえている。そのうしろにいるマーサは、母犬が子犬にするように、サンシャインの首元をくわえて運んでいた。ラッキーは、逃《に》げ道《みち》を探すことで頭がいっぱいで、小さなマルチーズのことまで気にかける余裕《よゆう》をなくしていた。マーサがいっしょにきてくれたことが、あらためてありがたかった。頼《たよ》れる仲間がいてくれて、ほんとうによかった。

崖《がけ》の小道は陸地のほうへとのびていたので、ラッキーたちは少しずつ湖から離《はな》れていった。いくらもしないうちに道は平らになり、走るのが少し楽になった。それでも、ラッキーは警戒《けいかい》心《しん》をゆるめなかった。左右は険しい岩に囲まれているし、地面のゆれも、町にいたときほど激しくはなくても、完全にはおさまっていない。ゆりもどしがあって岩が崩《くず》れでもしたら、自分たちは生き埋《い う》めになってしまう。ぞっとして、反射的にしっぽをわき腹に巻きつける。ラッキーは、不吉《ふきつ》な想像を頭から追いはらった。

野営地に残してきたみんなのことを考える。ムーンと子どもたち、ストーム、ブルーノ、ホワインのことさえ気がかりだった。そして、だれより会いたいのはスイートだ。力がみなぎってきて、ラッキーは走る速度をさらにあげた。体は悲鳴をあげ、息は完全にあがっている。スイートに、もしものことがあったらどうしよう？　あのとき崖《がけ》の上で別れたのが最後で、二度と会えないのだとしたら？

岩をける足音が近づいてきて、ベラがとなりに並んだ。「みんなは、きっとだいじょうぶよ」

ラッキーは、浮《う》かない顔のまま、無言でちらっときょうだいをみた。

崖《がけ》のてっぺんが近づいてくると、〈果てしない湖〉をみおろすことができた。いつのまにか、大波が町に流れこんでいる。家々を飲みこみ、打ち捨てられたジドウシャを押《お》しながしている。ラッキーは、恐怖《きょうふ》に打ち震《ふる》えた。あと一歩遅《おそ》かったら、自分たちも流されていたかもしれない。

崖《がけ》の頂上にたどりつくころには、自分たちがどこにいるのかわからなくなっていた。野営地まではもう少しあるが、このあたりの景色も一変していた。崖《がけ》のあちこちが崩《くず》れている。ラッキーは、ぽっかり開いた深い穴と、そこを取りかこむ土の小山に目をとめた。穴のそばには、まるでだれかに引きぬかれたような木が転がり、根のはしから、土のかたまりがいくつも垂れさがっている。

犬たちは、荒《あ》れはてた草地を慎重《しんちょう》に歩きながら、ここはどこなんだろうと首をひねった。あたりのようすがまるでちがっている。

ラッキーは、足元の地面がゆれていないことに気づいた。〈大地のうなり〉は終わったのだ。

郵便はがき

162-8790

料金受取人払郵便

牛込局承認

6142

差出有効期間
平成32年4月
20日まで有効
(切手をはらずに
お出しください)

東京都新宿区市谷台町
四番一五号

株式会社小峰書店
愛読者係

ご愛読者カード　今後の出版企画の参考にいたしたく存じます。ご記入の上ご投函くださいますようお願いいたします。

今後，小峰書店ならびに著者から各種ご案内やアンケートのお願いをお送りしてもよろしいでしょうか。ご承諾いただける方は，下の□に○をご記入ください。

□ 小峰書店ならびに著者からの案内を受け取ることを承諾します。

・ご住所　〒

・お名前　(　　歳) 男・女

・お子さまのお名前

・お電話番号

・メールアドレス (お持ちの方のみ)

ご愛読ありがとうございます。
あなたのご意見をお聞かせください。

この本のなまえ

この本を読んで、感じたことを教えてください。

この感想を広告等、書籍のPRに使わせていただいてもよろしいですか?

（実名で可・匿名で可・不可）

この本を何でお知りになりましたか。

1. 書店　2. インターネット　3. 書評　4. 広告　5. 図書館
6. その他（　　　　　　　　　　　）

何にひかれてこの本をお求めになりましたか？（いくつでも）

1. テーマ　2. タイトル　3. 装丁　4. 著者　5. 帯　6. 内容
7. 絵　8. 新聞などの情報　9. その他（　　　　　　　　　　　）

小峰書店の総合図書目録をお持ちですか？（無料）

1. 持っている　2. 持っていないので送ってほしい　3. いらない

職業

1. 学生　2. 会社員　3. 公務員　4. 自営業　5. 主婦
6. その他（　　　　　　　　　　　）

ご協力ありがとうございました。

このあいだよりは、ずっとましだった。野営地のみんなも、崖《がけ》のふちに近づいてさえいなければ、きっとぶじだろう。

「あそこ、木立《こだち》と池がみえない？」サンシャインがか細い声で鳴いた。

そのとおりだ――少し先に、見覚えのある池がある。だが、ひと目ではそうとわからなかった。池には、そばに生《は》えていた木々が何本も倒《たお》れこんでいて、にごった泥水《どろみず》の中に浮《う》いている。池のほとりの草も、踏《ふ》みしだかれたようになぎ倒《たお》されていた。だが、なにより恐《おそ》ろしいのは、崖《がけ》のあたりの光景だった。湖につきだしていた部分が大きく崩《くず》れ落ち、ギザギザにとがったふちだけが残っていたのだ。

群れの姿は消えうせている。はるか下からきこえてくる波の音をのぞけば、あたりは気味が悪いくらい静かだった。ラッキーは鋭《するど》く吠《ほ》えた。また吠《ほ》えて、返事があるかどうか耳をすます。だが、なにもきこえてこない。

足から力がぬけ、ラッキーはその場に崩《くず》れ落ちた。そのへんに転がっている倒木《とうぼく》にでもなった気分だ。スイート……こんなに危険なときに連れ合いを置いて町へいくなんて、なにを考えていたんだろう。耐《た》えられないくらい苦しい。

はじめにクンクン鳴きはじめたのは、サンシャインだった。ミッキーとスナップとベラが、心細そうな声で仲間を呼びはじめる。マーサは、黒い頭をのけぞらせて遠吠《とおぼ》えをはじめた。

「待って！」デイジーが、悲しむ仲間たちに呼びかけた。「なにかきこえない？」

犬たちは鳴くのをやめて、耳をそばだてた。遠くのほうから、だれかの吠《ほ》え声がきこえる。

池の反対側だ！

デイジーは、しっぽを激しく振《ふ》りながら夢中でとびだした。

「待て！」ラッキーはあわてて叫《さけ》んだ。「気をつけろ。〈大地のうなり〉のせいで、このあたりはめちゃくちゃだ。落ちつくんだ。それから、木には近づいちゃいけない——いつ倒《たお》れてくるかわからない」先頭に立ち、一歩ずつ足元をたしかめながら池のむこうへ向かう。ほんとうは、デイジーにも負けないくらい、声がしたほうへ全速力で走っていきたい。胸の中で、期待がふくらんでいく。

池にそって進むにつれて、吠《ほ》え声が近くなってくる。

「ストームの声！」マーサがしっぽを振《ふ》りながら歓声《かんせい》をあげた。

「ブルーノもいる！」サンシャインもいう。

「みんな、どこにいるんだ？」ラッキーは呼びかけた。

「こっちだ！」ブルーノの返事がきこえた。「池のほとりだ！　木の下に隠《かく》れてる！」

地面に鼻を近づけて慎重《しんちょう》に歩いていくと、とうとう仲間のにおいがみつかった。ようやく、みんながどこにいるのかはっきりした。一本の木が池の中に倒《たお》れていて、半分水につかっている。その倒木《とうぼく》の根の中をのぞきこんでみると、仲間たちがつぎつぎに鼻を外へつきだしてきた。スイートのクリーム色の鼻づらがみえると、ラッキーはほっと息をついた。

「木が倒《たお》れはじめたから、急いでここに逃《に》げこんだの」スイートが説明をする。「根っこの中にもぐっていれば安全だと思って。でも、地面が大きくゆれたときに、この木も転がってしまって、外に出られなくなってしまって。土を掘《ほ》って脱出するのは、ゆれが落ちついてからにしようと判断したの」

ミッキーが木のそばへ駆《か》けよった。「〈大地のうなり〉は、もう終わったみたいだ。外から力をかすよ」そういうと、さっそく、しめった土を掘《ほ》りはじめた。スナップも連れ合いを手伝い、短くたくましい足で、どんどん穴を広げていく。デイジーは二匹《ひき》が掘《ほ》りだした土を集めてうしろへ押《お》しのけ、ラッキーとベラとマーサは、木の根を引っかいて取りはらっていった。サンシャインはきゃんきゃん吠《ほ》えて、みんなに声援を送っている。

「がんばって、あと少しだから！」小さなオメガははげました。

いくらもしないうちに、根のあいだからビートルがはいだしてきた。「ラッキー！」短いしっぽをめいっぱい振《ふ》りながら、うちょうてんではねまわる。「根っこの中に隠《かく》れるのって、いい考えだったと思わない？」

「たしかに、すごいアイデアだ」ラッキーもしっぽを振《ふ》りながら答えた。

「ぼくが考えたんだ！」ビートルは誇《ほこ》らしげに胸を張った。

「そう、ほんとよ」きょうだいのあとから外へ出てきたソーンは、ぬれた草の上で体を振《ふ》った。

「ここなら絶対安全だって、ビートルが気づいたの——こんなに大きい木なら、ほかの木が倒《たお》れてきても、あたしたちを守ってくれるって。アルファも賛成してくれたの！」

「ええ、そうよ」ほっそりした前足で、からみ合った根をかき分けながら、スイートが慎重《しんちょう》に外へ出てきた。ラッキーは連れ合いに駆《か》けよった。うれしくて、のどの奥からきゅうきゅう鳴き声がもれる。

「崖《がけ》から遠ざかるなんて、さすがだよ」

「崖《がけ》がどうかしたの？」スイートの黒い瞳《ひとみ》が光った。

「はしのほうが崩《くず》れて、〈果てしない湖〉に落ちたんだ。だけど、みんなぶじだ。ニンゲンには、ちゃんと危険を知らせられたし——町のニンゲンたちは、金属でできた鳥みたいなものに乗って逃《に》げていった」

スイートは首をかしげた。「ええ、空を飛んでいくのがみえたわ。逃《に》げるのでせいいっぱいで、ちゃんとたしかめる余裕《よゆう》はなかったけれど」

「町にいったみんなは、大活躍してくれた」ラッキーは報告を続けた。「ニンゲンたちのために、せいいっぱいがんばったんだ。とくに、ミッキーはすごかった」ラッキーは、町で起こったことをくわしく話すつもりはなかった。自分たちを危険にさらしてまでニンゲンを助けたことを話しても、きっとスイートは複雑な気持ちになる。ラッキーにほめられたミッキーは、うれしそうな顔で小さく頭を下げた。

「町にいったみんなは、よくがんばったのね。わたしたちも、このとおり、全員ぶじよ」スイートが話すそばで、残りの犬たちがつぎつぎと、木の根のあいだから外へ出てくる。毛はびしょぬれで、泥《どろ》や草がこびりついている。だが、ケガをしている犬は一匹《ぴき》もいない。

スイートはラッキーに背を向けると、崖《がけ》のようすをたしかめにいった。とたんに息をのみ、急いで振《ふ》りかえる。「信じられない。この崖《がけ》は、山みたいにどっしりしてると思ってたのに。〈大地の犬〉が体を振《ふ》っただけで、あっけなく崩《くず》れてしまったのね」草地をさらに歩いていこうとするアルファに、ムーンがうしろから声をかけた。

「アルファ、気をつけて！　またゆれるかもしれないし、崖《がけ》には近づかないほうがいいわ。あなたにもしものことがあったら……」

スイートは足早にもどってきた。「賢《かしこ》いあなたがいてくれて、ほんとによかった」ムーンにいうと、愛情をこめてビートルとソーンをそっと押《お》す。「あなたの子どもたちにも助けてもらったし」それから、落ちついた黒い目で群れをみまわし、声をかけた。「これからのわたしたちには、知恵《ちえ》と分別こそが必要よ」

ラッキーも群れをみまわした。池のほとりから草地へと出てきた犬たちは、泥《どろ》を落とそうとして、体をなめたり、草の上で転がったりしている。それでも、視線はしっかりとアルファのほうに向けられていた。ストームは小さな体を振《ふ》っているが、首をかしげて耳をすましている。

スイートは、あたりをみまわした。「野営地を立てなおさなくてはいけないわ。自分の居場所と呼べるところを作らなくては。いままで以上に団結することが必要よ。〈大地のうなり〉がもどってきたけれど、わたしたちはぶじに生きのびた。だけど、ゆれが落ちついたということは、フィアースドッグたちもきっと、いまごろ毛づくろいをしているということ。ブレードは、この〈うなり〉が起こることを予想していたの。あの犬の言葉を借りるなら、〝未来をみた〟らしいわ。これでますます、自分の予言に自信を持つでしょうね――ブレードは、〈大地の犬〉が怒《おこ》っていて、いけにえを求めている、と考えているの。いつこの群れを襲《おそ》いにきてもおかしくない。態勢を整えましょう」

ラッキーは警戒《けいかい》の姿勢になり、崖《がけ》のほうをにらみまわした。できることなら、ブレードの存在も、あの不吉《ふきつ》な予言も、予言の内容と自分の夢がそっくりだということも、きれいさっぱり忘れてしまいたい。だが、スイートは正しい。〈うなり〉が起こったことで、ブレードはますます自分の考えに自信を持ったはずだ。まちがいなく、ストームと、あの子を守ろうとする犬たちを倒《たお》しにやってくる。

ラッキーは身ぶるいした——時間がない。

12 夢の話

群れの犬たちは、とまどった表情で顔をみあわせた。

「〈大地のうなり〉とブレードがどうして関係してくるの?」ムーンがたずねた。

ブルーノがむずかしい顔ですわりこみ、せき払《ばら》いをした。「まったくだ。アルファ、あなたは賢《かしこ》い方《かた》だし、ブレードが危険な犬だということは、おれたちもよく知っている。だが、いくらあいつが強いとはいえ、限界というものがある。〈うなり〉を起こすほどの力があるわけがない――そんなことは、どんな犬だってむりだ!」

犬たちは賛成して口々に吠《ほ》えはじめた。そのようすをみるかぎり、スイートはまだ、ブレードが熱に浮《う》かされたようにまくし立てていた予言のことを、みんなに話していないらしい。

フィアースドッグのアルファは、怒《いか》れる〈大地の犬〉にストームをささげなくてはいけないと信じている。いまそれを知っているのは、フィアースドッグの洞《どう》くつにいった四匹《ひき》だけなのだ。

ラッキーはいやな予感に打たれて、背中の毛を逆立てた。スイートのそばへいき、そっと鼻を押《お》しつける。「ほんとうに、みんなに話すのかい？　ぼくがみた夢のことも知らないんだ。怖《こわ》がらせてしまうかもしれない」

いら立たしげなうめき声がきこえて下をみると、ホワインがいた。これみよがしに目をみひらき、うんざりしたように舌を出している。「おれたちが、なにを怖《こわ》がるって？　ベータ、おれたちになにを知られたらまずいんだ？」いじわるそうに目を光らせながら、群れの犬たちのほうに向きなおる。「アルファとベータには、おれたちにいえない秘密があるらしいぞ。なにかというと、こそこそないしょ話をしてるよな……」

とたんに、疑わしそうなざわめきが起こった。

スイートがにらみつけると、鼻のつぶれた小さな犬はあわてて口をつぐみ、ブルーノとマーサのあいだに逃《に》げていった。

「秘密なんかじゃないんだ」ラッキーはいった。

ミッキーが、考えこむような表情で問いかけてきた。「洞《どう》くつにとらわれていたとき、ブレードになにかいわれたのかい？」

ストームが顔をこわばらせ、かすかにうなる。

スイートはため息をついた。「ミッキー、鋭《するど》いのね。わたしはただ、みんなにどこまで話せばいいのか決めかねていただけよ。ラッキーのいうとおりだもの――いたずらにみんなの不安をあおる必要はない」

ムーンが険しい顔になった。「団結しろというのなら、わたしたちには、なにが起こっているのか知る権利があるわ」

スイートは、白い毛におおわれた前足をあげて、泥《どろ》をなめとった。「長い目で考えれば、それが一番なのかもしれないわね……ラッキー、かまわない？」

反射的にしっぽを巻きながら、ラッキーは深呼吸をひとつした。群れのみんなに、自分が何度もみてきた夢のことを知られるのは気が進まなかった。心の奥に踏《ふ》みこまれるような気分になるのだ。だけど、いまはそんなことにこだわっている場合じゃない――自分を叱《しか》りつけて、ためらいを振《ふ》りきると、ラッキーはうなずいた。犬たちは静かになり、口を開いたスイートに注目した。

「〈グレイト・ハウル〉の最中にラッキーが気を失った夜のこと、覚えてる？　あのとき、ラッキーはふしぎな幻《まぼろし》をみて、あまりの衝撃《しょうげき》に意識が遠くなってしまったの……」スイートは、声をぐっと低くして続けた。「それに、何度も夢をみたんですって」

犬たちは口々になにかささやきかわし、心配そうに耳を立ててしっぽをこわばらせた。ラッキーはいたたまれなくなった。ちらちら自分をみてくる仲間と目が合わないように、崩《くず》れた崖《がけ》のほうをみる。夢におびえるなんて、なんだか腰ぬけみたいだ――。目のはしでスイートの表情をたしかめる。

「夢って、どんな?」ダートが震《ふる》える声でたずねた。

スイートは、あげていた前足を地面におろした。「吹雪《ふぶき》や、群れと群れが激しく争いあう夢よ」

「〈アルファの乱〉ね」スナップがつぶやき、耳をうしろにたおした。「ベータ、いまもその夢を?」

「子どものころに母さんがしてくれた、怖《こわ》い話みたい」ダートが心細そうに鳴いた。「〈精霊《せいれい》たち〉がけんかをはじめるの。むかしむかし、ライトニングと〈天空の犬〉が争い、〈大地の犬〉と〈川の犬〉が争っていたっていう話」

スナップも、鼻にしわを寄せて記憶《きおく》をたどった。「その話、わたしも覚えてる……でも、〈アルファの乱〉って、〈精霊《せいれい》たち〉じゃなくて、ふつうの群れと群れが戦うのよね? 命がけで戦って、たったひとつの群れだけが生きのこるんでしょ?」

ムーンが、肩《かた》をそびやかして、きっぱりとうなずいた。「そうよ、群れと群れが戦うの」

仲間たちの体からただよう恐怖《きょうふ》の濃《こ》いにおいが、ラッキーの鼻をついた。ほとんどの犬たちが、子どものころに母犬から、〈アルファの乱〉の話をしてもらったことがあるようだ。そして、おびえている。

「問題は――」スイートが口を開いた。「わたしたちのほとんどが〈アルファの乱〉の話をきいたことがあるのに、それがなんなのかはよく知らないということよ。ラッキーはいつも、〈アルファの乱〉の夢をみるらしいの」

「ただの作り話じゃないの？」マーサがいった。「母犬が子犬をたしなめるためにするお話。お行儀《ぎょうぎ》よくしないと〈精霊《せいれい》たち〉が怒《おこ》ってけんかをはじめるわよ、って。本気にするようなことじゃないと思うけど」

「わたしもそう思ってた」スイートがいった。「でも、いまは自信がないわ……ラッキーを助けにフィアースドッグのなわばりへいったとき、ブレードがおかしなことをいっていたのよ……にわかには信じがたいことだった」

ラッキーは、思いきって群れをみまわした。どの犬も緊張《きんちょう》した顔つきだ。

スイートは、口のまわりをなめて続けた。「ブレードはこういっていたの。犬たちが争いあう未来がみえる、って……あの犬が話していたことは、ラッキーがみた夢とまったくおなじだったのよ」

犬たちはいっせいに息をのんだ。スイートがせき払《ばら》いをして先を続ける。

「ラッキーは、自分がみた夢のことはブレードに話さなかったの。だまっておいたのは賢明《けんめい》だったと思う。ブレードは、〈大地の犬〉がうなるのは、怒《おこ》っているからだといっていた。〈大地の犬〉がふたたびうなるとき、この世界はほろびる、と。それを食い止める方法は、ただひとつ」

群れは押《お》しだまっていた。おびえた犬たちのにおいが、あたりに立ちこめている。

沈黙《ちんもく》をやぶったのはストームだった。「全部、あたしのせいなんでしょ？ ずっと、ブレードがウィグルを殺したのは、弱い犬がきらいだからだって思ってた。あたしをねらってるのも、生きてたころのママと仲が悪くて、仕返しをするつもりなのかも、って。あと、あたしがあの群れをぬけたから、腹を立ててるのかもしれないって。でも、いまアルファが話したことが……それが、ファングが殺された理由なんでしょ？ だから、あたしもねらわれてるんでしょ？ ブレードは――」ストームは、急に大声になった。「あたしが〈アルファの乱〉を起こすって、そう思ってるんでしょ？」

スイートは、どう返事をすればいいのかわからないようだった。ラッキーは、重い口を開いた。「そうだ、ストーム。ブレードは、〈大地のうなり〉のあとに生まれた子犬が、〈アルファの乱〉を起こし、〈大地の犬〉を怒《おこ》らせると信じこんでる。だから、見殺しにしたはずの子犬たちが生きのびていたことを知ると、まずはウィグルを殺した。ファングはしばらく群れに置いておかれたけれど、きみをつかまえるためのおとりとしての役割がすむと、やっぱりすぐに殺された」

ストームは、きょうだいたちの名前をきくと、悲しげにうなだれた。

ミッキーが目をしばたたかせ、ため息をつきながら首を横に振《ふ》った。「もう一匹《ぴき》いただろう。基地で息絶えていたあの子犬……あの子はだれなんだ？」

「ブレードの子どもだ」ラッキーは、小さな声で答えた。

スイートが、しめった地面を前足でぴしゃりとたたき、話を続けた。「そう、ブレードは本気なの。わが子を殺してまで、あの犬が守ろうとしているものを――それが自分自身なのか、自分の群れなのか、犬という種族なのかはわからないけど――守るつもりなら、ストームを殺すことをためらうはずがない。ブレードがラッキーをつかまえたのは、それが目的だったたの――ストームをおびきよせるためだったのよ。あやういところで逃《に》げだせたのは、たまたま

〈大地の犬〉が震《ふる》えはじめたから。ストームをつかまえたと思ったブレードは、虫でも殺すみたいにファングを殺してしまった。あの子はわたしたちをきらっていたけれど、ブレードにはとても忠実だったのに。それは、だれがみても明らかだった。なのにブレードは、群れの目の前で、あの子をかみ殺してしまった」

しばらく、どの犬も身じろぎひとつしなかった。

とうとう、ムーンが黒い耳をうしろにたおし、前に進みでた。「ブレードがここへくるつもりなら、一刻もはやく逃《に》げましょう。むこうは、わたしたちの前のアルファまで味方につけているのよ」そこまでいって、ぶるっと身ぶるいする。「数では圧倒的《あっとうてき》に負けているし、なにより、これ以上仲間を失うのはまっぴら。フィアースドッグの群れとまともに戦おうなんて、むちゃな話よ。逃《に》げるしかないわ」

「逃《に》げるといっても、いったいどこへ?」ミッキーがたずねた。「逃《に》げたって、どうせみつかる……きみだって、それはわかっているだろう」

「でも、ブレードがくるのをここでじっと待つわけにもいかないわ。子どもだっているのよ」

ムーンは真剣《しんけん》な目でビートルとソーンをみた。

ソーンは黒い前足で、ぴしゃっと草地をたたいた。「あたしたち、もう子どもじゃないもん。

ストームみたいに戦える！　戦い方を教えてもらったもん」

「いけません！」ムーンがうなり、きびしい目で子どもたちをみすえた。「あなたたちを失うなんて絶対にいやよ」

ラッキーは、どうすればいいのか決めかねて、鼻をなめていた。ミッキーの言い分は正しい。いま逃《に》げたとしても、きっとブレードは追ってくる。あの犬からは決して逃《に》げきれないのだ。

そのとき、ベラが声をあげた。

「逃《に》げるのはどうかと思う」きっぱりとした言い方だ。「子犬もいるし、そんなに若くない犬もいるし……それに、永遠に逃《に》げつづけるわけにもいかないでしょ。どのみちフィアースドッグは襲《おそ》ってくるはずよ。それなら、栄養と休息をしっかりとれてるうちに対決したほうが、不意打ちされるよりはましじゃない？」

「あたしたち、足手まといになったりしないのに！」ソーンが不満そうな声をもらすと、ほかの犬たちもつぎつぎに意見をいいはじめた。ムーンに賛成する犬もいれば、ミッキーの側につく犬もいる。

そのとき、ホワインがぎこちない動きで前に出てきて、せき払《ばら》いをした。「助かる方法ならほかにもあるだろ」

「ほかの方法？」ダートがおうむ返しにたずねる。「どんな？」

群れはだまりこみ、いじわるそうな顔の黒い犬が話しはじめるのを、息をつめて待った。

ホワインは、ピンク色の舌を垂らして、興奮ぎみに話しはじめた。「ブレードと戦うのはむり。逃《に》げきるのもむり。それなら、方法はひとつしかない。あいつがほしがってるものをさしだせばいいんだ」

ラッキーとミッキーはうんざりしてうめいたが、ホワインは気にするようすもみせずに、声を大きくして続けた。「ケンカ好きな子犬を守ろうだなんて、意味がわからない――〈太陽の犬〉が毎朝空にのぼってくるのと同じように、ストームはフィアースドッグだし、その事実はこの先も変わらない。どう猛《もう》で信用できないし、しょせんこの群れには合わない犬なんだ。そんなやつを守るために、命を危険にさらす必要はないだろ？　おれたちに、そんな義理はないじゃないか」

ラッキーは、怒《いか》りで毛を逆立てた。ストームのことが信用ならないなんて、よくもいえたもんだ！　自分のほうが、よっぽどずるくて意地が悪いくせに！　ラッキーは、仲間たちから反対の声があがるだろうと思っていた。ところが、何匹《なんびき》かの犬は、ホワインの言葉に考えこむようなようすをみせはじめた。スナップは耳を垂れ、首をかしげている。ムーンは前足の毛づくろいをしながら、じっとうつむいていた。

ラッキーは、ストームがホワインに襲《おそ》いかかるんじゃないかと心配になってきた。ところがストームは、腹を立てるどころか、悲しげにうなだれている。小さくうずくまった姿は、頼《たよ》りないふつうの子犬にしかみえない。戦いのときにみせる勇猛果敢《ゆうもうかかん》な姿とは大ちがいだ。

ホワインは、悪びれたようすもなく続けた。「これまでおれたちは、苦労を重ねてフィアースドッグから逃《に》げてきた。どれだけ旅したかわからないくらいだ。なのに、どこへ逃《に》げたって、連中はかならずおれたちをみつけだす。よそもののために、どうしてこんなに苦労しなくちゃいけないんだ？」ホワインは、目をむいて群れをみわたした。興奮して、声がどんどんうわずっていく。「もし、ブレードの予言が正しかったらどうする？　あいつの予言とラッキーの夢はよく似《に》てたんだろ？　みんな、うちのベータのことを信頼《しんらい》してるんだろう？」

ラッキーの中でなにかがはじけた。考えるより先に、鼻のつぶれた小さな犬に突進《とっしん》して地面につきとばし、怒《いか》りのうなり声をあげながら、のど元を前足で押《お》さえつけた。「よくも！　ストームは、ぼくたちへの忠誠心を何度も証明してきた！　おまえは……おまえは、ころころ態度を変えて、自分のことしか考えていない。少しでも自尊心があるなら、いまみたいなことは口にできないはずだ！　おまえみたいな卑怯者《ひきょうもの》は、崖《がけ》からつきおとして、自尊心をたたきこんでやる」

ホワインはラッキーの前足の下でぶるぶる震《ふる》え、つばをとばしながら叫《さけ》んだ。「アイデアくらい出してもいいだろ！」

「ベータ」スイートの静かな声がした。「ホワインの提案は卑《いや》しいし、その犬らしい臆病《おくびょう》な言い草だけど——それでも、意見を口にする権利はあるわ」

ラッキーはしぶしぶ引き下がった。ホワインがあわててブルーノのうしろへ逃《に》げていく。

「そんなふうにストームを敵に引きわたすなんて、考えるだけで耐《た》えられない」マーサがいいながら、小さなフィアースドッグのそばへ歩いていった。「ストームは、いつだってこの群れに信頼《しんらい》を寄せてくれたもの。ブレードにつかまったときだって、必死でもどってきてくれた。〈怒《いか》りの試練〉にだって、いっしょうけんめい耐《た》えてみせた——実のきょうだいと正々堂々と戦って、あの群れよりもすぐれた犬だってことを証明してみせたのよ」マーサは、ストームの耳を優《やさ》しくなめた。「この子が群れにいてくれるなんて、すごくしあわせだわ」

ストームは、うれしそうにマーサに体をすりつけ、ふさふさした黒い毛に顔をうずめた。二匹《ひき》のようすをみていると、ラッキーまで幸福な気持ちになった。この二匹《ひき》は、フィアースドッグと戦うかどうかについてケンカをして以来、少しのあいだ関係がぎくしゃくしていた。だが、いつのまにか、すっかり仲直りしていたようだ。

少し離《はな》れたところから、ムーンが声をあげた。「ストームは、命をかけてフィアリーを救おうとしてくれた。結局助けることはできなかったけれど、あれはその子のせいじゃない……あれは、だれのせいでもなかった」

「ストームは、パパを助けようとしてくれた！」ソーンもきゃんきゃん吠《ほ》えた。

「群れの仲間だし」ビートルもとなりでいった。

デイジーも叫《さけ》んだ。「ストームのいない群れなんて、想像できない……フィアースドッグに引きわたすなんて、そんなのむりにきまってるでしょ？　そんなの、犬の精神に反するでしょ？　キツネみたいなずるいやつらとはちがうんだから！」

ラッキーは、仲間をみわたした。意見をいおうとしない犬たちは、どこかばつが悪そうな顔で押《お》しだまっている。ダートは崖《がけ》のほうをながめている振《ふ》りをしているし、ブルーノはラッキーの視線を避《さ》けている。

ホワインが群れの真ん中に進みでてきた。ラッキーに叱《しか》られたばかりだというのに、まだこりていないようだ。ぬかるんだ池のほとりにぴしゃりと前足をたたきつけ、挑発的《ちょうはつてき》な顔でラッキーをみあげる。「ベータ、あんたが編みだした投票の方法を覚えてるか？」あざけるような声だ。「おなじ意見の犬を三匹《びき》募《つの》る、ってやつだよ。おれとおなじ意見の犬があと三匹《びき》集まれば、ストームをフィアースドッグにさしだせるんだよな。そうすれば、いつまでも敵の影《かげ》におびえつづける生活ともおさらばだ。平和な時間を取りもどせる——逃《に》げなくていい、戦わなくていい。投票しなかった犬は、おれたちの決定に従わなくちゃいけない——あのとき、ベータがそう決めたんだから」

スイートが牙《きば》をむく。ホワインはそれをみて一瞬《いっしゅん》ひるんだが、ぬかるみに置いた前足をあげようとはしない。

「アルファはわたしだということを忘れたのかしら」スイートはうなり声をあげた。「決めるのはおまえじゃないのよ」

「もちろん、わかっています。おれたちは、アルファを尊敬してます」オメガはおべっかを使いながら、わざとらしく頭を下げてみせた。「ですが、群れの新しいアルファは、おれたちの意見を参考にするつもりはないのでしょうか？　せっかくベータが、すばらしい方法を編みだしたんです。そのやり方を否定するなんて、ベータの名誉《めいよ》を軽んじることにならないでしょうか？」

スイートは腹立たしげに鼻にしわを寄せ、耳を震《ふる》わせた。

ラッキーは胸の中で祈《いの》った――スイート、このままじゃホワインの思うつぼだ。そんなやつのいうことに耳をかすな。これじゃストームがかわいそうだ！　だが、二番手の自分が、いま口を出すわけにはいかない。群れがみている前で決定を下すのは、アルファとしての大切な務めだ。犬たちが息をつめてみまもるなか、スイートは一歩踏《ふ》みだし、群れをみわたした。

そして、大きく息を吸うと、冷ややかな声でいった。「いいでしょう。おまえが一票入れたということね。ほかにも、群れの一員を見殺しにしたい者がいるなら、票を入れなさい」

13 卑怯者《ひきょうもの》

ラッキーは、緊張《きんちょう》のあまり身じろぎひとつできなかった。あたりは静まりかえり、池に立つさざ波の音や、草地を飛びまわる虫の羽音がきこえる。そのとき、やせっぽちのダートがおずおずと進みでて、ホワインのとなりに前足を置いた。

ラッキーは、ショックで心臓が痛くなった。ぎりっと歯ぎしりをする。

「ベータ、許して」ダートが小さな声でいう。「でも、どうしても、フィアースドッグを自分の仲間だとは思えないの。恨《うら》みがあるわけじゃない。ただ……ストームは、わたしたちとはちがう。もとの群れにもどるべきだわ。そのあとのことは、フィアースドッグたちにまかせればいい」

ラッキーは、ダートに吠《ほ》えかかりそうになる自分をどうにかおさえた。返事をしようと口を開きかけたとき、重い足音がきこえてきた。振《ふ》りかえると、年老いたブルーノが歩きはじめていた。黒い鼻づらをなめながらしばらくためらっていたが、ダートのとなりに前足をならべた。

「ストームは、群れの一員なんだぞ！」ラッキーは、裏切られた思いでいっぱいだった。

ブルーノが長いため息をつく。「悪く思わないでくれ。おれだってストームを引きわたしたくない。だが、群れを守るためには犠牲《ぎせい》がつきものだろう？　ストームがいなくなればブレードにねらわれることもなくなるし、これで〈アルファの乱〉を食い止めることができるなら、それこそ群れのためになるじゃないか」そう説明しながら、ブルーノはどこかうしろめたそうだ。「手遅《ておく》れになる前に、ストームには群れから出てもらおう――あとはストームが自分でどうにかするだろう」

ラッキーはうなり、ストームのもとへ駆《か》けよった。ぴたりと寄りそい、マーサとふたりでストームを守るように立つ。肩《かた》を怒《いか》らせて頭を低くすると、マーサもおなじ姿勢を取り、とがった白い牙《きば》をむき出しにする。二匹《ひき》は群れの犬たちをにらみわたした。いいたいことはひとつ
――ストームを追いだすつもりなら、ぼくたちを倒《たお》していけ！

あたりは、水を打ったように静まりかえった。ホワインとダートとブルーノは、ぬかるみに足を置いたまま動かない。ラッキーは、挑《いど》むようにほかの犬たちをみまわした。ホワインたちの輪にあと一匹《ぴき》でも加われば、ストームの運命は決まってしまう。あの投票の仕方を考え出し

たのは自分だが、ラッキーはもう、そんなことはどうだってよかった。息をつめて待ちかまえる。時間が止まってしまったような気分だった。そのとき、だれかが歩きはじめる音がして、心臓がどきっとした。四匹《ひき》目が投票しようとしているんだ！　振《ふ》りかえったラッキーは、目をみひらいた。スイートだ。

群れのアルファは、ホワインの目の前で足を止めた。「もう十分でしょう！」かみつくような勢いだ。「群れの意見ならよくわかったわ。これだけ大勢いるのに、あなたの卑劣《ひれつ》な案に賛成する犬はほとんどいなかった——残りはみんな、わたしの決定に賛成だということよ。ストームはこの群れに残り、わたしたちはあの子を守りぬくの」

ラッキーはほっと息を吐《は》いた。スイートへの感謝で、めまいがするほどだった——そうだ、スイートがぼくをがっかりさせるわけがない。

マーサが、あたりにとどろくような声で吠《ほ》えて、アルファに賛成した。ストームが、小さくしっぽを振《ふ》る。ホワインは池のほとりからコソコソ離《はな》れ、ダートはきまりわるそうにちぢこまった。ブルーノは首を横に振《ふ》ると、群れから少し離《はな》れたところにすわりこみ、前足についた泥《どろ》をなめはじめた。ラッキーはため息をつき、ほかの犬たちのようすをうかがった。ムーンはほっとしたような顔で、ビートルにほおを寄せている。スナップは表情をゆるめて、ミッキーにもたれかかっていた。どの犬も緊張《きんちょう》が解けたようだった。スイートが、アルファらしいきっぱりとした態度をみせてくれたおかげで、安心しているのだろう。

「これからどうするの？」スナップが声をあげた。「ブレードはストームをつかまえにくるのよね。きっと、すぐにくるはずよ。だって、このあいだの〈うなり〉は、〈大地の犬〉がストームをほしがってるせいだって思ってるんでしょ？」

それに答えたのはベラだった。「わたしたちってずっと、逃《に》げるか野営地に隠《かく》れるかどっちかだったわよね——行動を起こすのはいつもブレードで、わたしたちはいつもあたふたするばっかり」

「なにか考えがあるみたいね」スイートがたずねる。

ラッキーは、目をかがやせているベラをみて、興味をひかれた。子犬のころのベラはよく、なにかいいことを考えつくと、こんな表情をみせたものだ。「今度はこっちがブレードを不意打ちしない？　ちょっと考えたんだけど」ベラは群れをみまわした。「ブレードに取り引きを持ちかけるの——ストームがほしいなら川のそばで決闘《けっとう》をしろ、って。そして、ストームとブレードの一騎打《いっきう》ちに持ちこむ。そうなったら、ブレードは一匹《いっぴき》でくるしかないでしょ？」

ストームが、のどの奥でうなった。「あいつとなら、よろこんで戦う！　殺されたきょうだいのために……あたしの群れのために」そういって、誇《ほこ》らしげに胸を張る。

ラッキーは急に不安になって、子犬に向きなおった。「だけど、きみは、ついこのあいだ〈名付けの儀式《ぎしき》〉をしたばかりだ。ブレードは、体だってきみよりずっと大きいし、戦いの経験だってくらべものにならない」そこでベラのほうをみた。「だいたい、ブレードが正々堂々と一騎打《いっきう》ちをするとは思えない。きっと群れを引きつれてくる」ふいに、空気がしめり気をおびた。空に灰色の雲が垂れこめ、冷たい雨がひとつぶ、ラッキーの鼻に落ちてきた。

「ベータのいうとおりよ」スイートがうなずく。「ブレードがひとりでくるはずがない」

するとベラは、自信たっぷりにしっぽをひと振《ふ》りしてみせた。「そりゃそうよ！ ラッキー、〈野生の群れ〉と合流するために、はじめて〈果てしない湖〉のそばにきたときのこと、覚えてる？ 草木と土がどんどん少なくなって、砂がふえていったでしょ？ あのあたりに、細い小道がのびている場所があった。片側に小川が流れていて、もう片側に小さい岩山があるところよ」

ムーンが首をかしげた。「ええ、覚えてるわ。そのあたりで、空気に塩のにおいがまじりはじめたのよね。まだ〈果てしない湖〉はみえていなかった。ひどい場所だったわ――風が強くて、荒《あ》れはてていた」

ラッキーも、ぼんやりとだったが覚えていた。「ここからはかなり遠い」

「一日もあれば十分よ」ベラがいう。「あそこなら、不意打ちにぴったりだと思わない？　ブレードに、そこへくればストームに会えると伝えるの。わたしたちは岩山の上に隠《かく》れていて、フィアースドッグの群れが下を通るときに襲《おそ》いかかる。上から襲《おそ》えばこっちが有利よ。トップの二匹《ひき》さえ引きはなせば……ええと、ブレードがいつも連れてる二匹《ひき》、なんていう名前だった？」

フィアースドッグのアルファに付き従っている二匹《ひき》のことなら、ラッキーはよく覚えていた。

「メースとダガーだ」

「そうそう、その二匹《ひき》」ベラが前足で地面をたたく。「メースとダガーを引きはなせば――」

「もううんざりだ！」いきなり、ホワインが叫《さけ》んだ。「そんなバカな計画があるもんか。ストームを群れから追いだせば、全部解決したのに。どっちみちこの群れの犬じゃないんだぞ」

敵意もあらわにスイートをにらみつける。「どうしてもストームのために戦うつもりなら、おれはぬける。ここに残ったって、フィアースドッグに殺されるだけだからな」

スイートは、嫌悪感《けんおかん》で顔をゆがませた。「ほんとうに、卑怯者《ひきょうもの》ね。なにかというと不平をこぼし、頭の中は自分のことでいっぱい……群れを離《はな》れたいなら、そうしなさい。ほら、はやく！」スイートは、ほかの犬たちにも、挑《いど》むような視線を投げかけた。「ここを出たい犬は、好きに出ていけばいい。むりして残る必要はないわ」そういいながら、ダートとブルーノをにらんでいる。

ブルーノはおそるおそるスイートと視線を合わせ、ぼさぼさのしっぽを足のあいだにはさんだ。「たしかに、ストームをこの群れに置くことには不安があった——仲間が危険にさらされるんだ——だが、決定を下したのはあなただ。そして、あなたは、この群れのアルファだ。おれは、その決定に従う。ここはおれの群れだ。出ていきたくない」

「わたしもよ」ダートは、そわそわと歩きまわりながら、心細そうに鳴いた。

「では、残りなさい」スイートはいった。「群れに忠実でいるかぎり、ここはあなたたちの居場所なんだから」

ホワインは牙《きば》をむき出して、バカにしたように鼻を鳴らした。「まったくすてきな群れだよな。おまえらは仲良くいっしょにいるがいい。フィアースドッグにつかまれば一巻の終わりだ。じゃあな、バカな犬ども。生きのびる知恵《ちえ》があるのは、おれ一匹《ぴき》みたいだ」そういうと、つぶれた鼻をつんとあげ、群れに背を向けて歩きはじめた。みぞれまじりの雨がどんどん激しくなっていき、すぐに滝《たき》のようなどしゃ降りになる。ずんぐりした犬の姿が雨にまぎれてみえなくなるまで、ラッキーはずっとみまもっていた。

なんてバカなんだろう――頭ではそう思っていても、胸の奥はさびしさでうずいていた。狩《か》りもろくにできなかったし、悪態ばかりついてるわりには、弱ったリスとのケンカにも勝てないくらい弱かった。ホワインには、ひどいことをたくさんされてきた。だからラッキーは、あの犬がいなくなることをよろこんでもいいはずだった。いつも争いの種をまき、ラッキーが〈野生の群れ〉に加わったときから、なにかというと足を引っ張ろうとしてきた。ところが、気づけばラッキーは、激しい雨に打たれたまま、耳としっぽを力なく垂れて立ちつくしていた。ホワインへの怒《いか》りはすっかり消えうせていた。

いまはただ、あの小さな犬がひとりで生きていけるのか、もう一度会うことができるのか、それだけが心配だった。

14 新しい作戦

　群れは、池から少し離《はな》れ、〈大地のうなり〉を生きのびた木々の下で雨宿りをしていた。葉の落ちた枝は、みぞれまじりの雨をちっともさえぎってくれない。サンシャインは、ラッキーにぴったり体を押《お》しつけて、寒そうに震《ふる》えていた。

「〈太陽の犬〉はどこにいっちゃったの？　もう暗いけど、まだ夜になる時間じゃないでしょ？」泥《どろ》だらけになった白い体を、ぶるっと震《ふる》わせる。「ひょっとして、〈大地のうなり〉が怖《こわ》くて逃《に》げちゃったとか？　このごろ、〈天空の犬〉も怒《おこ》りっぽい感じがするし」

　ラッキーは、どう答えればいいのかわからなかった。サンシャインのいうとおりなのだ――黒い雲はみるまに厚くなり、みぞれはいっこうにやむ気配がない。

　ブルーノがため息をつく。「ホワインはたいした戦士じゃなかったが、それでも、あいつがいなくなったのは残念だ。どんな犬だろうと、減ればそれだけ群れが弱くなる」悲しげな茶色い目をベラとスイートに向ける。「フィアースドッグを倒《たお》すなんて、ほんとうにできるのか？　いくら不意打ちを食らわすといっても……戦うために育てられた連中だぞ——戦いこそが生きがいなんだ。かたやこっちの群れは、フィアリーのような強い犬を失った。むこうには、おれたちの元アルファまでいる。連中に勝つなんて、ありえるのか？」

ベラはしばらく考えこんでいたが、ぱっと顔をかがやかせた。「たしかに、いまはブレードの群れに勝てるだけの力がないかも。でも、可能性はある。群れをふやせばいいのよ」

スナップがふしぎそうに首をかしげた。「そう簡単にほかの犬はみつからないわよ。仲間とフィアースドッグ以外の犬には、長いこと会ってないもの」

「わたしはちがう」ベラは得意げにしっぽを振《ふ》った。「トウィッチの群れがいるじゃない！　森の中でトウィッチたちに会った話をしたでしょ？　頭のおかしいアルファが死んだあと、あの犬たちはすごくいい群れになったの。みんな、強い戦士だし。あの犬たちを説得してこっちの仲間に引きこめたら、フィアースドッグを倒《たお》せるだけの戦力になる。不意打ちの作戦だってあるんだし」

灰色の古木の下で立ったまま、スイートはむずかしい顔をした。「あまりほめられた作戦じゃないわね。ずっと前にも、あなたと〈囚《とら》われの犬〉は、それと似《に》たような策略をめぐらせて、むかしの〈野生の群れ〉の野営地を襲《おそ》ってきたことがあったわよね。ただし、あのときのお仲間は、キツネだったけれど」

ちくりと小言をいわれて、ベラのしっぽは少し垂れたが、ひるまずにスイートの目をまっすぐにみつめかえした。「あのときはバカなことをしたわ。二度とおなじあやまちは犯さないって約束する。今度は、もっとうまくいくはずよ。トウィッチたちは、キツネなんかよりもずっと信頼《しんらい》できる仲間だし」

「どうしてトウィッチの群れをそんなに信頼《しんらい》できるの？」デイジーがたずねた。「あっちのことはよく知らないし、リーダーのテラーに命令されると、すごくひどいことをしたじゃない」

「でも、ひどい命令を出してたテラーは、もういないのよ」ベラが答える。

ダートが、おずおずとブルーノのそばへいき、自分の意見をいいはじめた。「あの群れなら信頼《しんらい》していいわ。いまのアルファのトウィッチは、元はわたしたちの仲間だったんだもの。なんといっても、スプリングのきょうだいよ」そういって、悲しげに鳴いた。「トウィッチは、いつだって強くて勇敢《ゆうかん》だった。いっしょに戦ってくれたら、きっと大きな力になる」

スプリングのつらい思い出がよみがえってきて、ラッキーは肩《かた》を落とした。あの垂れ耳の勇ましい犬は、〈果てしない湖〉のほとりにそびえる細長い建物のそばで、ひるむことなくフィアースドッグたちと戦った——たしかブレードたちは、あの変わった建物を〝灯台《とうだい》〟と呼んでいた。霧《きり》の中で繰り広げられた激しい戦いを思いだして、ラッキーはぞっとした。スプリングは、あの争いの直後に命を落としたのだ。仲間の最期を思いだすのは、身を切られるようにつらかった。〈果てしない湖〉に押《お》し流され、みるみるうちに岸から遠ざかっていった。長い耳の片方が、水に浮《う》いたり沈《しず》んだりしていた。もう片方の耳は、眠《ねむ》っているときよくそうしていたように、スプリングの目の上にかかっていた。ラッキーは首を振《ふ》って、つらい記憶《きおく》を頭からむりやり追いやった。

スイートが、心を決めたように背すじを伸ばし、正面からベラをみすえた。「そうね、ほめられた作戦ではないのだとしても、それならうまくいくような気がする」

ベラのしっぽがゆれはじめる。「わたしがトウィッチたちを探して話してくる。だれかいっしょにきてくれる？　ミッキーかデイジーは？」

「いいえ」スイートは、耳をうしろにたおし、木陰《こかげ》から雨の中へ踏《ふ》みだした。「全員でいきましょう。いま、離《はな》ればなれになるのは危険すぎるわ。ブレードがなにをたくらんでいるのか、いつ襲《おそ》ってくるつもりなのか予測がつかないもの。いまは、群れがいっしょにいなくちゃいけないときよ」

サンシャインが目を丸くした。「でも、そんなの〈天空の犬〉たちが許してくれないでしょ？　どしゃぶりだし、〈大地のうなり〉のせいで地面はぐちゃぐちゃ。あぶなくない？」

「慎重《しんちょう》にいけばだいじょうぶ」スイートがいった。「これだけ天気が悪ければ、フィアースドッグも外には出てこないはずよ。移動するならいまのうちだわ」

そういうと、スイートは注意深い足取りで歩きはじめた。ラッキーも急いで横に並ぶ。ぬれた体にも、ぬかるんだ地面にも、激しい雨が打ちつけている。一歩進むたびに足がすべり、ラッキーは、サンシャインの不安は当たっているんじゃないかと思いはじめた。地盤《じばん》がしっかりしているかどうかもわからないのだ。また崖崩《がけくず》れが起きたら、いったいどうなるのだろう。

ラッキーは身ぶるいしながら、小さなオメガを振《ふ》りかえった。サンシャインは一心に前をにらみながら、激しい雨の中を進みつづけている。小さな足は泥《どろ》の中に埋《う》まり、いまにも倒《たお》れこんでしまいそうだ。

ラッキーは、これから歩いていく長い道のりのことを考えた。川へ下りていって、さらにその先にあるトウィッチの森までいかなくてはならない。みんな耐《た》えられるだろうか。

スイートは、崩《くず》れた崖《がけ》を注意深く避《さ》けながら、草地をわたっていった。ラッキーは先に立ち、〈果てしない湖〉の波打ちぎわへ向かいはじめた。このあいだの〈大地のうなり〉のとき、ラッキーとスナップとほかの犬たちは、あのなぎさを駆《か》けぬけて大波から逃《に》げきった。〈湖の犬〉がまだ怒《おこ》っていたらどうしよう？　また波を立てて、ぼくたちをつかまえようとしたら？　そんな不安を群れの犬たちに打ちあける気にはなれない。湖がぼんやりとみえてくると、雨の中に目をこらして、白い三角波が危険な動きをみせていないか注意深く見張った。曇《くも》り空の下では、湖のようすはよくわからない。おまけに、雪がちらつきはじめ、足元のぬかるみに溶けていった。

崖《がけ》をおりていくのは、のぼるよりもむずかしい。こんな天気のときには、とりわけそうだった。かたい岩の上で足がすべり、踏《ふ》んばっていないと転んでしまう。ところどころにうすい氷が張っているが、わかりにくい。

「気をつけろ！　すごくすべりやすくなってる！」ラッキーは、うしろの仲間たちに叫《さけ》んだ。だが、遅《おそ》かった。さっそくサンシャインが足をすべらせ、ラッキーの足元を転がりおちていった。厚い岩の上にどさっと落ちて、痛そうなうめき声をあげる。ラッキーは、マルチーズの上にかがみこんだ。

「だいじょうぶかい？　ケガは？」

サンシャインは、顔をしかめながら立ちあがった。「ケガはしてないみたい。そんなに痛くない。びっくりしただけ。だいじょうぶ」

ブルーノがそばへきて、サンシャインにそっと鼻を押《お》しつけた。「運んでやろう」

「ありがとう」サンシャインは小さな声でつぶやくと、背すじをぴんと伸ばしてすわった。子犬のように運ばれるのが恥《は》ずかしくて、できるだけ威厳《いげん》をたもちたいのだ。ブルーノは、サンシャインの首元をくわえてすくい上げた。

昼間の光がうすれていくなかでは、〈果てしない湖〉はよくみえなかった。波の音をきくかぎり、そこまで荒《あ》れているようすはない。苦労して岸へと下りていきながら、ラッキーは、大きな波が迫《せま》ってきていないかたしかめようと沖《おき》をみた。波が迫《せま》っているどころか、水が岸から大きく引いているようだ。ラッキーはぞっとした。この湖はいつも、水が引いたあと、勢いよく押《お》しよせてくる。フィアリーを助けにいったときも、ラッキーたちが水辺の洞《どう》くつで夜を明かそうとしていると、おなじことが起こった。暗くなってしばらくたってからふと目を覚ますと、湖の水が砂地のむこうから押《お》しよせていて、洞《どう》くつから出られなくなったのだ。あのときは、あやうくおぼれ死にそうになった。

ラッキーは気持ちをしずめた。湖の水がもどってくるまでには、しばらくかかる……いまのところは安全だ。

スイートが最初に岸に下りたった。そのまま群れは、吹《ふ》きつけてくるみぞれと風に耐《た》えながら、ニンゲンの町のなかを進みつづけた。通りは荒《あ》れはて、たくさんの建物が倒《たお》れているが、ニンゲンがもどってきたようすはない。できることなら、ここへはもどってきてほしくない。この町は、犬にもニンゲンにも危険だ。

一行はできるだけ急いだ。ぬれた砂が毛にまとわりつき、爪《つめ》のあいだにまで入りこんでくる。ラッキーは、念のため、ときどき足を止めて空気のにおいをかいだ。フィアースドッグはいないようだ。

スイートに呼ばれたベラが、急いで走ってきた。スイートとラッキーとベラは横並びになり、ほかの犬たちに話し声をきかれないように、群れから少し離《はな》れて歩きはじめた。

スイートがぬれた体を振《ふ》った。「ベラ、あなたの話してた場所はどこなの？」

「湖の岸からしばらく歩いたところにあるの」

「でも、地形がかなり変わったみたいだわ。〈うなり〉のときに、湖の水がこのあたりまで押《お》しよせてきたのね。岩は押《お》し流されて、木もなぎたおされて……。〈湖の犬〉が岸をやぶったなら、〈川の犬〉だっておなじことをしたのかもしれない。その場所は川のすぐそばにあるんでしょう？　着いたらほんとうにわかる？」

ベラがラッキーをみてたずねた。「湖にはじめてきたとき、途中ですごく大きい獲物《えもの》をみたでしょ？　足の先がかたくて丸くて、たてがみがあって、長いしっぽがあった動物」

その動物のことなら、ラッキーもよく覚えていた。ぴりっとしたおいしそうなにおいがよみがえってきて、思わず舌なめずりをする。

「岩山があるのは、そこをさらにいったところよ。着いたら絶対にわかるわ」ベラは砂地をみまわした。「〈果てしない湖〉から離《はな》れたところにあって、地面がでこぼこしてる。砂が全然なくて緑が多いの」そういって、ぶるっと体をひと振《ふ》りすると、ぬれた砂地をたどりはじめた。

うしろを振《ふ》りかえると、群れの犬たちはみるからに元気をなくしていた。みぞれまじりの雨は、いっこうに弱まる気配がない。犬たちはよろめいたりすべったりしながら、歩きにくい砂と必死に格闘《かくとう》している。ムーンは、ソーンとビートルをなだめて歩かせていたが、まだ小さい子どもたちには厳しい旅にちがいない。マーサとブルーノは交代でサンシャインを運んでいる。

ラッキーは、ベラの話している岩山まで、できるだけはやく着きますようにと祈《いの》った。スイートのいうとおり、もし、〈うなり〉のせいで川辺の地形が変わっていたらどうしよう？　フィアースドッグに奇襲《きしゅう》をかけられる場所なんて、どこにもないのかもしれない。もし、トウィッチの群れがあの森を去っていたらどうしよう？　それに、こんなにひどい天候の中で、群れのみんながどれくらい持ちこたえられるかもわからない。前に向きなおると、ベラとスイートは果敢《かかん》に進みつづけていた。ラッキーは不安な思いをかかえたまま、ちゃぷちゃぷ音を立てる湖をみわたした。砂地の盛りあがった部分をこえると、ふいに、水の色が変わったような気がした。青というより緑色だ。ごつごつした岩場をこえていくと、波の音が少しずつ遠ざかっていった。

そのとき、ミッキーがとなりに駆《か》けよってきた。「みろ、川だ！」

ラッキーは、ミッキーの視線の先を追って、ひと声吠《ほ》えた。雨はあいかわらず激しかったが、川をみるとほっとした。水が大きく引いているおかげで、河口が広々としてみえる。

「あとひと息よ」ベラは、冷たいみぞれにめげたようすもみせずに、しっぽを元気よく振《ふ》った。足を止めて、ぬれた地面のにおいをたしかめる。

そのようすを、スイートは心配そうな顔でみまもっていた。まだ、ベラの判断に確信がもてないらしい。

ところが、川沿いの道をもう一度曲がったときだった。足元の地面がやわらかくなり、たしかに見覚えのある風景が目の前に広がった。ぬれた土から、とがった草がとびだしている。そこはまちがいなく、たてがみのある大きな動物に出くわした場所だった。記憶《きおく》にある景色をみた瞬間《しゅんかん》、一気に緊張《きんちょう》がほどけていく。ベラは、自分がどこへ向かっているのか、ちゃんとわかっているのだ。ラッキーは、きょうだいのことが誇《ほこ》らしかった。

あたりをよくみると、低い木々が何本か倒《たお》れていた。地面には深い裂《さ》け目《め》ができていて、中からとびでた茶色い土があたりに散乱している。ラッキーは、悪夢を思いだして顔をしかめた。〈大地の犬〉が傷だらけで死んでいた、あの恐《おそ》ろしい夢だ。不吉《ふきつ》な予感からむりやり意識をそらす。

「もうすぐだから！」ベラが吠《ほ》えた。

細い道は、さらにもう一度折れていた。そこを曲がると、とうとうそこに、みあげるような岩山があった。「ここよ！」ベラが得意げに声をあげる。

ラッキーは首をかしげた。記憶《きおく》にある岩山とは、どこかちがっているような気がしたからだ。〈大地のうなり〉のせいで、いくつかの岩の位置が変わってしまったのだろう。濃《こ》くなっていく夕闇《ゆうやみ》と、みぞれまじりの激しい雨の中でみると、ぎざぎざした岩場はやけに大きく、凶暴《きょうぼう》な牙《きば》のようにみえた。

スイートは岩山をみあげると、安心したような表情になった。群れの犬たちが集まってくる。

「ここなら、不意打ちするには絶好の場所ね」アルファは、ベラに向かっていった。「幅《はば》も十分。

岩山のふもとの道はせまい。岩山の上から襲《おそ》われたら、川へとびこんで逃《に》げるしかない。ブレードが命からがら泳ぐはめになったら、みものだわ。てっぺんにあがる道をみつけましょう」

アルファの言葉をききつけたデイジーは、さっそく一番下の岩にとびのり、その上の岩にはいあがろうとした。そのとたん、ぎい、といやな音がして岩がかたむき、デイジーはうしろむきに投げだされた。あわてて立ちあがろうとして、小石を盛大にはねあげる。

ほかの犬たちは、小石をよけようと首をすくめた。ブルーノは足をすべらせ、川に落ちそうになっている。

「気をつけて！」スナップが叱《しか》りつけた。

どうにか体勢を立てなおしたブルーノは、ふきげんそうにうめいた。

デイジーは、ばつが悪そうにうつむき、けばだったわき腹を毛づくろいする振《ふ》りをしながら小声であやまった。「ごめんなさい」

スイートもきびしい顔だ。「もっと落ちついて行動してちょうだい！　少し考えれば、ここから上にあがるなんてむりだとわかるでしょう――傾斜《けいしゃ》が急だし、てっぺんまでは、ずいぶんあるのよ。うしろから回りこまないと」川沿いの小道を目でたどり、やがていった。「こっちだわ」

ラッキーはアルファと並んで、川岸を歩いていった。ようやく雨脚《あまあし》が弱くなり、雲間から夕方の空がのぞきはじめている。だが、〈太陽の犬〉があたたかな寝床《ねどこ》を求めて水平線へ駆《か》けていくにつれ、空気は冷たくなっていった。

「すぐに暗くなる」ラッキーはスイートに耳打ちした。「みんな疲《つか》れてるんだ」

「わかってる」スイートも小声で返した。「あと少しだけよ」

そのあたりは、フィアリーを助けにいった一団が、新しい仲間を選んだトウィッチに別れを告げた場所に近かった。あたりは、なつかしいにおいでいっぱいだった――塩のにおいよりも、土のにおいが豊かなのだ。それでも、このあいだの〈大地のうなり〉が起こる前とでは、景色が一変している。低い木が二本倒《たお》れていて、片方は半分川の中に浸《つ》かっていた。流れに洗われて何度も岸にぶつかり、まるで、川からはい上がろうとしているかのようだ。〈うなり〉を耐《た》えぬいた低木のあいだに、細い道が一本のびていた。そこをたどれば、岩山のてっぺんにたどりつけるようだ。

スイートは群れに向きなおった。「このあたりには、まだ木が残ってるわ。みんなはここに残って、下生《したば》えの中に寝床《ねどこ》を作っておいてちょうだい。わたしとラッキーは、岩山の上にあがる道を探してくるから」

何匹《なんびき》かの犬が、ほっとしたようにため息をついた。ダートがさっそくすわりこみ、マーサがサンシャインを地面におろす。疲《つか》れきったようすのマーサをみて、ラッキーは気の毒になった。いつもは、意志のかたまりのような犬で、どんな困難に直面しても落ちつきはらっている。〈大地のうなり〉は、マーサのように強い犬さえ、むしばんでしまうのだ。

ムーンとベラは、夜を明かすための場所を探しはじめている。できればラッキーも休みたかったが、スイートはすでに歩きはじめ、やぶをかき分けたり、倒《たお》れた木をとびこえたりしていた。ラッキーは、あわててあとを追った。地面はでこぼこしていて、歩きにくかった。木の根につまずいて、あやうく転びそうになる。体勢を立てなおして顔をあげると、少し先でスイートが足を止めていた。

「はやく」じれたようにいう。

すぐに低木がまばらになり、目の前に、空高くそびえる岩山が現れた。ラッキーは、やみくもに岩をのぼりはじめた。みえるのは岩ばかりで、自分がどのあたりにいるのかもわからない。ふいに目の前がひらけたかと思うと、ラッキーとスイートは、岩山の頂上にたどりついた。空には〈月の犬〉がかかっている。やわらかな光が、川面でおどっていた。

ラッキーは下をみおろした。さっきまでいた小道は、はるか下だ。あそこをフィアースドッグが駆《か》けていくのだと思うと、背すじがぞくっとした。ここから不意打ちをかければ有利だろうし、上にいれば状況《じょうきょう》もよくわかるだろう。だが、こんなに高いところからとびおりれば、きっと無傷ではいられない。一歩まちがえれば、そのまま川にまっさかさまだ。

ラッキーは不安になってスイートをみた。「こんな作戦、ほんとうにうまくいくのかい？危険すぎないか？」

スイートも川をみおろしていた。「わかってるわ、ベータ。わたしだって、もっと安全な計画のほうがいい。でも、なにか行動を起こさなくちゃ、この先死ぬまでブレードから逃《に》げつづけることになるのよ」

ラッキーは、いつかみた夢を思いだした。夢の中の世界では、フィアースドッグたちが〈大地の犬〉を殺し、ほかの犬たちを容赦《ようしゃ》なく支配していた。連れ合いにそっと近づき、ほおを寄せる。

スイートが、ラッキーの耳をなめた。「たとえ負けたとしても、せいいっぱいやれば後悔《こうかい》は残らない……それに、たとえ負けたとしても、わたしにはあなたがいる」

15 仲間を探して

〈太陽の犬〉は、灰色の厚い雲の影《かげ》に隠《かく》れていたが、その弱い光は川面を照らしていた。夜の鳥が、眠《ねむ》たげな声でホーホーと鳴いている。霜《しも》のおりた草のあいだから、なにかが走っていくカサカサという音がきこえた。ラッキーは、寝床《ねどこ》に寝そべったまま、眠《ねむ》くてぼんやりした頭であたりをみまわした。目を覚ましたスイートは、さっそく立ちあがっている。あたたかい寝床《ねどこ》から外へ出るのは気が進まなかったが、ほかの犬たちはすでに、大きなあくびをしたり、立ちあがって体を振《ふ》ったりしていた。

ビートルとソーンは元気いっぱいにはねまわっている。幼さの残る声でうなりながらじゃれあい、川のほうへと走っていく。

「ふたりとも、気をつけなさい！」ムーンが、子どもたちに声をかけた。「あまり川岸に近づかないで。すべりやすくなってるから」

ラッキーは、吐《は》く息が白いのに気づいた。夜じゅう外気にさらされていた背中には、霜《しも》がおりている。

スイートがひと声吠《ほ》えて、群れの注目を集めた。「スナップ、猟犬《りょうけん》たちのまとめ役をおねがい。連れていくのは……」少し口をつぐみ、役に立ちそうな犬を選びはじめた。群れが危険にさらされているいま、スイートにとって、いままでのようなルールや序列は二のつぎになっているようだ。

「ミッキーとベラ」スイートはようやく決定を下した。「〈氷の風〉の季節だからむずかしいと思うけど、このあたりには獲物《えもの》がいるはずよ。においがするから。急いでなにかつかまえてちょうだい。食べて力をつけたら、すぐに移動しましょう。〈大地のうなり〉で、木が倒《たお》れたり地形が危険になっているところがあるから、注意して」

「わかりました、アルファ」スナップが背すじを伸ばしていった。しっぽをぴんと上げて、さっそく川岸を走っていく。ミッキーとベラがあとを追っていき、すぐに三匹《びき》は姿を消した。

小さな足音がきこえてきたかと思うと、ビートルが息を切らして川辺からもどってきた。すぐうしろにはソーンがいる。「すごいものみつけた！」ビートルが吠《ほ》える。

「すっごくヘンなの！」ソーンも横からいった。

スイートとラッキーは、二匹《ひき》について川岸へいった。

「ほら！」ソーンが吠《ほ》えた。みると、川の表面に、うすい氷が張っている。

ビートルがラッキーを振《ふ》りかえった。「なんで、水が動かなくなっちゃったの？〈川の犬〉、病気？」

「ときどき、こうなるんだ。空気がすごく冷たくなって、〈太陽の犬〉が遠くにいってしまうと、水はこんなふうにかたくなる。凍《こお》る、っていうんだ」ラッキーは子どもたちに説明した。

「もう、動かない？」ソーンがたずねた。

ラッキーは、鼻先で小さな犬をそっとなでた。「もちろん、また動くようになる。それは今日かもしれないし、〈新たな緑〉の季節がきて、もっとあたたかくなってからかもしれない」

ビートルが、もっと氷をよくみようと、きょうだいをわきへ押《お》しのけた。「〈果てしない湖〉も凍《こお》る？」

「それはないんじゃないかな」ラッキーは、考えこみながら答えた。あの大きな湖が凍《こお》るとは想像もできない。だが、これまでだって、想像以上のことが起こってきたのだ。ふと、夢に出てきたアルフィーのことが思いだされた。アルフィーも氷の上にいた……あれは、凍《こお》った〈川の犬〉だったんだろうか。思わず川をみわたす。この場所に、なにか意味があるんだろうか。

死んだ仲間のいっていた言葉が、頭の中によみがえってくる。ここが、〝すべきことがわかる〟場所なんだろうか。自分の〝使命〟を果たすところだろうか。すぐそばからカラスの鳴き声がきこえてきて、ラッキーははっと耳を立てた。

マーサが、水ぎわに立っていた四匹《ひき》に近づいてきた。うすい氷におそるおそる前足を置き、そっとたたいてみる。とたんに、小さく鳴いてとびすさった。

ビートルが目を丸くしてたずねた。「〈川の犬〉、だいじょうぶ？」心配そうな声だ。「マーサは、〈川の犬〉のことよく知ってるんでしょ？　寒くて病気になっちゃったとか？」

「〈川の犬〉は、眠《ねむ》っているだけよ」マーサは、なだめるようにいった。だが、凍《こお》った川をみているその表情は、どこか浮《う》かない。

「川から離《はな》れて！」ムーンの鋭《するど》い声がとんできた。「子どもたち、はやくもどってきてちょうだい」

ソーンとビートルは、急いで母犬のもとへもどった。

「ちゃんと注意してたのに」ソーンはふくれている。

「注意してても、凍《こお》った川はすべりやすいのよ。氷はうすいし、〈川の犬〉は眠《ねむ》っているの。氷が割れたらどうなると思う？　眠《ねむ》りをじゃまされた〈川の犬〉の怒《いか》りは、ちょっとやそっとじゃおさまらないわよ」

ムーンは子どもたちを連れて、茂《しげ》みのあいだに作られた急ごしらえの野営地へもどっていった。あとには、スイートとラッキーとマーサだけが残された。

ラッキーは、顔をくもらせているマーサをなぐさめた。「〈川の犬〉なら心配ない。街で暮らしてたころも、〈氷の風〉の季節になると、ときどき公園の池が凍《こお》ったんだ。だけど、〈新たな緑〉の季節になると、かならず元どおりになった」

ウォータードッグは、茶色い目をラッキーに向けた。「ええ、そうだけど……なぜかさびしいの。〈川の犬〉が死んでしまって、二度と会えないような気がしてしまう」むりやり顔をあげると、豊かな黒い毛におおわれた体をゆすった。「バカみたいね。疲《つか》れてるのかも」

ラッキーがかける言葉を探しているうちに、マーサは顔をそむけて歩きはじめた。少し離《はな》れたところで、くたびれたように腹ばいになり、前足の毛づくろいをしながら凍《こお》った川をながめている。

「マーサと話してくる」ラッキーはいった。

「いまはやめておいたほうがいいわ」スイートがいった。ふと、耳をそばだてて首を伸ばす。猟犬《りょうけん》たちが帰ってきたのだ。ベラはハトを一羽くわえ、ミッキーとスナップはウサギを何匹《なんびき》かくわえていた。犬たちは、やぶのそばに集まって猟犬《りょうけん》たちをむかえた。ラッキーは、感謝をこめてしっぽを振《ふ》った。こんなところで獲物《えもの》をみつけるのはひと苦労だ。すごいごちそうではなくても、みんなが元気を取りもどすには十分な量だ。

おなかを空かせた犬たちが順番を待つなか、まずはスイートが、よく太ったウサギの肉を大きくかみちぎった。うしろへ下がりながら、あなたの番よ、とラッキーに合図する。アルファとベータは、だれよりも体力をつけて、いつでも群れを守れるようにそなえておかなくてはならない。だが、二匹《ひき》とも、立場の弱い犬たちがしっかり食べられるように、いつも気を配っていた。オオカミ犬のようにはなりたくない。元アルファは、地位の低い犬のことは気にもかけず、自分が食べたいだけ獲物《えもの》をむさぼっていた。あのころ、ホワインとサンシャインは、まともな食事がほとんどできなかった。いま、小さなマルチーズの目には、むかしのようなかがやきがもどっていた。

スイートの群れでは、どんな犬も飢《う》えたりしない。

ラッキーはオオカミ犬のことを考えた。ブレードの群れのオメガとして、ひどいあつかいを受けているのだろうか。このあいだみかけたときは、あばら骨がはっきりと浮《う》き出るほどやせ細っていた。それでも、同情する気にはなれない。フィアースドッグの群れを選んだのは、オオカミ犬自身なのだから。

最後に順番がまわってきたサンシャインがハトを食べおえると、群れは出発し、川沿いを歩きはじめた。雲間から〈太陽の犬〉の弱い光が射しこみ、凍《こお》った川面がぼんやりかがやいている。先頭をいくスイートは、〈果てしない湖〉に背を向けて、慎重《しんちょう》に進んでいった。地面は掘《ほ》りかえされたように荒《あ》れているし、あちこちで木々が倒《たお》れている。ラッキーたちは、ゆるやかな傾斜《けいしゃ》になった川辺を歩くあいだも、ほかの群れのにおいを逃《のが》さないよう気をつけていた。

ラッキーは、ほおひげをぴんと張って、あたりに目を光らせていた。少しずつ、なつかしい雰囲気がただよいはじめている。木がふえているし、土のにおいも濃《こ》くなっている。大木が倒《たお》れているのに出くわすと、ラッキーは思わず後ずさった。あらわになった根っこが、風に吹《ふ》かれてゆれている。〈大地のうなり〉がくると、森は危険な場所になる。だんだん、不安が募《つの》ってくる。森で暮らしているトウィッチの群れは、ぶじに生きのびられただろうか。

ラッキーが足を止めてにおいをたしかめていると、ベラがそばへきた。「この場所、覚えてる？」

「たぶん」そう答えたとき、ラッキーは、冷たい空気にトウィッチのにおいがかすかに残っているのに気づいた。「テラーをはじめてみかけたのは、ここだったと思う」

スイートは、少し先で立ちどまっていた。群れを振《ふ》りむいて話しはじめる。「寒いから、〈太陽の犬〉が眠《ねむ》りにつく前にできるだけ広い範囲を探して、川辺の岩山にもどりたいの。手分けして探せば効率がいいわ。わたしがひとつ目のグループをまとめるから、ラッキーはふたつ目のリーダーをおねがい。ムーン、みっつ目はあなたにまかせる。わたしたちは崖《がけ》のほうをいくから、ムーンは町に続く木立《こだち》の中を探してみて。ラッキー、あなたはこのまままっすぐ進んで、森の真ん中をいってちょうだい」

ムーンとラッキーは、うなずいて吠《ほ》えた。

「こまめにトウィッチに呼びかけるようにしてね」スイートが続けた。「いきなり近づいて驚《おどろ》かせたら、敵だと思われるかもしれない」

ラッキーのグループには、デイジーとストームとスナップが加わった。ほかのふたつのグループはそれぞれ、森を回りこむ道をたどっていく。仲間たちを見送ってから、ラッキーは軽く吠《ほ》えて号令をかけ、森の中心をめざして歩きはじめた。川岸に背中を向けるかっこうで進む。ゆっくりと歩いていくにつれ、木々が密集してくる。ラッキーは、少し歩くたびにトウィッチの名前を呼んだ。枯《か》れかけた下生《したば》えを踏《ふ》みこえ、落ちてきそうな枝がないか目を光らせる。

高い木の上からは、カラスのカア、カアという大きな鳴き声が響《ひび》いてきた。足の下では、枯《か》れ葉《は》がさくさく音を立てる。〈氷の風〉の季節の森は、〈紅い葉〉の季節の森とは別物のようだった。〈太陽の犬〉の光が、葉の落ちた枝のあいだから射しこんで、でこぼこの地面に風変わりな形の影《かげ》を落としている。ラッキーは、神経がぴりぴりしていた。はやく群れの仲間と合流したい。

だしぬけに、森のむこうからとどろくような吠《ほ》え声がきこえてきた。地面がびりびり震《ふる》えている。カラスたちがいっせいに飛びたち、犬たちは目をみひらいて顔を見合わせた。

「いまのなに？」デイジーが声をひそめていう。

つぎの瞬間《しゅんかん》、苦しげな犬の悲鳴がきこえた。

「こっちだ！」ラッキーは吠《ほ》えた。犬たちはダッと駆《か》けだし、木々のあいだをぬうように走っていった。地面に転がる枝をつぎつぎととびこえていく。そのとき、ぞっとするような光景が目にとびこんできた。

森の怪物《かいぶつ》、ジャイアントファーがいたのだ。うしろ足で立って、攻撃《こうげき》の姿勢になっている。怪物《かいぶつ》は茶色い体を怒《いか》りに震《ふる》わせ、頭をのけぞらせながらすさまじい吠《ほ》え声をあげた。鋭《するど》い牙《きば》からはよだれがしたたり、前足は激しく宙をかいている。立ちあがったジャイアントファーは、頭が大木の枝をかすめるほど背が高く、体の横幅《よこはば》は太い幹ほどもある。

ラッキーは息をのんだ。全身の毛がざわっと逆立つ。

ジャイアントファーの足元に、やせた灰色の犬がいた。しっぽが倒木《とうぼく》の下じきになって、動けなくなったようだ。必死でもがき、どうにか逃《に》げだそうとしている。灰色の犬は、ラッキーたちに気づくと、すがるような声で吠《ほ》えた。

「助けてくれ！　動けないんだ！〈うなり〉があった日から、このままなんだ。頼《たの》むよ！ずっと群れを呼んでたのに、近寄ってきたのはこの怪物《かいぶつ》だけだった！」

ジャイアントファーは、鼻息を荒《あら》げた。ずしん、という地響《じひび》きとともに前足を地面におろし、おびえた犬に近づきはじめる。

ラッキーの胸の中で心臓が暴れはじめた。あんな怪物《かいぶつ》とどうやって戦えばいいのかわからない。だが、あの犬を見殺しにするわけにはいかない。ラッキーは灰色の犬のそばへ駆《か》けより、ジャイアントファーに向きなおって激しく吠《ほ》えた。ジャイアントファーは、ぴたりと動きを止め、とまどったように二匹《ひき》の犬をみた。

スナップもラッキーに続き、夢中で吠《ほ》えながらジャイアントファーにつめよりはじめた。怪《かい》物《ぶつ》は状況《じょうきょう》をのみこんだのか、がっしりした前足をラッキーに振《ふ》りおろした。ラッキーは首をすくめてすばやく身をかわしたが、怪物《かいぶつ》のかぎ爪《づめ》が毛先をかすめたのがわかった。

「ラッキーにケガさせたら許さない！」ストームが吠《ほ》え、ラッキーのそばに走りよってきた。ジャイアントファーのけば立った頭が怒《いか》りに震《ふる》えた。あたりにとどろく声で吠《ほ》えながら、首をひねってストームのほうをみる。

デイジーが、獣《けもの》の声に負けじと声を張りあげた。「そんなんじゃだめ！　前にもジャイアントファーと出くわしたことがあったでしょ！　オオカミ犬が、あたしとストームたちを山に送りこんだじゃない！」

スナップとストームはデイジーを振《ふ》りかえったが、ラッキーは怪物《かいぶつ》から目をはなす勇気がなかった。ジャイアントファーは、がっしりした首を激しく振《ふ》り、いまにも襲《おそ》いかかってこようとしている。小さな目は赤く充血し、口のはしにはよだれがたまっていた。いまいましそうに鼻にしわを寄せ、デイジーをにらみつける。

「ストーム、覚えてない？」デイジーはめげずに続けた。「あんたはまだすごく小さかったけど。ファングがジャイアントファーに吠《ほ》えかかって、ものすごく怒《おこ》らせちゃったの！」

その一言で、ラッキーの頭の中に記憶《きおく》がよみがえった。ストームたち三きょうだいとジャイアントファーが、岩山の上で鉢合《はちあ》わせしたときのことだ。あのときラッキーは、オオカミ犬に連れられて、ストームたちのようすを遠くから見張っていた。デイジーのいうとおりだ。ジャイアントファーに会ってしまったら、怒《おこ》らせるのではなくなだめるのが一番だ。

獣《けもの》が片方の前足で地面を引っかくと、鋭《するど》いかぎ爪《づめ》が深いあとを残した。赤い目を、ラッキーとストームと、動けずにいる灰色の犬に向け、地面をゆるがすような声で吠《ほ》える。

「みんな、じっとするの！」デイジーがいった。「毛を逆立てちゃだめ。そいつと目を合わせないで。敵意がないってことを伝えるの」

ラッキーはいわれたとおりにした。おなかが地面につきそうなくらい体を低くして、視線は足元に落とす。スナップとストームも、同じようにした。ラッキーは、木の下じきになった犬をちらりとみた。犬は必死の形相《ぎょうそう》でジャイアントファーをみていたが、吠《ほ》えるのはやめている。

「その調子」デイジーがみんなをはげました。「そうしてたら、敵じゃないってことが伝わるはず。ラッキー、スナップ、その犬を助けてあげて。なるべく急いでね」

ジャイアントファーはぴたりと動きを止めて、かん高い声で吠《ほ》えているひときわ小さなデイジーをみた。そのすきに、ラッキーとスナップはそろそろと後ずさり、木の下じきになっていた犬を大急ぎで助けだした。灰色の犬は、倒木《とうぼく》にはさまれていたしっぽを慎重《しんちょう》に引きずりだすと、感謝をこめて小さく鳴いた。

「こっちに下がって」デイジーがラッキーたちにいった。「ゆっくりね」

ジャイアントファーは、犬たちがおそるおそるデイジーのほうへもどっていくと、うなるのをやめておとなしくなった。ラッキーはそのあいだも、獣《けもの》から決して目をはなさなかった。ジャイアントファーは、ふたたびうしろ足で立ちあがり、みあげるように大きな体をゆらゆらとゆらしている。ひくひくけいれんする口のはしには、あぶくになったよだれがたまっている。

ラッキーはすくみあがり、逃《に》げだしたくなる衝動《しょうどう》をどうにかこらえた。ほかの犬たちと木の陰《かげ》にかたまり、獣《けもの》を見張る。

つぎの瞬間《しゅんかん》、ジャイアントファーは、ズシン、と地響《じひび》きを立てて前足を地面におろした。犬たちにくるりと背を向ける。急に興味がなくなったかのようだ。倒《たお》れた木を前足で力まかせに押《お》しのけ、わきへ転がした。腹立たしげにうなりながら、あちこちに散らばった枝や岩をかき分けていく。

「なにするつもり?」ストームが小声でいった。

ラッキーも、声を殺してこたえた。「あそこの洞《どう》くつに入りたいんだと思う」

思ったとおり、ジャイアントファーは、倒木《とうぼく》のうしろにあったほら穴にもぐりこんでいった。荒《あら》い鼻息をひとつ残して、暗い穴の中へ消えていく。

ラッキーはみんなを連れて、ほら穴から十分に離《はな》れた。灰色の犬はぎくしゃく歩き、ときどき足を止めては、木にはさまれたしっぽをなめる。ほら穴からたっぷり距離《きょり》をとると、ラッキーは、どっしりした大きな木の陰《かげ》で立ちどまり、腹ばいになって体を休めた。ほかの犬たちも、まわりに集まってくる。その木もほかの木々とおなじように葉っぱが落ちているが、とがった新芽がたくさんついていた。

スナップが、かたい毛をなめてきれいにしながら、考えこむような顔でいった。「いま思いだしたけど、ジャイアントファーって〈氷の風〉のあいだは眠《ねむ》ってるのよね。あの獣《けもの》たちって、寒いのがにがてなのよ。なのに、〈大地のうなり〉に起こされちゃって、おまけに、すみかの入り口を倒木《とうぼく》にふさがれちゃったのかも。それをいうなら、あなたも、あの獣《けもの》を起こしちゃったわけだけど」そういって、灰色の犬をちらっとみた。

灰色の犬は、気まずそうに身ぶるいした。「おれが吠《ほ》えたのがいけなかったんだな。群れの仲間を呼んだだけなんだけど、うるさくして、ジャイアントファーをいらつかせたんだと思う。まあ、なにかやらかして恨《うら》まれたわけじゃないし、まだましだ」冗談《じょうだん》まじりにいってから、ふいに居ずまいを正し、ラッキーたちに向きなおった。「みんなのおかげで命が助かった。ほんとうに、感謝してるよ」

ラッキーは、あらためて灰色の犬をよくみた。やせているが、足にはしっかり筋肉がついている。「もしかして、トウィッチの群れの犬かい？」

「そうだ。おれは、ウィスパー。おれたちの群れにいたの」スナップがいう。「こっちはラッキー。

「トウィッチは、むかし、わたしたちの群れにいたの」スナップがいう。「こっちはラッキー。

わたしたちの群れのベータよ。こっちはデイジーとストーム」

ウィスパーが驚《おどろ》いた顔になり、ストームをまじまじとみた。「あのストーム？　テラーを倒《たお》したストーム？」

ラッキーは、はっと顔をこわばらせた。あの夜、すさまじい戦いぶりをみせたストームの姿が、まざまざとよみがえってくる。

ストームは首をかしげた。「戦いの場にはいたし、テラーをやっつけるお手伝いはしたけど。あんなことになって、残念だったでしょ。あの犬があなたたちのアルファだってことは知ってるんだけど、あたし、テラーのことはそんなに好きじゃなくて……」そこまでいいかけて、助けを求めるようにラッキーをみる。

ラッキーは、警戒《けいかい》して立ちあがりかけた。ストームが襲《おそ》われはしないだろうか。この灰色の犬は、トウィッチとはちがってテラーを尊敬していたかもしれない。

ところが、意外なことが起こった。ウィスパーがいきなりストームの足元に身を投げだしたのだ。くるっとあおむけになり、服従の姿勢を取る。

「新しいアルファが、きみのしてくれたことをすっかり話してくれたんだ。おかげで、おれたちはテラーから解放された！　きみは群れの救世主だよ！　この恩は一生忘れない」

ストームはめんくらったようにウィスパーをみた。「あたし、仲間を助けようとしただけなのに」

ウィスパーは、あおむけから腹ばいの姿勢にもどったが、敬意をこめて頭を垂れていた。

「やっぱりだ。トウィッチがいってたとおり、きみは仲間思いで勇敢《ゆうかん》な上に、つつしみ深いんだな」

ストームはそれをきくと、うれしそうに細いしっぽを振《ふ》って息をはずませた。ラッキーもうれしかった。あの夜のストームのふるまいは、すべてが正しかったとは思えない。それでも、この子は忠実な犬なのだ。それをだれかに認めてもらうのはいいことだった。

ラッキーは、まわりの木々にちらっと目をやった。「それで、そっちの群れはどこにいるんだい？」

「わからない。〈大地のうなり〉がきたときに散り散りになってしまって、おれがどんなに助けを呼んでも、声が届かなかった。このあたりにはいないみたいだ」

「しっぽ、平気？」デイジーが、ウィスパーのしっぽに鼻を寄せてたずねた。根元のところが、妙《みょう》な方向へ曲がってしまっている。

ウィスパーは、肩《かた》ごしにしっぽをみた。「骨が折れてるみたいだけど、そんなに痛くない。命びろいしたんだから、これくらい平気だよ。ジャイアントファーが出てきたときは、おしまいだって観念したんだから」

そのとき、森のずっとむこうから、トウィッチを呼ぶスイートの声が響《ひび》いてきた。あいだを置かず、それに答えるほかの犬たちの吠《ほ》え声がきこえてくる。

「うちのアルファが、そっちの群れをみつけたみたい」スナップがうれしそうにしっぽを振《ふ》りながら吠《ほ》えた。

ウィスパーはしっぽを振《ふ》ろうとして、痛そうに顔をしかめた。「痛っ！　うれしいんだけど、しばらく、しっぽは動かせないみたいだな」そういうと、首をかしげておどけてみせた。

ラッキーは、スイートとトウィッチの名前を呼びながら、みんなを連れて森の中を歩いていった。しばらくいくと、ほっそりしたスウィフトドッグの姿がみえてきた。ムーンたちのグループは先に着いていて、かわるがわるトウィッチの群れにあいさつをしている。ラッキーは、むこうの群れの数をすばやくかぞえた。アルファのトウィッチ、ベータのスプラッシュ、ウィスパー、それから、名前のわからない犬が五匹《ひき》。

トウィッチは、長い耳をゆらしてしっぽを振《ふ》りながら、かつての仲間たちとあいさつをかわしている。「ラッキー！　久しぶりだな！」ラッキーたちに気づくと、三本足をものともせず、はずむ足取りで駆《か》けよってきた。むこうの群れのほかの犬たちも、おずおずと近づいてきた。ウィスパーの姿に気づくと、明るい顔になる。ラッキーは、親しみをこめてトウィッチをなめると、さっそくスイートのそばへいった。連れ合いの甘《あま》いにおいを胸いっぱいに吸いこむ。離《はな》れていたのはほんの少しの時間なのに、もうスイートのことが恋《こい》しくなっていたのだ。

「この森でみんなに会うなんて、びっくりだよ」トウィッチがいった。「ゆっくりしていってくれるんだろ。おれたちでもてなすよ」そういいながら、なにかを探しているような表情で、〈野生の群れ〉をみまわした。「ところで……スプリングはどうした？」ふしぎそうな顔で、ラッキーとスイートを振《ふ》りかえる。「おれのきょうだいは、どこにいるんだ？」

16 犬たちの決断

枝のあいだから射してくる〈太陽の犬〉の光が、少しずつうすれはじめている。ラッキーとスイートとトウィッチは、倒《たお》れた大木のなめらかな幹にすわっていた。虫のかすかな羽音や、折れて垂れさがった枝が風にゆれる音がきこえている。霜《しも》がおりた木々は、白くかがやいていた。ふたつの群れの犬たちは、ウサギ狩《が》りひとつ分ほど離《はな》れたところで、トウィッチの群れが〈うなり〉の前から貯めておいた獲物《えもの》を食べている。ラッキーは、獲物《えもの》を土に埋《う》めて取っておくという、トウィッチたちの工夫に感心していた。自分たちも見習おう——多めに取って、まさかのときのためにそなえておけばいい。

スイートは、群れから目をはなし、物思いに沈《しず》んでいるトウィッチに向きなおった。「獲物《えもの》を分けてくれて感謝してるわ」

トウィッチは、垂れた耳を軽く振《ふ》った。「あたりまえのことだよ。きみたちなら、いつだって大歓迎《だいかんげい》だ。ウィスパーは、デイジーが機転をきかせてくれたおかげで助かったんだし。ちょうどいいときにきてくれた」

スイートは、思いやりのこもった声で続けた。「スプリングのこと、残念だったわ」

トウィッチは深くうつむいたまま、しばらくなにもいわなかった。むこうの木立《こだち》では、食事を終えたらしい犬たちが、にぎやかに歓声《かんせい》をあげながら遊びはじめている。

「ぼくは、スプリングと特別親しかったわけじゃない」ラッキーは正直にいった。「だけど、いつも優《やさ》しくて、群れのことを一番に考える仲間思いな犬だった。やるべきことはきっちりこなしたし、どんなときでも進んでみんなを助けてくれた。最後の瞬間《しゅんかん》まで、勇敢《ゆうかん》な犬だった」

トウィッチは、長い鳴き声をもらした。「おれが群れを去ったから、スプリングとはほとんど会えなくなった。ずっと会いたいと思ってたんだ。けど、たぶん、勝手にいなくなったおれのことを、最後まで許してなかったと思う。だから、そっちの群れで元気にやってたなら、うれしいよ」ほおひげを震《ふる》わせながら、木々のむこうにいる犬たちをみやる。「きょうだいのもとにもどれなかったのは、それなりの理由があったんだ。おれはこの群れのめんどうをみなくちゃいけなかった。アルファになるなんて、自分でも意外な展開だったけど、仲間を見捨てる気にはなれなかった。それに、オオカミ犬のもとにはもどれなかった。おれは裏切り者呼ばわりされてたし――絶対に受けいれてもらえなかったと思う」トウィッチはぶるっと体を振《ふ》ると、首をかしげてスイートをみた。「前のアルファはどうしたんだ？　死んだのか？」

「生きてるわ」スイートの声は冷ややかだった。「フィアースドッグと戦っていたときに、ゆくえをくらましたの。いつのまにかブレードの群れに加わってたのよ……オメガとして」

トウィッチは、あっけに取られた顔でスイートをみつめた。

「自分じゃ勝ち組になったつもりみたい」ラッキーには、スイートがつとめて冷静な声を出そうとしているのがわかった。それでも、その声には隠《かく》しきれない怒《いか》りがにじんでいる。「ブレードは、とっぴょうしもない計画にとりつかれてる。世界が終わるのを食い止めようとしてるのよ」

トウィッチは、耳を少し立てて熱心に聞き入っている。かつての群れの仲間と、こんなふうに再会するのはふしぎな気分だった。足のケガを理由に、オオカミ犬から最後まで見下されていたパトロール犬が、かつてのベータと対等に話をしているのだ。頭のかたいオオカミ犬のもとにいたとき、犬たちは、ほんとうの能力を証明する機会を奪《うば》われていた。だが、スイートの群れでは、けっしてそんなことにはならない。

ラッキーは、敬意をこめてそっと頭を下げた。べつべつの群れのアルファが、争うこともなく、おだやかに言葉をかわしている。オオカミ犬なら、絶対にしなかったことだ。腹の底からふつふつと怒《いか》りがわいてきた。あの卑怯者《ひきょうもの》め……結局、トウィッチを軽んじていたオオカミ犬は、まちがっていたのだ。元アルファは、たくさんのことをまちがえていた。

スイートはトウィッチに、これまで起こったことを、ひとつひとつ話していった。ブレードの不吉《ふきつ》な予言。ファングの悲惨《ひさん》な最期。ストームが命をねらわれていること。そして最後に、自分はフィアースドッグとの対決を避《さ》けられないと考えていることや、ホワインが群れを去ったことも話した。

トウィッチは首をかしげた。「ブレードと戦うつもりかい？」

「きびしい戦いになると思うわ。でも、どこかで終わらせないといけないの」落ちついたまなざしをトウィッチに向ける。「そのために、あなたが必要なのよ」

ラッキーは、スイートをみつめかえすトウィッチの表情をみまもっていた。トウィッチの答えが、群れの運命をにぎっているといってもおかしくない。ラッキーは答えを待ちかまえて体をこわばらせ、そわそわと口のまわりをなめた。

スイートが話を続けた。「あなたの群れと力を合わせられたら、ほんとうにフィアースドッグを倒《たお》せるかもしれない。あの犬たちほど強くなるのはむりでも、数では勝てるわ。すばらしい戦士だって何匹《なんびき》かいるし、不意打ちをかける作戦も立ててあるの」

ラッキーは息をつめて待った。トウィッチに断られれば、ブレードたちに勝てる見込みはほとんどない。フィアースドッグが襲ってきたら、どれくらいのあいだストームを守ってやれるだろう。

「スイート、申し訳ないけれど……」トウィッチの声は小さかったが、はっきりとしていた。「できれば力になりたい。だけど、おれは群れのアルファなんだ。自分がアルファになるなんて予想もしてなかったし、望んでた地位でもない。だけど、アルファとしては、自分の群れを簡単に危険にさらすわけにはいかない。みんな、テラーのもとでさんざん苦しんだ。あいつが死んで、やっと平和な時間が訪れたんだ。おれの群れの犬たちは、少しずつ回復してる。だけど、なかには、テラーに受けたひどい仕打ちのせいで、いまだにおどおどしてる犬もいる。そんな犬たちに、戦いを強制するわけにはいかない——自分たちのための戦いじゃないんだから」

ラッキーは、がっかりせずにはいられなかった。「みんなにきいてみるわけにはいかないかい？　ストームを守りたいと思ってくれる犬は戦いに加わってもらって、気が進まない犬は、このまま森に残ってもらえばいい」

トウィッチはラッキーを横目でみた。「ラッキー、きみはおれの群れのことをわかってない」

「どういう意味だい？」

トウィッチは、横倒《よこだお》しになった木の幹からとびおりると、木々のあいだを歩きはじめた。

「きてみればわかる」

ラッキーとスイートは、トウィッチのあとについて地面におりた。いっしょに、ふたつの群れのもとへ近づく。〈野生の群れ〉の犬たちは、自分たちのアルファとベータが近づいてきても、とくに表情を変えることもなくちらりとみるだけだ。ところが、トウィッチの群れの犬たちは、はじかれたように立ちあがった。体を低くして、へつらうように頭を下げる。トウィッチを取りかこみ、指示を待ちかまえているかのようだ。

トウィッチは、肩《かた》をそびやかして命令を下した。「全員、服従！」

ラッキーは、目を疑った。七匹《ひき》全員がいっせいに地面に転がり、おなかを上にして服従の姿勢になったのだ。〈野生の群れ〉は、目を丸くして顔をみあわせている。

「起立」トウィッチが命じると、群れはまたしても即座に従い、はじかれたように起きあがった。トウィッチがスイートをみる。「この群れの犬たちは、自分でなにかを判断する習慣がないんだ」

ラッキーは鼻をなめた。テラーの記憶《きおく》がよみがえってくる――頭のおかしいあのアルファが、この犬たちをいじめぬいて、自信を根こそぎ奪《うば》いとってしまったのだろう。あのころのトウィッチたちは、アルファの許可なくしては、ろくに息もできないようなありさまだった。トウィッチのいうとおりだ——この群れは、上位の犬のいうことには反射的に従ってしまうのだ。

トウィッチが、すまなそうに目をしばたたかせた。「おれひとりだったら、よろこんで力をかしたよ。だけど、いまのおれは、自分の群れの行く末を考えなくちゃいけない。おれが戦えといえば、この犬たちは絶対に戦う——命がけで戦う。そんなことは正しいと思えない。フェアじゃないんだ」

ラッキーは、どうしてもすがるような声になってしまった。「だけど、スイートの話をきいてただろ？　ブレードは、ストームを殺すまであきらめないと言い切ってるんだ」

ストームは、褐色《かっしょく》の前足で地面をたたいた。「ううん、トウィッチが正しい。ラッキー、これはあたしたちの問題だもん。あたしのために危険な目にあってほしくない」

「ごめんな」トウィッチがあやまった。「できることなら助けたい。だけど、この犬たちはもう、十分苦しんだ」

たちまち、あたりは騒《さわ》がしくなった。ラッキーはストームに、〈野生の群れ〉だけでブレードから守ってみせるとなぐさめ、トウィッチは、力をかせないことをあやまりつづけた。

そのとき、小さな、けれどきっぱりした声がきこえてきた。「アルファ……もし、おれたちが戦いをのぞんでいるとしたら、どうでしょう？」

あたりが、しん、と静まりかえる。ウィスパーがおずおずとトウィッチに近づいた。「アルファの命令は絶対ですし、アルファの賢明《けんめい》なご判断には従うべきだとわかっています。だけど、少し考えてみたんです。ストームは、おれたちをテラーから解放してくれました。それに今日だって、ジャイアントファーから逃《に》げだすのを手伝ってくれました」ちらっと、小さなフィアースドッグをみる。「ストームは勇敢《ゆうかん》で、すばらしい犬です。そのストームの身があぶないなら、守ってあげたいんです」

ラッキーの胸に希望がわいてきた。トウィッチの表情をうかがおうと振《ふ》りかえった瞬間《しゅんかん》、木の葉を踏《ふ》んで近づいてくるだれかの足音がした。黒くかたい毛の犬が、前に出てきてウィスパーのとなりに並ぶ。スプラッシュと呼ばれている犬だ。

「ベータ、どうした？」トウィッチがたずねる。

スプラッシュは、頭を低くしてこたえた。「アルファ、もしお許しいただけるなら、ストームのために戦わせてください。テラーには、ひどい目にあわされてきました。悲惨《ひさん》な生活から救いだしてくれたのは、このフィアースドッグの子犬なんです」

トウィッチの群れから、いっせいに賛成の声があがった。赤茶色の小さな犬は、目をかがやかせてかん高い声で吠《ほ》え、いっしょうけんめいしっぽを振《ふ》った。「アルファの命令にさからうつもりはありません。でも、あたしもスプラッシュとおなじ意見です。ストームを助けたいんです」

「チェイス、意見をいってくれてありがとう」トウィッチは、スイートとラッキーをちらっとみてから、群れに向かって話しはじめた。「ここには、ストームに対する感謝を行動で示したいと考えている犬たちがいるようだ。レイク、ウッディ、ブリーズはどうだ？　オメガは？　みんなの意見もきかせてほしい」

アルファの声をきくと、それまでだまっていた四匹《ひき》がつぎつぎに前へ進みだし、緊張《きんちょう》したおももちでまっすぐに立った。

「アルファ、あなたのご命令には、もちろんすべて従います」そういったのは、やせたオス犬だった。毛は針金のようにごわごわしていて、鼻づらには白い傷跡《きずあと》が網《あみ》の目のように広がっている。「ですが、たとえご命令がなかったとしても、わたしは戦う覚悟《かくご》ができています。ストームがしてくれたことには、感謝してもしきれません」となりにいた、がっしりした茶色いオス犬もうなずいた。

「そのとおりです」群れのオメガがいった。小さな黒いメス犬で、ネズミの鳴き声のようにか細い声だ。

「テラーを倒《たお》してくれた犬たちとともに戦えるなら、こんなに名誉《めいよ》なことはありません」最後の犬が声をあげた。小柄《こがら》な茶色いメス犬で、耳は大きく毛は短い。ラッキーの目をまっすぐにみつめ、うやうやしく頭を下げる。

「ブリーズ、ありがとう。みんなの気持ちはよくわかった。べつの群れの戦いに加わることをむりじいするつもりはない。だけど、みんなが自分の意志で戦うなら、よろこんでスイートの群れに力をかそう」トウィッチがそういうと、スイートとラッキーは感謝をこめて大きくしっぽを振《ふ》った。トウィッチは、もう一度群れに向きなおった。頭をまっすぐにあげ、一段と声を大きくする。その姿には、アルファらしい威厳《いげん》があった。「この群れは、フィアースドッグと戦おうとしている友だちを見捨てはしない。スイートの群れとともに戦い、ストームを守りぬこう。すべての犬のために」

トウィッチの群れは、賛成していっせいに遠吠《とおぼ》えをした。ストームが、目をかがやかせてマーサをみあげている。大きなウォータードッグは、フィアースドッグの鼻をなめてなにか耳打ちしたが、ラッキーにはききとれなかった。緊張《きんちょう》が解けて、深いため息をつく。ふたつの群れの犬たちは、うれしそうにとびはね、歓声《かんせい》をあげている。サンシャインは興奮してくるくる回り、デイジーはウィスパーのところへ駆《か》けていって、短いしっぽを振《ふ》りながら親しげに鼻をすり寄せた。

〈太陽の犬〉が木々のあいだに沈《しず》みはじめるころ、ふたつの群れの犬たちは、からみあった下《した》生《ば》えをかき分けながら、岩山のふもとへ向かった。岩山の陰《かげ》に隠《かく》れてフィアースドッグたちを待ちぶせし、不意打ちをかけるのだ。スナップとムーンは岩山をのぼっていきながら、奇襲攻《きしゅうこう》撃《げき》にちょうどいい場所を探し、トウィッチの群れの犬たちと作戦をねった。

スイートとラッキーとベラは、トウィッチとスプラッシュといっしょに、コケむした木の根元で、つぎの一手についてじっくり話し合った。

「だれかがブレードをあおって、ストームとの対決に持ちこまないといけないわ」スイートがいった。

「うちの群れの犬がいいわね」ベラがいった。「わたしたちがトウィッチと合流したことを知られるとまずいもの」

「あいつ、ほんとにくるのか？」トウィッチがいう。

ラッキーは、顔をくもらせて答えた。「ああ、まちがいない。ストームをつかまえようと必死になってるから」

自分の名前をききつけて、ストームが近づいてきた。「あたしがいけばいいんじゃない？対決するのはあたしなのに、べつの犬がいくなんて変だもん」

「まさか！」ラッキーとスイートとトウィッチが同時に吠《ほ》えた。

スイートが語気を強める。「仮に全員でフィアースドッグのところにいくことになっても、あなただけはきちゃだめ。あなたをみたら、ブレードはその場で襲《おそ》いかかってくるでしょうし、そうなったら計画はだいなしよ。一番の目的は、あの群れをこの岩山へ誘《さそ》いだし、より攻撃《こうげき》しやすくすることなの」

ストームはうなずいたが、まだ不服そうな顔だ。

ラッキーは、急いで割って入った。「ぼくがいく。あいつらの野営地ならいったことがあるし、ブレードがその場でぼくを殺すとは思えない。あいつのねらいは、とにかくストームなんだから」

トウィッチはむずかしい顔をしている。「見込みちがいだったらどうする？ラッキーもいってたけど、フィアースドッグが公正に戦う保証なんてない。こっちの出した条件を無視して、ラッキーを殺そうとするかもしれない。連中は、きみがストームを守ろうとしてることを知ってるし、たった一匹《ぴき》で乗りこんできたのをいいことに、片付けようとするかもしれないぞ」

「ブレードの群れ全員を相手にするのはむりだけど、あいつらを出しぬくことならできる」

ラッキーは、口のまわりをなめた。「あっちの動きには目を光らせておくよ。まずいと思ったら命がけで逃《に》げて、この岩山へ誘《さそ》いこんでやる」ラッキーはそういいながら、ほんとうにそんなことができるんだろうか、と考えた。これが、夢の中でアルフィーがいっていた〝使命〟なんだろうか。

スイートが顔をこわばらせる。「ほんとうはいかせたくないわ。あなたをたったひとりでフィアースドッグのなわばりへいかせるなんて、考えるだけでもいや。でも、わたしはベータのことを信頼《しんらい》してる。あなたなら、どんな困難に直面しても、きっと乗りこえられる。この任務をまかせられるのは、あなたしかいない」

ラッキーは、愛情をこめてスイートをみつめた。なにより気がかりなのは、スイートを置いていくことだ。たったひと晩のことでも、気が進まない。考えたくもなかったが、ひょっとすると、ひと晩ではすまないかもしれない――もどってこられない可能性もあるのだ。

葉の落ちた枝をすかして、空をみあげた。森にもどってきたカラスたちが、薄気味悪《うすきみわる》い鳴き声を響《ひび》かせている。〈太陽の犬〉のしっぽが木々のむこうの空をなでて、ピンクがかった金色に染めていた。じきに夜がくる。

ラッキーは立ちあがった。「さっそく出発するよ。途中で寝ればいいから。いまいけば、夜明け前にはフィアースドッグの野営地に着ける。朝はやくにいけば、むこうは眠《ねむ》くて戦う気にならないと思う」

「ううん、あいつらは、いつだって戦いにとびついてくる」ストームが沈《しず》んだ声でいった。「眠《ねむ》った直後なら元気だろうし、起こされてふきげんになってるかもしれない」ベラは、心配そうに首をかしげている。「わたしもいっしょにいく」

ラッキーはきょうだいをみた。たしかに仲間がいれば力強いが、いい考えだとは思えない。「二匹《ひき》でいったらあっちは警戒《けいかい》するし、ブレードをひとりでこさせるのもむずかしくなる。どうせこっそり群れを連れてくるだろうけど、ストームとの対決をエサにすればおびき出しやすい。二匹《ひき》でいったら、攻撃《こうげき》されるんじゃないかと思って、ついてこないかもしれない」夢に出てきたアルフィーのことを考えながら、首を振《ふ》った。「ぼくひとりでいくのが一番だ」

ラッキーは群れに別れを告げると、スイートの鼻をなめた。

「気をつけてね」スイートは、崖《がけ》の上で別れたときと同じように、ささやくような声でいった。

「すぐにもどってくるよ」ラッキーは連れ合いをなぐさめながら、小さくしっぽを振《ふ》った。明るくふるまっていたが、内心は不安でいっぱいだった。どんなに注意していても――フィアースドッグたちのねぐらからは十分に離《はな》れ、万一の事態にそなえるにしても――ふたたび洞《どう》くつに閉じこめられる危険はある。ラッキーは、不安をむりにおさえこみ、やぶをかき分けながら川沿いを歩いていった。

悪い想像をするのはやめて、かわりに、計画を入念にみなおすことにした。熱に浮《う》かされたようなブレードの目つきは、いまでもはっきりと覚えている――あの犬はいま、ストームを殺すことしか頭にないのだ。対決を持ちかければ、かならずやってくる。ダガーとメースがすでに、崖《がけ》の上の野営地は調べているだろう――〈野生の群れ〉がいなくなっていることは知っているはずだ。これはブレードにとって、〈大地のうなり〉のあとに生まれた最後の子犬をつかまえる、貴重なチャンスだ。それをみすみす逃《のが》すわけがない。そう考えると、ラッキーは少し落ちつきを取りもどし、歩くペースを速めた。だが、凍《こお》った川沿いをたどるあいだも、恐怖《きょうふ》は少しずつふくらんでいった。フィアースドッグたちは、なみはずれて強く、戦いになれている。トウィッチの群れが加わったとはいえ、〈野生の群れ〉に勝ち目はあるのだろうか。

17 ふたつの未来

〈太陽の犬〉が、凍《こお》った川面を赤く照らしながら、水平線のむこうへ帰っていった。あそこには、〈太陽の犬〉の寝床《ねどこ》があるにちがいない。そこは、いつも安全であたたかいのだろう。〈森の犬〉や〈川の犬〉は、そこへ遊びにいったことがあるんだろうか。

川面を風がわたっていったが、どれだけ強い風が吹《ふ》いても、凍《こお》った川はぴくりとも動かない。ラッキーは、あっというまに下りてきた闇《やみ》の中で、しっぽをきつく体に巻きつけた。森は岩山のむこうに隠《かく》れてみえないが、木々の気配はちゃんと感じる。ラッキーは、少し足を止めて、耳をすました。〈氷の風〉の時期、夜の森は静まりかえる。〈新たな緑〉の季節がくれば、夜になっても鳥のさえずりがきこえてくるのだ。いまきこえるのは、枯《か》れ葉《は》がカサカサいう音や、昆虫《こんちゅう》たちの羽の音だけだった。〈氷の風〉は、静かな季節なのだ。

さみしい季節でもあった。

〈月の犬〉だけは、かわらず空にいた。厚い雲の影《かげ》から音もなく現れて、ラッキーを導いてくれているかのようだ。空気は澄《す》みわたり、刺《さ》すように冷たい。どこか、眠《ねむ》る場所をみつけたかった――フィアースドッグから逃《に》げきるには、いまのうちに力をたくわえておかなくてはならない。川の入り口にたどりつくと、休める場所を探そうとあたりのにおいをかいだ。だが、なにかがラッキーを押《お》しとどめた――いま眠《ねむ》ったりして、ほんとうにだいじょうぶだろうか。

夜の空気は痛いほど冷たく、自分の吐《は》く息が白くくもって、小さな雲にみえるほどだ。空気の味が、どこかおかしい。舌を少し出して、しっかりたしかめてみる。このふしぎな味は、よく知っている。

もうすぐ雪が降るのだ。

街に住んでいたころも、雪をみたことが何度かあった。雪をかぶった木々や建物は、美しい毛皮をかぶったようになる。雪にふれても、危険じゃない。だが、フェレットという名の〈孤《こ》独《どく》の犬〉には、雪にまつわる悲しい思い出がある。自分と同じように、ショクドウで残りものをせがんでいた犬だ。フェレットは、雪が降りつもったある晩、公園で丸くなって眠《ねむ》り、そして二度と目を覚まさなかった。ラッキーは、休むのはやめにして、歩きつづけた。

ぼくも、〈孤独《こどく》の犬〉だった。フェレットとおなじだったんだ。

いま、あのころのことを思いだすと、ふしぎな気分になった。〈大地のうなり〉が起こる前の街のようすは、ぼんやりとしか思いだせない。ショクドウやデパート、ニンゲンたちの住んでいたたくさんの建物。独《ひと》りで生きるのは楽しかったし、群れが必要だと思ったことは一度もなかった。あのころは、ほかの犬の心配をしなくてすんだ。ふいに、凍《こお》った小石の上で足をすべらせ、倒《たお》れそうになった。体勢を整え、もう一度あのころの暮らしに思いをはせる。ぼくは完ぺきに自由だった。起きたいときに起きて、食べたいときに食べた。

だが、そうやって思い出にひたっていると、生まれてはじめて小さな疑問がわいてきた。ほんとうに、完ぺきに自由だったのだろうか。ショクドウに足を運んだのは、ニンゲンたちがいたからだ。追いはらわれることもあったが、優《やさ》しいニンゲンは残りものを食べさせてくれた。一番楽しかったのは、日が暮れたあと、ニンゲンたちがいっぱいにしていったゴミ箱をあさることだった。

ふいに、街にいたころは自力で食糧《しょくりょう》を調達したことがないことに気づいて、ラッキーはしっぽを垂れた——自分はいつだって、ニンゲンたちに頼《たよ》っていたのだ。ニンゲンの世話にはなるもんかと粋《いき》がっていたくせに、ニンゲンたちの残りもので食いつなぎ、ニンゲンたちの住む大きな建物で雨風をしのいでいた。狩《か》りは一度もしなかった。ラッキーは、顔をしかめて足を止め、前足で地面を引っかいた。そんな暮らしをしていた自分は、〈囚《とら》われの犬〉とどこがちがうのだろう。自分だって、ミッキーやサンシャインにも負けないくらい、ニンゲンに頼《たよ》りきって生きていたのだ。自分は〈囚《とら》われの犬〉とはちがう、自分はちゃんと自立して生きているだなんて、ただの独《ひと》りよがりだった。

はじめてそのことに気づいたラッキーは、恥《は》ずかしくなってうなだれた。スイートは、なにもわからずに街に残ろうとする自分をみて、あきれていたにちがいない。〈群れの犬〉になったいま、ようやく自分は、ほんとうの意味で自由になれたのだ。

厚い雲はいつのまにか消え、澄《す》んだ夜空に無数の星がきらめいていた。寒くて背すじに震《ふる》えが走る。霜《しも》におおわれてかがやく草が、足をくすぐってきた。〈果てしない湖〉のにおいが、かすかにただよってくる。そろそろ、湖の上に張りだした遊園地がみえてくるころだ。小さな建物がいくつも並んでいて、フィアリーを助けにいった帰りには、そこでフィアースドッグから身を隠《かく》した。ファングはあのとき、ブレードにウソをついてラッキーたちを助けてくれた。死んでしまった子犬のことを思いだすと、胸が痛くなる。かわいそうなファング——あの犬は、仕える群れをまちがえてしまっただけなのだ。

それから、自分の群れに思いをはせた。連れ合いでアルファの美しいスイート、気立てのいいマーサ、賢《かしこ》いミッキー、ほかの仲間たち。みんながいっしょに眠《ねむ》っているところを想像すると、あたたかな気持ちになった。岩山のむこうなら、敵に襲《おそ》われる心配もない。そこがどこだろうと、群れのいるところがラッキーの帰る場所だ。急ごしらえの野営地でも、仲間がいれば家になる。

疲《つか》れて足が痛かった。霜《しも》をさくさく踏《ふ》んで歩きつづけていると、気持ちが沈《しず》んでくる。眠《ねむ》りたかったが、こんな寒さの中で眠《ねむ》るのは危険だ――どこかに寝床《ねどこ》をみつけなくては。ブレードと、つわものぞろいの群れのことを考える。くたびれた体であの犬たちに近づくわけにはいかない。頭がはたらくようにしていたい。なにがあるかわからないのだ。追いかけられて逃《に》げきれなければ、命はない。

ラッキーは敵の鋭《するど》い牙《きば》を思いだし、弱気になった自分を叱《しか》りつけて足を速めた。暗くなってから悪い想像をすると、ろくなことにならない。「怖《こわ》いことを考えると、悪い夢をみるわよ」子どものころ、母犬にもそういわれたことがある。むりやり明るいことを考えようとした。たとえば、狩《か》りのあとにかぶりつく、まるまる太ったウサギの味――。だが、そんな想像はたいして役に立たなかった。どうしても、フィアースドッグのことを考えてしまう。とうとう、最後の戦いがはじまるのだ。いったい何度、あの戦いの夢をみただろう。雪が降れば、戦いがはじまる——自分には、それを食い止める力がない。

だが、現実の戦いが夢とおなじ運命をたどるはずがない。作戦だって立てたし、トウィッチたちも加勢してくれる。不意打ちはうまくいくだろうか。どうしても頭の中に、フィアースドッグたちがだいじな仲間を襲《おそ》い、押《お》さえつけて容赦《ようしゃ》なくかみつくイメージがわいてくる。不吉《ふきつ》な想像をやめようとすればするほど、イメージは生々しく浮《う》かんでくる。凍《い》てつくような空気に、金くさい血のにおいまでまざってきた。

ニンゲンの町のはずれにくるころには、足が重くなり、体は骨のずいまで冷えきっていた。町は静かでさびれていて、かしいで荒《あ》れはてた建物は、いまにも倒《たお》れそうだ。ありふれたものも、〈月の犬〉のあわい光に照らされると、やけにぶきみにみえる。砕《くだ》けたガラスは、獣《けもの》の牙《きば》のようにぎらついている。倒《たお》れた木は、背中を丸めて襲《おそ》いかかろうとしている怪物《かいぶつ》のようだ。

ラッキーはおそるおそる、ひび割れた石の通りに足を踏《ふ》みいれた。ところどころに張ったうすい氷で足がすべる。がれきの山は、二度目の〈うなり〉のときにできたものだろう。小道をぬけると、公園の柵《さく》があった。ほとんどは、たわんだり崩《くず》れたりしている。ジャンプして柵《さく》をこえ、荒《あ》れた草地にとびおりた。

気をぬくとつい、ブレードと、不吉《ふきつ》な予言のことに考えがいってしまう。あいつは、自分の子どもを殺した犬だ。そんなことができるなら、ほかの犬を殺すことくらいなんでもないだろう。ブレードは、〈大地の犬〉が怒《おこ》っていると信じこんでいる。このあいだの〈うなり〉で、いよいよその確信を深めたはずだ。あんな予言はただの妄想《もうそう》だと思いたい。だがブレードは、自分が決めた計画を実行するのに、なんの迷いもないようだ。もし、あの犬の考えているとおり、〈大地の犬〉がいけにえを求めているのだとしたら？　あいつがみたストームの夢が、現実になるとしたら？

罪悪感にかられて、ラッキーは暗い夜空をみあげた。ストームはまだ、子どもだ。ふつうの子犬なんだ。

ふつうの子犬……。

一瞬《いっしゅん》ラッキーは、血まみれになって倒《たお》れていたテラーの顔や、食いちぎられ、獲物《えもの》のように地面に転がっていたあごの一部を思いだした。正気を失ったテラーのにごった黄色い目や、のどの奥からもれていたゴボゴボという苦しげな音も、はっきりと覚えている。そして、勝ちほこった子犬の顔。小さなストームはあのとき、テラーの血でぬれた口のまわりをなめていた。

ラッキーはため息をついた。満天の星空のもとにいると、やけに心細くなる。〈精霊《せいれい》たち〉はほんとうに、荒《あ》れはてた世界で生きる自分やストームや、〈野生の群れ〉のことを気にかけてくれているんだろうか。

ふしぎな衝動《しょうどう》にかられて、ラッキーは天をあおいで遠吠《とおぼ》えをした。「〈精霊《せいれい》たち〉よ、ぼくたちはこれからどうなるんでしょう？　ブレードが正しいのでしょうか。最後の〈うなり〉が襲《おそ》ってきて、世界は終わってしまうんでしょうか？　じきに雪が降りはじめ、〈アルファの乱〉がはじまるんでしょうか。どうすれば、群れを守れるんでしょう？」

フィアースドッグを自分たちのなわばりへおびき寄せるなんて、とてつもないまちがいなんじゃないか。もし、返《かえ》り討《う》ちにあったら？　対決なんてしないで、逃《に》げたほうがいいのかもしれない。

〈精霊《せいれい》たち〉からは、なんの返事もかえってこなかった。ラッキーは、背すじが寒くなって、思わず鳴き声をもらした。〈精霊《せいれい》たち〉は、ラッキーを見限ったのかもしれない。ブレードは、これから起こることを知っているみたいだった――ひょっとすると、〈精霊《せいれい》たち〉が味方しているのは、あっちの群れなのかもしれない。

ラッキーは、怖《こわ》くなって周囲をみまわした。あたりはなんのにおいもしなかった――ウサギのにおいも、ニンゲンのにおいも、群れからはぐれた鳥のにおいも。町に並ぶ背の高い建物が、湖からの風をさえぎっている。静かで、さみしくて、この世界でひとりぼっちになってしまったみたいだ。

伸びほうだいの草におおわれた公園をみわたすと、ふと、一本の木に目がとまった——この町にはじめてきたときも、あの木はあそこに生《は》えていた。いまもかわらず、かしぐこともなくまっすぐに立っている。森から遠く離《はな》れたこの土地でさえ、そして、〈大地のうなり〉に襲《おそ》われたあとでさえ、〈森の犬〉はそばにいてくれるのだ。そう考えると、ラッキーは少し落ちついた。よし、休む場所を探そう。〈森の犬〉が守ってくれるなら、どんなに寒くてもだいじょうぶだ。

気持ちが楽になったラッキーは、公園をよこぎり、ひしゃげた柵《さく》のあいだをすりぬけて通りへ出た。かたい石の道をしばらく歩いていくと、ドアが開けはなたれた家が一軒あった。かたむいたドアのすき間に体を押《お》しこみ、中へすべりこむ。

家の中に入ると、暗いろうかをそっと歩いていった。ニンゲンのにおいはほとんど残っていない。最初の〈うなり〉があってから、ようすをみに帰ってくることもできなかったのだろう。古い服がひと山あったので、壁ぎわに引きずっていった。ほこりが舞いあがって、くしゃみが出る。服で作った寝床《ねどこ》にもぐりこむと、体があたたまった。家の厚い壁が、凍《い》てつくように冷たい空気から守ってくれる。またしてもニンゲンに頼《たよ》るなんて、なんとなくうしろめたい。だが、ほかにどうしようもなかった。ラッキーは、服の小山に顔を沈《しず》めると、長い鳴き声をひとつもらし、またたくまに深い眠《ねむ》りに落ちた。

✷

目が覚めると、あたりはまぶしいほど明るかった。〈太陽の犬〉が、〈果てしない湖〉の上をはね、波を明るく照らしている。青くきらめく湖は、〈天空の犬〉のようだ。崖《がけ》のてっぺんにいたラッキーには、なぎさに打ちよせる波の音が、心地いいさざめきにしかきこえなかった。あくびをしながら伸びをし、ごろんとあおむけに寝転がる。〈太陽の犬〉のあたたかな光が、おなかをくすぐった。ウサギが一匹《ぴき》巣穴からとびだして、草のあいだをはねていくのがみえる。獲物《えもの》はうずくまり、前足の毛づくろいをはじめた。だがラッキーは、そのようすをぼんやりながめていた。追いかける気にはなれない。おなかはいっぱいだし、朝の狩《か》りで仕留めた獲物《えもの》が、まだ食べきれないほど残っている。

寝転んだまま、鼻に飛んできたハエを前足で払《はら》った。そばの木立《こだち》では、小鳥たちがさえずり、虫を探して土をついばんでいる。ラッキーたちのなわばりには青々とした草がしげり、野の花が咲きみだれ、チョウが舞っていた。ラッキーは、幸福で、満ち足りた気分だった。

幼い吠《ほ》え声がきこえてきて、ラッキーは立ちあがった。子犬だ！　長い草をかき分けながら、池のほとりの小さな木立《こだち》に向かう。ひらたい岩の上に子犬が四匹《ひき》すわり、首をかしげて一心に耳をすましている。毛はふわふわで、体のわりに頭は大きく、耳が垂れている。みんな、鼻づらはほっそりしていて、濃《こ》い茶色の瞳《ひとみ》をしている。二匹《ひき》は砂色、一匹《ぴき》は褐色《かっしょく》、もう一匹《ぴき》は瞳《ひとみ》とおなじ濃《こ》い茶色だった。

四匹《ひき》の真ん前に、黒くたくましいメス犬が立ちはだかっていた。ラッキーは心臓がどきっとして、息ができなくなった。フィアースドッグだ！

フィアースドッグが立ちあがると、つややかな毛の下で、豊かな筋肉が大きく盛りあがった。ラッキーに気づくと、しっぽを軽く振《ふ》ってあいさつする。敵じゃない――ストームだ。おとなになったストームだ！

「それで、どうなったの？」砂色の子犬が、話の続きをせがんだ。

「ねえ、はやく続きをはなして！」べつの子犬たちもきゃんきゃん吠《ほ》えた。

ストームは、子犬たちを驚《おどろ》かせるかのように、目を大きくみひらいてみせた。「すると、地面がぐらぐらゆれて、木々がつぎつぎと地面に倒《たお》れてしまったの！　みんな、世界が終わるんじゃないかっておびえたのよ」

「世界、終わっちゃったの？」濃《こ》い茶色の子犬が、おずおずとたずねた。スイートによく似《に》たほっそりした体つきだが、毛がふさふさと長い。

「そんなわけないでしょ?」毛の短い砂色の子犬がいった。つんと澄《す》まして胸を張る仕草が、子犬のころのベラに似《に》ている。「終わってたら、ストームがここでおはなししてるわけないじゃない!」

「でも、あぶないところだったのよ」フィアースドッグは、真剣《しんけん》な声でいった。「世界じゅうがゆれたんだから。〈果てしない湖〉は荒《あ》れて、崖《がけ》は崩《くず》れて、空は夜みたいに暗くなった」

「〈大地の犬〉だって、世界をゆらしたりできないでしょ?」褐色《かっしょく》の子犬が、疑わしそうに首をかしげた。

「ところが、できたのよ」ストームがこたえた。「まちがいない――だって、あたしもそこにいたんだもの! 〈うなり〉が起こった直後に、最後の戦いがはじまったの。それが、〈アルファの乱〉よ」

子犬たちは、〈アルファの乱〉という言葉を、前にもきいたことがあったらしい。いっせいに息をのみ、目を丸くして顔を見合わせると、またフィアースドッグをみあげた。「それから?」四匹《ひき》が同時に、話の続きをせがんだ。

「恐《おそ》ろしい戦いだったわ」ストームは、両耳をぴんと立てていた。「すべての犬が、命がけで戦った。群れと群れがぶつかりあって、きこえるのは荒々《あらあら》しい吠《ほ》え声だけ。生きのこれなかった犬もいたの……」ストームの声が小さくなった。

「なんで戦ったりしたの？」濃《こ》い茶色の子犬がたずねた。

「ブレードという名の残忍《ざんにん》な犬がはじめたの――そうしないと世界が終わってしまうと信じこんでいたのね。〈大地の犬〉がうなるのはすごく怒《おこ》っているからで、自分たちがいけにえをささげないと、もっと怒《おこ》ると考えていた。正直にいうとあたしは、ブレードは戦いたいだけだと思ってたけど――戦いの理由はなんだってよかったのよ」

子犬たちは身ぶるいし、体をぎゅっと寄せあった。

「あなたたちのパパとママは、ほんとうに勇敢《ゆうかん》だった。ふたりがいなかったら、絶対に勝てなかった」

子犬たちは歓声《かんせい》をあげ、顔をかがやかせてラッキーを振《ふ》りかえった。

「パパ、いじわるな犬と戦ったの？」濃《こ》い茶色の子犬がたずねた。

「あなたたちのパパは、とっても重要な使命を果たしたの」ストームが横からいった。

「なにしたの？」褐色《かっしょく》の子犬が吠《ほ》えた。

「わるい犬をやっつけた？」これは砂色の子犬だ。

ラッキーをちらりとみたストームの目は、謎《なぞ》めいたかがやきをおびていた。もう一度、子犬たちに向きなおり、話を続ける。「みんなのパパは、いつも〈精霊《せいれい》たち〉を大切に思っていたの。だから、〈精霊《せいれい》たち〉は、いくべき道を示してくれた――だからこそパパは、いざというときになにをすればいいのか、はっきりわかったのよ」

子犬たちが、一心にこっちをみつめている。ふいにラッキーは、四匹《ひき》の名前を思いだした。天空《スカイ》、森《フォレスト》、川《リバー》、大地《アース》……。

短い毛の砂色の子犬が、スカイだ。うれしそうに吠《ほ》えて、勢いよく走ってくる。「パパはヒーローなのね！」

ほかの子犬たちも駆《か》けよってきた。ラッキーを取りかこみ、吠《ほ》えたり、体当たりしたり、なめたり、大騒《おおさわ》ぎだ。ラッキーは、子どもたちの甘《あま》くあたたかなにおいを、深く吸いこんだ。

✷

まだ重いまぶたを開けると、空が明るくなりはじめていた。静かな家の中を歩いていく。気持ちはすっかり落ちついていた。暗いだけの夢ばかりじゃないのだ……いまみた夢の中では、群れが平和に暮らし、フィアースドッグの影《かげ》にもおびえていなかった。スイートとぼくによく似た四匹《ひき》の子どもたちが生まれていた。ぼくとスイートの子どもだ――！　そして、子どもたちといっしょに、ストームは元気に話をしていた。

〈精霊《せいれい》たち〉への、深い感謝がわいてくる。孤独《こどく》に負けそうになっていたラッキーに、希望をみせてくれたのだ。敵の野営地に向かって歩きはじめたラッキーの足取りは、軽かった。夢がみせてきた未来は、暗く恐《おそ》ろしいものばかりではなかった。幸福で平和な未来もみることができた。幸福な未来では、自分の子どもたちが、〈太陽の犬〉の光のもとでのびのびと暮らしていた。あんな未来が待っているなら、これからやってくるだろうつらいときも耐《た》えられる。あの夢をかなえるために、自分は最後まで戦いぬくのだ。

18
挑戦《ちょうせん》

夜明けの光に照らされた〈果てしない湖〉を横目にみながら、ラッキーは、荒《あ》れた通りをぬけて町のはずれにたどりついた。ひび割れた石の道はとぎれ、ゆるい下り坂になった砂地が、波打ちぎわまで続いている。泡立《あわだ》つ波間には、いろいろなものが浮《う》かんでいた。ジドウシャの車輪、ゴミ箱、服のきれはし。空には白い鳥が飛びかい、シャープクロウのような鳴き声をあげていた。生き物の気配があるだけ、夜よりましだった。どんなに孤独《こどく》だとしても、この世界にいるのは自分だけじゃないとわかるからだ。

つぎの瞬間《しゅんかん》、知りすぎるほど知っているにおいがただよってきて、すっと血の気が引いた。フィアースドッグだ！　文字どおり、ここにいるのはラッキーひとりではなかった。

後ずさって町にもどり、壁ぎわで小さくなった。〈果てしない湖〉の砂地の上を、三匹《びき》のフィアースドッグが歩いてくる。砂をけりあげながら歩き、みるからに自信にあふれている。

一瞬《いっしゅん》、ブレードが群れを連れて町にもどってきたのかと思ったが、敵のにおいはほとんどしない。あの三匹《びき》はパトロールをしにきたようだ。あたりに目を光らせ、おそらくスイートの群れを探している――ストームのいる群れを。ブレードが、血まなこになっているにちがいない。

三匹《びき》のパトロール犬たちは、しばらくいくと引きかえし、もったいぶった歩き方のまま崖《がけ》のほうへもどっていった。思ったとおりだ――岩壁の穴の奥に作られた、暗いなわばりへもどっていくらしい。そのそばには、〈野生の群れ〉の前の野営地がある。ラッキーたちがいなくなっていることには、すでに気づいているだろう。ブレードは激怒《げきど》したにちがいない。だとしても、もちろん、あの犬が簡単にストームをあきらめるはずはない――子犬をつかまえようと、いまごろ、割れた石の通りを一本一本たしかめ、荒《あ》れた草地をしらみつぶしに探しているだろう。川辺に身を隠《かく》している仲間のことを思うと、心配で体が冷たくなった。

だが、フィアースドッグに追われる日々も、あと少しで終わりだ。ラッキーは自分をはげまして立ちあがった。パトロール犬の姿が完全にみえなくなるのを待って、町から湖の砂地へ出る。それから、ごつごつした岩を乗りこえながら崖《がけ》をのぼっていった。崖《がけ》のふちからは十分に距離《きょり》を取った。凍《こお》った地面はすべりやすくなっている。ラッキーは、はやる気持ちをおさえて、つとめてゆっくり歩いた。いま足をすべらせでもしたら、うしろ向きに落ちて岩に体をたたきつけられる。あぶないのは自分の身だけじゃない——群れの運命は、ラッキーにかかっているのだ。

フィアースドッグの洞《どう》くつに近づくころには、〈太陽の犬〉が崖《がけ》の上にのぼっていた。日の光は弱々しく、空全体にうすい雲がかかっている。ラッキーは、敵の洞《どう》くつから離《はな》れた岩場の陰《かげ》で、地面にはいつくばるように身を隠《かく》した。そこからみるかぎり、フィアースドッグの洞《どう》くつは、このあいだの〈うなり〉を耐《た》えぬいたようだ。ラッキーは、少し肩《かた》を落とした。ブレードがケガを負ったり命を落としたりしていれば、〈野生の群れ〉はぐっと有利になる……だが、ここまできたら、しかたがない。計画どおりにやるしかない。

深呼吸をひとつすると、ゆうべの夢で味わったおだやかな気持ちがよみがえってきた。踏《ふ》みだそうとした足を止め、少しのあいだ、あたたかく幸福な記憶《きおく》に心ゆくまでひたる。幸せな夢がラッキーに勇気を与《あた》えてくれた。口を開け、ブレードの名前を叫《さけ》ぶ。

驚《おどろ》いた小鳥たちが騒《さわ》ぎはじめたが、ブレードの洞《どう》くつからはだれも出てこない。ラッキーは耳を立てて首をかしげた。吠《ほ》え声がきこえたような気がするが、空耳だろうか。もう一度、さっきよりも大きな声で吠《ほ》えてみた。

「ブレード！」

今度はたしかに、洞《どう》くつの奥から犬の吠《ほ》え声がきこえた。岩を引っかく足音がして、五、六匹《ぴき》のフィアースドッグがとびだしてくる。先頭にいるのはブレードだ。ラッキーは、岩場のそばに立ち、正面からブレードをみすえていた。ブレードが牙《きば》を光らせながらうなり声をあげても、一歩も引かずに静かに立ちつづけた。

「街の犬！　ここでどんな目にあったか忘れたようね」

牙《きば》をむき出した敵のアルファがすぐそばにいるというのに、ラッキーは少しも怖《こわ》くなかった。夢で感じたぬくもりが、いまも体に残っている。ブレードは、ただの暴君だ。恐怖《きょうふ》で群れを支配して、忠誠心や名誉《めいよ》をないがしろにしている。ファングにした仕打ちが、いい証拠《しょうこ》だ……ラッキーは、血を流して倒《たお》れた子犬の姿を、むりに頭から追いやった。ブレードは、いままで好き放題にやってきた。だが、負けるのはむこうだ。そう思うと、新たな自信が腹の底からわいてくる。

ブレードは、落ちつきはらったラッキーの表情に気づくと、たじろいだように立ちどまった。逆立った毛が、黒いトゲのようにみえる。メースとダガーはすぐうしろにひかえ、そのほかの数匹《すうひき》のフィアースドッグたちは洞《どう》くつの入り口に並んでいた。どの犬も肩《かた》を低くして、いまにもとびかかってきそうだ。

ブレードがラッキーをにらんだ。「一匹《ぴき》でここへもどってくるほど、おまえもばかじゃないはずよ。ほかの腰ぬけどもは、どこにいる?」

ラッキーはせき払《ばら》いをした。「こっちの群れのアルファは、おまえと戦うつもりはない。おまえは〈大地の犬〉が怒《おこ》っていると話していた。たぶん、それは当たってる――二度目の〈大地のうなり〉がきたときに、そう思ったんだ。崖《がけ》が崩《くず》れて、〈湖の犬〉もすごく荒《あ》れた。ぼくたちのアルファは、これ以上〈精霊《せいれい》たち〉を怒《おこ》らせたくないと思っている。だから、おまえの望みどおり、ストームと戦えばいい。こっちの群れ全員と戦う必要はない。群れと群れの争いになれば、むだに血が流れることになる」

「血を流すのは、おまえたちだけよ」ブレードは、吐《は》きすてるようにいった。「わたしの群れは傷ひとつ負わない」

ラッキーは、静かに話しつづけた。「群れの犬まで巻きこむ必要はない。そっちのねらいはストーム一匹《ぴき》。ストームは、おまえとの対決を望んでる。凍《こお》れる川のほとりで、おまえがくるのを待っているんだ。〈果てしない湖〉に張りだした遊園地をこえ、その先のニンゲンの町をこえたところに、川が流れている。森のはしの、その川のほとりで、ストームはおまえと決着をつけるつもりだ。明日、〈太陽の犬〉がのぼるころ、そこへこい。ストームは一対一の決闘《けっとう》をして、おまえを倒《たお》したいといっているんだ」

ブレードが鼻を鳴らした。「あの子犬が？　このわたしを倒《たお》す？」

メースとダガーが、アルファにならってあざけるような吠《ほ》え声をあげた。ほかのフィアースドッグたちも、つぎつぎに吠《ほ》えはじめる。

ラッキーは、少し不安になってきた。ブレードがこの挑戦《ちょうせん》を断れば、計画は白紙になってしまう。こうしているいまも、スイートとトウィッチの群れは、寒い岩山の陰《かげ》で震《ふる》えながら、ラッキーの帰りを待っているのだ。

ブレードは、みるからに自信を取りもどしていた。ラッキーの落ちついた態度にひるんでいたのはつかのまで、いまは、いつもの傲慢《ごうまん》で冷ややかな態度にもどっている。「ようやくあのチビも、〈大地の犬〉のいけにえになる準備ができたようね。わたしを倒《たお》せると思っているなら、思い上がりもいいところよ。でも、お望みとあらば、挑戦《ちょうせん》を受けてあげましょう」ブレードは鼻にしわを寄せ、さげすみをこめて続けた。「決闘《けっとう》の場にいくと伝えなさい。腹を引きさいてやるから、とどめはネズミにでも刺《さ》してもらえばいい。きょうだいのときには慈悲《じひ》をかけてやった――あわれんで、手早く殺してやった。でも、ストームは、わたしからの思いやりなど期待しないほうがいい」

ラッキーは顔をこわばらせた。ファングの悲惨《ひさん》な死に方を思いだすと、吐き気《はけ》がこみあげてくる。ブレードは、本気であの子に慈悲《じひ》をかけたと思っているんだろうか。

ブレードが、脅《おど》すように毛を逆立てた。「街の犬、さっさとストームに報告しにいくがいい。さあ、はやく！　わたしの心臓が、二度鼓動《こどう》を打つあいだだけ、待ってやる。そのあいだに失《う》せなければ、わたしたちが直接ストームのもとにいって、挑戦《ちょうせん》を受けて立つと宣言《せんげん》するわよ。おまえの毛皮をみやげにくわえて」

ラッキーはくるりとうしろを向くと、崖《がけ》の岩から岩へととびうつり、〈果てしない湖〉の岸辺へ駆《か》けおりていった。急がなくては。ブレードがルールを守る保証はない。フィアースドッグたちは、〈野生の群れ〉が川辺に隠《かく》れていることに勘《かん》づくかもしれない。気づかれるのは時間の問題だ――はやくスイートに、敵が迫《せま》っていることを知らせなくては。

19 アロウの話

空に厚い雲が垂れこめるころ、ラッキーは川岸にたどりついた。空は金属のようにぎらつく灰色だったが、もやのかかった空気に雨のにおいはしない。ラッキーは少し足を止め、はだかの枝をすかして空をみあげた。なにか白いものが、うずを描きながら鼻に落ちてきて、しゅっと音を立てて消えた。ラッキーは、小さく悲鳴をあげて首をすくめた。いつだったか、むかしの〈野生の群れ〉の野営地のそばで、黒い雪が降ってきたときのことを思いだしたのだ。あれはたしか、ひとりでミッキーを探しにいっていたときのことだった。注意深くにおいをかぐ。黒い雪が降っていたときのような、いやなにおいはしない。足元に、小さな白いものが、ひらひらと舞いおちてきた。前足でそっとたたくと、その白いものは、足の裏にひんやりした感触を残して消えた。おびえた自分が腹立たしくなる——ただの雪じゃないか。

それでもラッキーは、少し足を速めた。さっきよりも慎重《しんちょう》な足取りで茂《しげ》みのあいだをぬい、岩山の裏手へと続く道を歩いていく。雪はくるくるとまわりながら、あたりの木々に積もりはじめていた。もう、群れの気配がする。うれしくなってしっぽを振《ふ》り、スイートのなめらかでやわらかい毛並みや、甘《あま》いにおいを思いだした。

下生《したば》えをかき分けようとしたそのとき、胸があたたかくなるような光景が目にとびこんできた。ふたつの群れが身を寄せあい、たがいの体を温め合っている。ラッキーは少しだけ足を止め、しあわせな光景をゆっくりみまわした。ウィスパーはストームの耳をなめ、ミッキーとスナップはスプラッシュをはさんで寝そべっている。トウィッチは、声をひそめてスイートになにか話していた。ラッキーは、下生《したば》えの中から、しばらくみんなの姿をみまもっていた。口を開いて、ただいまをいおうとした瞬間《しゅんかん》、デイジーが声をあげた。

「雨が降ってる！　でも、なんで白いの？」

ストームが、うなりながらはね起きる。「なんか変よ！　ふわふわしてて、冷たい！」

ビートルとソーンは、興奮してくるくる走りはじめた。

「白い雨、地面に落ちても消えない！」ソーンが心配そうな声でいった。「雨が病気になっちゃったのよ！」

「〈天空の犬〉たちが怒《おこ》ってるのかも！」ビートルは、急いで母犬のもとへ駆《か》けよった。「これも〈大地のうなり〉のせい？」

「子どもたち、落ちついて」ムーンがなだめた。「これは、雪というの。怖《こわ》がらなくていいのよ。〈氷の風〉の季節が深まって、世界がすっかり冷えてしまうと、〈天空の犬〉たちが凍《こご》えてしまうことがあるの。毛が逆立つくらい寒くなると、雨が白くふわふわになるのよ」

ストームが、納得できないといいたげにムーンをみあげた。「でも、なんでいまなの？　ほんとに〈天空の犬〉、怒《おこ》ってない？　〈うなり〉がもどってきたとき、〈湖の犬〉だって怒《おこ》ったじゃない？」

そばにいたマーサが立ちあがり、ストームとソーンを自分のほうへ引きよせた。「あれはただの雪よ。ムーンが話してくれたとおり。ちっとも危険じゃない」

「あたたかくなったら、雪は溶けて水になって、雨みたいになるから」ムーンが、子どもたちをなぐさめた。「そしたら、〈大地の犬〉が全部飲んでくれるのよ」

「なんで、いますぐそうしてくれないの？」デイジーが質問した。「〈大地の犬〉、寒すぎて動けない？」

「そうね」ムーンは、考えこみながらいった。「雪はすごく冷たいから、〈大地の犬〉はあんまり好きじゃないのかも。溶けて雨みたいになるのを待ってるのよ。そしたら飲みほしてくれて、雪はあとかたもなく消えてしまう」

デイジーはそれをきくと、少し安心したようだった。ゆっくりと深呼吸をして、鼻から、雲のように白い息を吐《は》く。それから、マーサに体をくっつけて、腹ばいになった。ほかの犬たちは、音もなく舞いおりてくる雪に、目を奪《うば》われているようだった。

ラッキーは、群れのことが愛《いと》おしくてたまらなかった。口を開き、元気よく声をかけようとする。ところが、まさにその瞬間《しゅんかん》、あやしいにおいがした──フィアースドッグだ！

ストームのにおいではない。近くにべつのフィアースドッグがいる。一匹《ぴき》しかいないようだが、油断はできない。ラッキーは、下生《したば》えの中でそっと後ずさると、急ごしらえの野営地がよくみえる場所に身を隠《かく》した。音を立てないように神経をとがらせる。首の毛が逆立ったが、幸福な夢の記憶《きおく》をたぐり寄せ、なんとか気持ちを落ちつける。いまパニックを起こせば、こっちの恐怖《きょうふ》のにおいを、すぐそばにいるらしいフィアースドッグに気づかれてしまう。

雪をかぶった木の下で息をひそめていると、フィアースドッグの姿が視界に入ってきた。黒く短い毛の上からでも、筋肉が波打っているのがわかる。荒《あら》い息をつき、目を血走らせ、長い距離《きょり》を全力疾走《しっそう》してきたようなようすだ。それは、アロウと呼ばれていた、若いフィアースドッグだった。〈大地のうなり〉が起こる直前に生まれたおかげで、運よくブレードに殺されずにすんだ犬だ。アロウは、スイートとトウィッチの群れをじっとみていた。すぐそばに隠《かく》れているラッキーには気づかず、野営地の手前にある倒木《とうぼく》を乗りこえようとしている。

ラッキーは地面をけった。アロウが倒木《とうぼく》からおりようとした瞬間《しゅんかん》、相手の胸にとびかかり、もつれ合うようにイバラの茂《しげ》みにつっこんだ。フィアースドッグは暴れ、逃《に》げようとしてもがいたが、ラッキーは前足で相手の胸を押《お》さえて組《く》みふせた。アロウは苦しげにあえぐだけで、かみついてくるような素振《そぶ》りはみせない。くたくたに疲《つか》れているようだ。

いったい、アロウのねらいはなんだろう？　ブレードがそばにいるのだろうか。ラッキーは、大声で群れを呼んだ。「みんな！　侵入者《しんにゅうしゃ》だ！」

たちまち、ふたつの群れが野営地からとびだしてきて、いっせいに吠《ほ》えたてた。先頭にはスイートがいる。なにが起こっているのかすぐに理解し、ラッキーのもとに駆《か》けよってくると、フィアースドッグののど元に前足をかけた。

「名乗りなさい」スイートが厳しく問いつめた。「ここでなにをしているの？　すぐに答えないと、のどをかき切るわよ！」

「名前なんてどうだっていいじゃない！」ムーンが吠《ほ》えた。「絶対あやしいわ。いますぐ殺さないと、はなした瞬間《しゅんかん》に群れのところに逃《に》げていくわよ」

「そのとおりね」スイートは、相手ののどに置いた前足に力をこめた。フィアースドッグが顔をゆがめる。スイートの爪《つめ》が食いこんだところから血が流れ、積もったばかりの雪にしたたった。

「殺さないで」フィアースドッグは、すがるような声でいった。「ブレードのもとにもどるつもりはないんだ。きみたちの群れに入れてほしい」

「ファングも似《に》たようなことをいって、ラッキーをだましたわよね？」ベラがうなった。

「フィアースドッグは信用ならん」ブルーノがうなずく。

「だけど、ストームは？」アロウが叫《さけ》んだ。「ストームはこの群れの一員じゃないか――ぼくのことも、仲間に入れてくれたら、きっと信用してもらえる」

「ストームはべつよ」スナップがぴしゃりといった。「赤ちゃんのころから知ってるもの。でも、あんたは……」汚《けが》らわしいものでもみるように、顔をしかめてみせる。

「ブレードが、またスパイを送りこんできたな」ラッキーは、アロウの胸に置いた前足にいっそう力をこめた。

フィアースドッグが顔をしかめる。「おれは、スパイなんかじゃない！」

トウィッチがフィアースドッグの耳にぐっと顔を寄せ、皮肉っぽい声で脅《おど》した。「ああ、おまえのいうとおり、スパイなんかじゃないんだろうな。おまえの言葉をうのみにして、お望みどおり解放してやるよ。きっと、ブレードのもとへとんでかえって、おれたちの居場所を話したりしないだろうしな。おまえを疑うなんて、おれたちが悪かったよ」

「はやくやっつけて！」ブリーズが遠吠《とおぼ》えをした。ほかの犬たちも、そうだそうだといっせいに声をあげる。ラッキーは、肩《かた》ごしに仲間たちを振《ふ》りかえった。どの犬も牙《きば》をむき出し、いまにもアロウにつかみかかりそうだ。ストームだけは、少し距離《きょり》をおき、考えこむように首をかしげている。

スイートが、のどに食いこませた爪《つめ》に力を入れると、アロウは苦しげに叫《さけ》んだ。「スパイじゃない。ほんとうなんだ！　ブレードはとっくにこのなわばりのことを知ってるし、そっちの計画もわかってるんだ」

スイートが、思わず前足から力をぬいた。「どういうこと？」

アロウは息を切らし、つばをとばしながらまくしたてた。「この群れのオメガのせいだよ。目のとびでたいじわるそうな顔の犬がいるだろ？　あいつがいきなり、ブレードのところにきたんだ。もうすぐきみたちがフィアースドッグのところにきて、ブレードを罠《わな》にかけるつもりだ、って密告した。ストームが一騎打《いっきう》ちを挑《いど》んでくるけど、ほんとうは〈野生の群れ〉の犬たちがうしろにひかえていて、ブレードとフィアースドッグたちを襲《おそ》うつもりなんだ、って。もう、ブレードは全部知ってる。それに、ブレードは一匹《ぴき》だけでやってきたりしない――それは、きみたちも知ってるだろ？」

アロウのいう〝目のとびでたいじわるそうな顔の犬〟は、サンシャインが〈野生の群れ〉に加わってから、オメガではなくなっていた。だが、スイートの群れの犬たちは、それがだれのことなのかはっきりとわかった。

「ホワインだ」ラッキーは、うんざりしてうめいた。

スイートが、若いフィアースドッグののどから前足をはなした。アロウは疲《つか》れはてたように雪の上で倒《たお》れている。「ベータ、その犬を見張ってて」

ラッキーはうなずき、アロウの胸に前足を置いたまま、つぎの指示を待った。アロウは抵抗《ていこう》しようとも起きあがろうともしないで、ただ苦しげにあえいでいる。

スイートとトウィッチは、群れから少し離《はな》れると、小声で話しあいをはじめた。ほかの犬たちは、ラッキーとアロウのまわりで円陣《えんじん》を作り、フィアースドッグが逃《に》げだそうとしたときのためにそなえていた。

ブルーノが、アロウの首にかみつく振《ふ》りをした。「どうしてここがわかった？」

「だから、さっきもいったけど、鼻のつぶれた犬がブレードに教えたんだ。ほかのフィアースドッグたちにも、全部きこえてた――おれたちは、いつもいっしょにいるんだ。ブレードだけじゃなくて、みんなここを知ってる。あいつら、きみたちに奇襲攻撃《きしゅうこうげき》をするつもりだ。おれは、それを教えにきただけだよ」

群れの犬たちから、おびえたようなざわめきが上がった。

「フィアースドッグにこの場所が知られてるなんて」ダートが心細そうに鳴く。

ウィスパーは、恐怖《きょうふ》で目をみひらいていた。「あいつらがつかまえにくる！」

「はやく逃《に》げたほうがいい」アロウがあえいだ。

「だまれ、スパイめ！」ブルーノがうなると、若いフィアースドッグはあわてて口を閉じた。しばらく、沈黙《ちんもく》が続いた。灰色の空からは、音もなく雪が舞いおちてきて、葉の落ちた木々を白く染めていく。ブレードに居場所を知られているのなら、急いで移動しなくてはいけない。ラッキーは暗い気持ちになった。これからどうすればいいのだろう。

スイートとトウィッチは、すぐにもどってきた。雪を踏《ふ》むさくさくという音がする。犬たちが道を開けると、ふたりのアルファは円陣《えんじん》の中に入り、アロウのすぐそばにすわった。

トウィッチが口を開く。「まずは、おまえの話をきこう」

「話をきくだけよ。おまえを仲間に入れるという意味ではないわ」スイートが急いで付けくわえる。「まだ、信用する気にはなれない。いずれにしても、正直に話すのが身のためよ」

ラッキーが前足をはなしてうしろに下がると、アロウは立ちあがった。ブルーノとベラ、それから、トウィッチの群れで一番大柄《おおがら》なウッディが、アロウを囲いこんだ。アロウがおかしなまねをしたら、すぐにでも取りおさえるつもりなのだ。

アロウは深呼吸をひとつすると、話しはじめた。二匹《ひき》のアルファに向かって話しているが、ときどき、ほかの犬とも目を合わせる。「どうしても、ブレードの群れを離《はな》れるしかなかったんです。ブレードはなにかにとりつかれたように、夢のこととか、〈大地の犬〉が死ぬこととか、そんな話ばかりするようになりました。おまけに、二度目の〈大地のうなり〉は予言できていた、といいだしたんです。ストームを殺すことで頭がいっぱいなんです。最初の〈うなり〉のあとに生まれた子犬だから、って。ただの思いこみをお告げだと信じこんでいて、最初の〈うなり〉のあとに生まれた子犬は皆殺ししなきゃいけないと思っています。そうしなきゃ、自分が〈大地の犬〉に食われる、って信じているんです」アロウは、訴えかけるようなまなざしでスイートをみた。「ファングがどんな目にあったかみてたでしょう？　あんなにブレードに尽《つ》くしてたのに！　仲間を殺すことなんか、あいつにはどうってことないんです。あと少しでも遅《おそ》く生まれてたら、ぼくもブレードに殺されていました」

ストームが低い声でうなった。「あいつは、怪物《かいぶつ》なのよ」

スイートは冷静だった。「あなたたちは、なにがあっても群れに尽《つ》くしつづけるものだと思っていたわ。それが、フィアースドッグのやり方なんでしょう？」

アロウは小さく鳴いて続けた。「育ててくれた群れを裏切るなんて、ぼくだっていやなんです。だけど、これ以上ブレードのもとにはいられません。〈大地のうなり〉をお告げだなんていいだしたころから、なんだかおかしいと思ってたんです。少し大きくなってから、ブレードがウィグルを殺したことをきかされました。でも、ほんとうにまずいと思ったのは――ぼくたちの目の前で、ファングを殺したときです。あれから、あの群れにいることが耐《た》えられなくなったんです」

ラッキーは、フィアースドッグの黒い目に浮《う》かんだ、せっぱつまったような表情に気づいた。この犬がウソをついているとは思えない。

「おまえが仲間を連れてきていないという証拠《しょうこ》は？」トウィッチがいった。

「そんなことしません。誓《ちか》います。ブレードがファングにあんなことをしてから、一刻もはやく群れを出ようと思っていました。ずっと、逃《に》げる機会をうかがってたんです。ラッキーがストームの挑戦《ちょうせん》を伝えにきたすぐあとに、ブレードが、おれとべつの二匹《ひき》をパトロールにいかせました。ほかの二匹《ひき》が背を向けたすきに、思いきって逃《に》げだしたんです——ここへ着くまでずっと走ってきました。ブレードにつかまったら、ぼくは殺されます。もう、すぐそこまできているはずです。ストームをつかまえに、ここへ向かってるんですから」

ラッキーは、背すじがぞくりとするのを感じた。

スイートは、射るような目でフィアースドッグをにらんでいる。「ブレードの計画を教えなさい」

「まず、ブレードはストームをつかまえようと躍起《やっき》になっています——その考えにとりつかれてるんです。何日か前の夜にホワイトンが野営地にきたときなんか、運がいいって大よろこびしてました。ホワイトンは、ストームの情報と引きかえに群れに入れてくれ、って頼《たの》んできたんです。そっちの群れのことを、ぺらぺらしゃべってました。だからブレードは、あなたたちが岩山の上に隠《かく》れるつもりだってことを知ってるんです。戦う準備を整えてくるはずです」

ラッキーは、夜明けにかわしたブレードとの会話を思いかえした。「あいつは、ストームの挑戦《ちょうせん》を受けて立つといった——やけにあっさり話が通ったんだ。質問もほとんどしてこなかった」いま考えてみると、たしかにあれは不自然だった。ラッキーはしっぽを垂れ、いらだちをまぎらわそうと、前足にくっついていたトゲをかんだ。どうしてあのとき、だまされていることに気づけなかったんだろう。

「それで、ブレードはどうするつもりだ？」トウィッチがたずねた。

アロウは、食い入るようにトウィッチをみつめていた。「奇襲《きしゅう》ができないように作戦を立てています。群れを連れてニンゲンの町をぬけたら、この川辺にはこないで森をぬけてくるつもりです。そして、岩山のうしろからあなたたちを攻撃《こうげき》するつもりです。逃《に》げ道《みち》をふさいで、岩山の上に追いつめるんです。あなたたちのいまの計画だと、岩山の下にばかり注意を向けていて、うしろがから空《あ》きになっています。ブレードは、その弱点をつくつもりなんです。おれは、そのことを教えにきました」

「まだわからないわ。なぜ、あなたがそんなことをするの？」スイートは、落ちついた声でたずねた。「そんなことをして、なんの得がある？　ブレードのいうことがおかしいと思うなら、逃《に》げればいいじゃない。〈孤独《こどく》の犬〉になればいいでしょう？」

ラッキーは、アロウの表情をうかがった。アロウは、ちょうどいい言葉を探して考えこんでいるようだ。

「ブレードのやり方は……卑怯《ひきょう》だと思ったんです……そんなふうに敵の裏をかくなんて。アルファがどんな決断を下そうと、ほんとうのフィアースドッグなら卑怯《ひきょう》なまねなんかできない。ぼくたちには、誇《ほこ》りがある」アロウは、服従の姿勢をたもったまま、ひかえめに顔をあげた。一瞬《いっしゅん》、ストームをまっすぐにみる。それから、またトウィッチに視線をもどした。「とにかくぼくは、ブレードの計画を知らせるべきだと思ったんです」そういうと、静かな声で付けくわえた。「それに、自分が〈孤独《こどく》の犬〉になれるとは思えません。群れの生活しか知らないんです。独《ひと》りになる勇気はありません」

ラッキーは、急にアロウのことがかわいそうになった。この犬は、ストームよりほんの少し年上なだけで、まだ子どもなのだ。〈名付けの儀式《ぎしき》〉をすませたのも、つい最近のことにちがいない。激しくなってきた雪が、アロウの背中に降りつもっていく。群れを離《はな》れたフィアースドッグは、心細そうな顔をしていた。たくましい体やがっしりしたあごをしているのに、頼《たよ》りなさそうにみえる。

スイートがラッキーのほうをみた。「ホワインが群れを出たのは、ベラがトウィッチと合流するアイデアを出すより前だったわよね？　わたしの思いちがい？」

ラッキーは、記憶《きおく》をたどった。小柄《こがら》なホワインが、みぞれまじりの雨のむこうに消えていった日のこと。ブルーノがたしか、こんなことをいっていた――ホワインを失うのは群れにとって痛手になる、こんなに小さな群れでフィアースドッグを倒《たお》せるんだろうか、と。それをきいたベラが、トウィッチの群れと合流することを思いついた。ということは、ホワインはトウィッチの群れが加わったことを知らない。もちろんブレードも、こっちが仲間をふやしたことは知らずにいる。ラッキーは、スイートに向かって、そのとおりだとうなずいた。

ベラが目をかがやかせた。「そのとおりよ。ホワインは、わたしがトウィッチの群れのことを話しはじめたときには、もういなかった」

「じゃあ、まだ少しは有利だということね」スイートがいった。「どっちみち、戦いは避《さ》けられない。いますぐ移動すれば、切り札をなくさずにすむわ。最初の計画はあきらめなきゃ――フィアースドッグがくるのを、ただ待っているわけにはいかないから」

アロウがほっと息をついた。「じゃあ、ぼくの話を信じてくれたということですか?」

「まだわからない」スイートはいった。「でも、ブレードが最初の計画を知っているのは、ほんとうだと思う。べつの手を考えないと」

そのとき、ウィスパーがレイクと相談をはじめた。レイクがスプラッシュにそっと近づいて、なにか耳打ちする。

スプラッシュが、うやうやしく頭を下げたまま、トウィッチに近づいた。「アルファ、少しお話をきいていただけませんか？　ウィスパーに考えがあるそうです。ぼくも、悪くない作戦なんじゃないかと思いました」

トウィッチとほかの犬たちは、黒くかたい毛並みのベータに注目した。「どういう作戦だ？」

「フィアースドッグたちがほんとうに森をぬけてくるなら、ぼくたちの野営地のそばを通るはずです。それなら、連中を散り散りにして、隊列を崩《くず》せるんじゃないかと思うんです。ただ、簡単じゃないかもしれません」スプラッシュは、そわそわと地面を引っかきながら、降りつづける雪に目をこらした。「この作戦をだれがやるにしても、とにかく急がないと。大急ぎでやらないと、間に合わないんです」

20
それぞれの使命

ラッキーとスイートとウィスパーは、雪の中を歩いていた。雪は冷たく、白い毛皮のようで、すでにラッキーの足をおおうほど深く積もっていた。空からたえまなく降りつづき、岩や木や、ゆるやかに起伏《きふく》する草地に積もっていく。三匹《びき》は川に背を向け、内陸に向かって進んでいた。

ラッキーは、街で暮らしていたころも雪をみたことがあった。だが、街に積もる雪は、ジドウシャやニンゲンたちに踏《ふ》みにじられてしまう。

ニンゲンのいない世界では、雪はだれにも汚《けが》されない。あつく積もったふかふかの雪を踏《ふ》みながら、ラッキーはアルフィーのことを考えていた。死んでしまった仲間の言葉が、いつまでも頭から離《はな》れなかった。

『まだ、群れが生きのこる可能性はあると思う。そのためには、嵐《あらし》が襲《おそ》ってきたときに、全員がそれぞれの使命を果たさなくちゃいけない。ラッキー、きみの使命が一番重要なんだ』

ラッキーは、注意深く歩きつづけながら顔をしかめた。ぼくの使命って、なんなんだろう？

スイートが口を開いていった。「雪が降ると、ここがどこだかわからなくなるわ」においをかぎながら、あたりをみまわす。「川がうしろにあるのはわかるけど、この草地って、こんなに広かったかしら」

ラッキーは吹雪《ふぶき》の中で目をこらした。「雪が積もると、なんでも大きく広くみえるんだ」

ウィスパーが、いつもの小さな声でいった。「心配ないよ。ぼくは、生まれてからずっとここで暮らしてる。ここがどこだかちゃんとわかってる。雪のせいでみえなくなっちゃってるけど、森はぼくたちの真ん前にあるし、ニンゲンの町は、川を下った先にある」そういって、肩《かた》ごしにうしろを振《ふ》りかえった。

ラッキーは、ウィスパーの言葉を信じるしかなかった。雪は、物の形も色もにおいも隠《かく》してしまう。「知らない場所にきたみたいだ」

スイートが耳を立てた。「それに、すごく静かね」

「こんなに寒くちゃ、獲物《えもの》も出てこない」ウィスパーは、また歩きはじめた。「フィアースドッグの群れも、雪の中だとかなり目立つよ。アロウの話がほんとなら、もう町に着いたころだと思う。ひょっとすると、もう川沿いや森の中を探しはじめたかもしれない」

ラッキーは身ぶるいした。「たしかに、ありえる――急ごう」

三匹《びき》は速度をあげた。ときおり足をすべらせながら、積もったばかりの雪をサクサク踏《ふ》んで先を急ぐ。やがて、ニンゲンの建物がぼんやりとみえてきて、町のはずれに着いたことがわかった。そのとき、強く不快なにおいが鼻をつき、ラッキーはぴたりと足を止めた。

「フィアースドッグだ！」低い声で叫《さけ》ぶ。「すぐそばにいる」

ウィスパーも急いでにおいをたしかめ、スイートは、ほっそりと優美《ゆうび》な鼻づらを振《ふ》りあげた。

「あそこに足跡《あしあと》があるわ」スイートは、しっぽをまっすぐに伸ばして警戒《けいかい》しながら、慎重《しんちょう》に足《あし》跡《あと》に近づいた。「大きさがばらばらよ。群れの犬を全員引きつれてきたんだわ」

ラッキーは、背中の毛を逆立てた。「アロウの話はほんとうだったんだ。むこうは、ぼくたちを不意打ちしようとしてる。ホワインがブレードにしゃべったんだ」あの犬に裏切られたと思うと、怒《いか》りで体がわなないた。

スイートが顔をこわばらせた。「あの裏切り者は、さぞかし得意になってるでしょうけど、こっちには作戦があるわ」

ウィスパーもうなずいた。「ああ、きみたちだけで孤独《こどく》に戦うわけじゃない」

「運がよければ、戦わずにすむかもしれないわ」スイートは、足跡《あしあと》のにおいを、たんねんにかいだ。「フィアースドッグたちが町をぬけたのは、ついさっきよ。この雪じゃ、足跡《あしあと》はすぐに消えてしまうもの」

スイートのいうとおりだった。敵の足跡《あしあと》はすでに、降りつづける真っ白な雪の下に隠《かく》れそうになっていた。

「こっちだ」ウィスパーは足跡《あしあと》に背を向け、草地の奥へと二匹《ひき》をみちびいていった。ふいに、雪の中から、木々の茶色い幹が現れた。枝には雪が積もっている。ウィスパーに案内されなければ、森がそばにあったこともわからなかった。

体は冷えきっていたが、ラッキーは胸があたたかくなった。あのときみた、しあわせな夢のことを思いだす。自分の子どもたちが、〈太陽の犬〉の光をあびながら走りまわっていた。

ラッキーは、そっと〈森の犬〉に祈《いの》った。

賢《かしこ》い〈森の犬〉よ——あなたは、いつもぼくを守ってくれました。いまは、これまで以上にあなたのお力が必要なんです。

三匹《びき》は木々をぬうように歩いていき、やがて、岩の洞《どう》くつの前で足を止めた。ラッキーは、ちらっとスイートと目を合わせた。

「こっちの声をフィアースドッグにきかれたら？」ラッキーはいった。

だがスイートは、迷うそぶりもみせずに、きっぱりといった。「ここまできたら引きかえせないわ」そういうなり、天をあおいで遠吠《とおぼ》えをはじめた。ラッキーとウィスパーもすぐにそれにならい、洞《どう》くつの奥へ向かって大声で吠《ほ》えはじめた。

はじめのうちは、なにも起こらなかった。ラッキーは洞《どう》くつの暗がりに目をこらしていたが、頭の中に浮《う》かぶのはフィアースドッグたちの姿ばかりだった。雪の中で整然と隊列を組み、〈野生の群れ〉に突進《とっしん》していく。ラッキーは声をかぎりに吠《ほ》えつづけ、思いきって洞《どう》くつのほうへ一歩近づいた。

だしぬけに洞《どう》くつの奥から、猛々《たけだけ》しい吠《ほ》え声が響《ひび》いてきた。ラッキーは、心臓が止まりそうになった。三匹《びき》はぎょっとして口をつぐみ、息をつめてほら穴の入り口をみまもった。

最初にわれに返ったのはスイートだった。「吠《ほ》えつづけて！」すばやく指示を出す。

三匹《びき》は、いっそう激しく吠《ほ》えはじめた。

巨大なあの獣《けもの》が、ずしんずしんと地響《じひび》きを立てながら、確実にこっちへ近づいている。洞《どう》くつの入り口の上から、積もっていた粉雪がザアッと流れおちてきた。

「こっちにきてる」ウィスパーが小声でいった。ガタガタ震《ふる》えているが、吠《ほ》えるのをやめようとはしない。

「あなたはもう帰りなさい」スイートが、震《ふる》えの止まらないウィスパーにいった。

「そんな……」

「いいから、トウィッチのところへもどって。はやく！」スイートは鋭《するど》く命令した。

ウィスパーは短くうなずくと、くるりとうしろを向いて全力で走りはじめた。

ラッキーは遠吠《とおぼ》えを続けた。息の続くかぎり、声を振《ふ》りしぼる。また、洞《どう》くつの中から、ずしん、という足音が響《ひび》いてきた。と思うと、地面が震《ふる》え、ジャイアントファーがとびだしてきた。首を振《ふ》りあげ、あたりをゆるがすような吠《ほ》え声をあげている。

スイートとラッキーは後ずさったが、それでも吠《ほ》えつづけた。

ジャイアントファーの赤い目がふと、犬たちから、白い雪をかぶった森にうつった。めんくらったような表情で、一瞬《いっしゅん》動きを止める。すぐに、新たな怒《いか》りでその顔をゆがませ、くちびるをめくりあげて牙《きば》をむき出した。鋭《するど》い牙《きば》からよだれがしたたり落ちる。大きな体をゆらしながら前に駆《か》けだし、がっしりした前足でラッキーになぐりかかってきた。

ラッキーはとびすさり、激しく吠《ほ》えたてた。気が遠くなりそうな恐怖《きょうふ》をむりやりおさえこみ、森の怪物《かいぶつ》をもっと怒《おこ》らせようと挑発《ちょうはつ》する。ジャイアントファーが、ガアッと吠《ほ》えた。静かな森の中できくと、その吠《ほ》え声はまるで、〈天空の犬〉たちがとどろかせる雷鳴《らいめい》や、〈大地の犬〉のうなり声のようだった。ラッキーは、恐怖《きょうふ》で息がつまった。自分の心臓の音がきこえる。スイートのほうへ引きかえし、となりにならんだ。

「準備はいい？」スイートが小声でたずねる。

ラッキーは返事のかわりに、耳をぴくっとゆらした。

ジャイアントファーが、みあげるような巨体を起こす。そびえ立つ姿は大木のようだ。前足でやたらに宙を引っかくと、長くとがったかぎ爪《づめ》がぎらりと光った。

「いまよ！」スイートはひと声吠《ほ》えて、くるっとうしろを向くと、町のはずれへ向かって走りはじめた。ラッキーも大急ぎであとを追う。肩《かた》ごしに急いでうしろをみると、ジャイアントファーはとまどったような表情でゆらゆらゆれていた。だが、いきなり前足を地面におろしたかと思うと、地響《じひび》きを立てながら、驚《おどろ》くような速さで走りはじめた。

ラッキーは、とぶように雪の上を駆《か》けていくスイートに後れを取るまいと、必死で走っていた。だが、スウィフトドッグのような長い足もなければ、ほっそりした体もない。雪の上ですべり、冷たく白い雪の下に隠《かく》れた枝やがれきに、何度も足を取られる。ジャイアントファーのように大きな獣《けもの》が、あんなに速く走れるとは思ってもいなかった。

フィアースドッグの足跡《あしあと》をみつけるころには、ラッキーは息も絶え絶えになっていた。いっぽうジャイアントファーは、巨体をゆさぶりながら楽々と走り、雪を盛大に舞いあがらせている。

「フィアースドッグはどこだ？」ラッキーはあえぎながらたずねた。

「こっちよ！」スイートが吠《ほ》える。

「もう、むりだ！」ラッキーは肩《かた》で息をしながらいった。情けなさと恐《おそ》ろしさで気分が悪くなる。そのあいだもジャイアントファーは、着実に距離《きょり》をちぢめてくる。「もう走れない！」

「あそこに塀《へい》があるわ。とびこえて、陰《かげ》に隠《かく》れていて——ジャイアントファーは、わたしがどうにかする！」

「きみをひとりにできない！」ラッキーは、どうすればいいのかわからなかった。スイートは、ひとりで敵の群れにとびこんでいくつもりなのだ。

「だいじょうぶ。戦ったりしない——わたしには〈風の犬〉たちがついてるの。どんな犬にも追いつかれないわ」

怪物《かいぶつ》の吠《ほ》え声がすぐうしろに迫《せま》り、ラッキーは口から心臓がとびだしそうになった。

「スイート——」

「隠《かく》れて！　ベータ、これは命令よ！」

スイートは叫《さけ》ぶと、ラッキーに背を向け、真っ白な雪原を走りながらジャイアントファーを挑発《ちょうはつ》しはじめた。ラッキーは、アルファの命令に従った。頭の中は真っ白で、足だけが機械的に雪をけっている。塀《へい》をとびこえると、ほとんど転がるように着地した。ジャイアントファーに気づかれないように、息をつめてうずくまる。ジャイアントファーは、しばらく塀《へい》のむこうをうろつき、シューシューと荒《あら》い鼻息をあげていた。

スイートが激しく吠《ほ》えたてると、森の怪物《かいぶつ》はそちらへゆっくりと向きをかえ、がっしりした足で雪をけりながら遠ざかっていった。

ジャイアントファーの重い足音が遠ざかっていくと、ラッキーは、つめていた息を一気に吐《は》いた。あえぎながら体を振《ふ》る。恐怖《きょうふ》から解放されると、とたんに頭が冷静になった。スイートは、たった一匹《ぴき》でフィアースドッグの群れに向かっていこうとしている。うしろからは、あの獣《けもの》が追いかけてくる。自分の役割は、群れのもとへもどることだとわかっている――ウィスパーがぶじに帰りついていなかったら？　なにか問題が起こっていて、ベータの自分が必要とされていたら？

だが、どうしても群れのもとには帰れなかった――スイートを見捨てることはできない。塀《へい》をとびこえると、慎重《しんちょう》に距離《きょり》をたもちながら、ジャイアントファーを追った。獣《けもの》の大きな足が、雪の中にくっきりと跡《あと》を残している。だが、あんなに巨大な怪物《かいぶつ》だというのに、その姿は吹雪《ふぶき》に隠《かく》れてみえなかった。ふいに、耳をつんざくような悲鳴がきこえて、ラッキーは凍《こお》りついた。少し先のほうが、急に騒《さわ》がしくなっている。ジャイアントファーのうなり声に、犬たちのかん高い吠《ほ》え声がまざっている。

ラッキーは足を速めたが、ジャイアントファーに近づきすぎないように注意していた。フィアースドッグのあせったような吠《ほ》え声がきこえた。「逃《に》げろ！　敵だ！」

「あれはなんだ？」べつのフィアースドッグが叫《さけ》ぶ。

そのとき、パニックを起こしたブレードの大声が響《ひび》きわたった。「スウィフトドッグのやつが、雪の怪物《かいぶつ》を連れてきたのよ！　そいつを仕留めなさい！」

ラッキーは、体を低くしてゆっくりと忍《しの》びよった。フィアースドッグたちのつややかな毛並みが、うずを描きながら降ってくる雪のあいだにかいまみえる。スイートの姿はどこにもみえない――ブレードが態勢を整える前に、すばやく逃《に》げだしたにちがいない。フィアースドッグたちは一列に並び、隊列を組んでいるらしい。そこへジャイアントファーが、真っ黒な岩のようにつっこんでいった。体当たりされた犬が悲鳴をあげる。ラッキーは思わずうつむき、雪の中にうずくまった。

どうしても罪悪感がわいてくる。犬たちの悲鳴をきくのは耐《た》えがたかった。ブレードのことは、たしかに憎《にく》い。それでも、ジャイアントファーをフィアースドッグの群れに誘《さそ》いこむなんて、ほんとうに正しかったのだろうか。

「足が！　助けてくれ！　だれか！」

ラッキーは胸が悪くなり、必死で吐《は》き気《け》をこらえた。頭がくらくらする。

「またもどってきたぞ！」メースの声だ。

せっぱつまったようなブレードの声が、あたりにとどろきわたった。「あいつを仕留めないと、皆殺しにされるわよ！　腹とうしろ足をねらいなさい！　地面に倒《たお》してしまえばこっちのものだわ！」

犬たちがぶつかりあう音、怒《いか》りにかられたジャイアントファーのガアッという吠《ほ》え声、地面をけるバラバラという足音、苦しげに遠吠《とおぼ》えをする声。ラッキーは、前足で頭を抱《かか》えこんだ。できることなら、耳をふさぎたい。深い雪におおわれた静かな平地では、いやでも争いの音がきこえてくる。牙《きば》が肉を引きさく音、骨をかみ砕《くだ》く音。一匹《ぴき》の犬は、ひん死のあえぎ声をあげていた。苦しげにせきこみ、息をしようともがいている。ひんやりとした灰色の空気に、鼻をつくにおいが広がっていく。血のにおいだ。

ラッキーは重い足を引きずって森をぬけ、岩山にたどりついた。肺が痛くて、息をするのもやっとだ。冷たい雪に全身をおおわれているのに、体がどうしようもなく熱い。岩山は、白い雪をたっぷりかぶって、なめらかでやわらかそうにみえた。だが、その下には、ごつごつした険しい岩場が隠《かく》れている。ラッキーは、心細くなって小さく鳴いた。群れの気配がしないのだ。雪をかき分けながら、仲間を探して岩山の上を歩きまわる。そのとき、甘《あま》いにおいがふわりとただよってきた。スイートだ！

みると、スイートの足跡《あしあと》が川岸のほうへ続いている。ラッキーは木々のあいだをぬいながら、岩山から水辺へ下りていった。川は氷が張っていて、どこか不吉《ふきつ》なかがやきをおびている。

ふいに、敵意のこもった吠《ほ》え声がきこえてきた。「だれだ？　名乗れ！」岩場の陰《かげ》から、一匹《ぴき》の犬が現れた。毛を逆立て、肩《かた》を怒《いか》らせてラッキーを威嚇《いかく》している。

ラッキーは、すぐに声の主に気づいた。「ミッキー？　ぼくだ、ラッキーだよ！」しっぽを振《ふ》りながら牧羊犬に駆《か》けよる。

ミッキーはたちまち警戒《けいかい》を解き、子犬のようにはしゃいでとびはねた。おだやかにうなりながら、ラッキーに鼻をすり寄せ、親しみをこめて甘《あま》がみする。

「スイートは少し前にもどってきた。そっちはずいぶん遅《おそ》かったな！　なにかあったんじゃないかって心配してたんだぞ。やっと帰ってきたって知ったら、みんな大よろこびする」ミッキーは先に立ち、雪におおわれた川岸をたどっていった。ところどころに木が生《は》えている。少し先に集まっていたふたつの群れは、ミッキーとラッキーに気づくと、うれしそうに歓声《かんせい》をあげた。

スイートが走りよってきて、体をすり寄せながら愛情をこめて鼻をなめた。「作戦は大成功よ。ジャイアントファーがフィアースドッグたちを襲《おそ》ったの。むこうには完全な不意打ちだった。大騒《おおさわ》ぎになって、わたしは全速力で群れのもとに帰ってきたの。何匹《なんびき》か追いかけてきたけど、振《ふ》りきって逃《に》げてきたわ」スイートの目が、誇《ほこ》らしげにかがやいた。

「ブレードは傷を負ったんだろうか」ラッキーはたずねた。

スイートは、小さくため息をついた。「正直いうと、わからない。ジャイアントファーがつっこんだあとは、ものすごい騒動《そうどう》になったから。最後までみとどける余裕《よゆう》はなかったわ」

ストームが、マーサとムーンのあいだに体を割りこませてきて、ラッキーたちのほうをみあげた。一瞬《いっしゅん》、子犬の顔に暗い影《かげ》がよぎった。「ブレード、苦しんで死んでたらいいのに。あいつにはそれが一番お似合《にあ》いよ」

ストームの吐《は》き捨てた言葉の激しさに、ラッキーは思わずたじろいだ。「ぼくにも、犬たちが戦っているのが少しきこえた。なにが起こっているのかまではみえなかった。苦しそうな鳴き声がたくさんきこえたし、一匹《ぴき》は大けがを負ったみたいで遠吠《とおぼ》えをしてた。だけど、あれはブレードじゃなかったと思う」そういいながら、雪をかぶった川辺に視線を走らせる。だけど、気味が悪いほど静かだ。「スイート、ブレードはきみの姿に気づいてたみたいだ。きみが、ジャイアントファーをあっちの群れにけしかけたことを知ってた。あいつが生きのびたら、絶対に仕返しをしにくる」ラッキーの頭の中には、肉が裂《さ》ける音や、骨が砕《くだ》ける音や、傷を負った犬たちの悲痛な叫《さけ》びが、いつまでもしつこく響《ひび》いていた。

スイートは、低い声でいった。「あとはもう、ひらけた場所であいつらを迎《むか》えうつしかないわね。そうすれば、ホワインが密告した情報は役に立たない。トウィッチの群れが合流したことは知らないから、こっちのほうが有利だわ」

「でも、ブレードはかんかんに怒《おこ》ってるはずよ……」ダートが、おびえたようにブルーノのそばへいった。

スイートは、それには答えなかった。「もう、時間がないわ」ラッキーとトウィッチとスプラッシュに合図しながら、群れから少し離《はな》れる。「あなたたちは、わたしといっしょにみんなをまとめてちょうだい」声を大きくして、ほかの犬たちにも呼びかける。「みんな、きいてちょうだい。力を合わせ、ともに戦うときがきたわ。もうすぐフィアースドッグたちがここへくる。腹を立てて、復讐《ふくしゅう》に燃えているはず。一番やっかいなのはブレードよ。群れの犬たちをあおって、最後の〈大地のうなり〉をふせぐには、ストームを殺すしかないと信じこませている。でも、わたしたちは決して屈《くっ》しない。恐怖《きょうふ》に打ちかって、勇敢《ゆうかん》に戦うの。とうとう、〈アルファの乱〉がはじまるのよ。そして、かならずわたしたちが勝つの！」

群れがどよめき、賛成の吠《ほ》え声がつぎつぎにあがる。だがラッキーは、あたりに恐怖《きょうふ》のにおいがただよっていることにも気づいていた。スイートの指示に従って、強い戦士たちが群れの前のほうへいく。ミッキーとスナップ、ブルーノが前線を守ることになった。トウィッチの群れからも数匹《すうひき》が加わった。

スイートは、列のあいだをねりあるいている。ほっそりした体には自信がみなぎっている。「フィアースドッグが迫《せま》ってきたら、なるべくぴったりくっついて離《はな》れないようにしてちょうだい。バラバラになるとねらいうちされてしまうし、ストームを守りきれなくなるわ」そういいながら、ダートをつついて水辺からはなした。「川には注意しなさい。氷のうすいところがあるから――氷を踏《ふ》み割ってしまったら、冷たい水でおぼれてしまうわよ。マーサだって、この川で泳ぐのはむずかしいはず」

ウォータードッグが賛成して大きくうなずく。ダートは怖《こわ》そうに身ぶるいして、水辺から離《はな》れた。

ラッキーは、アロウのようすが気がかりだった。じりじりと前線に出てきて、いつのまにか、ブルーノとベラのそばにいる。攻撃《こうげき》の姿勢を取り、目はまっすぐに前をみすえていた。

ラッキーはどうしても、ファングのことを思いだしてしまった。どれだけひどい仕打ちをされてもブレードに忠実で、〈野生の群れ〉をだましたり、ラッキーをつかまえたりする手助けをしていた。〈天空の犬〉よ——どうか、アロウを信じたぼくたちをお守りください。

ラッキーは、はっとわれに返った。ストームが、前にいこうとしてレイクを押《お》しのけている。群れの前線に加わるつもりらしい。

スイートが、子犬を叱《しか》りつけた。「あなたはだめよ」

「でも、あたしの役目でしょ！」ストームはきかなかった。「あたしがいなかったら、ブレードだって襲《おそ》ってきたりしなかった。あたしは、戦いに加わらなきゃ。一番つよい自信だってあるし、きょうだいのかたきも取りたいの」

「かたきなら、きっと取れる」ラッキーはいった。「だけど、そんなにねらわれやすい場所にいちゃだめだ。うしろにいてくれなくちゃ」

ストームは耳を震《ふる》わせるだけで、がんとしてうしろへ下がろうとしない。

「ベータの命令がきこえたでしょう――はやく下がりなさい！」スイートがぴしゃりと吠《ほ》えた。

ストームは、足が鉛《なまり》にでもなってしまったかのように、あからさまにゆっくりと歩きながら、何列かうしろに下がった。ふきげんそうにうなだれ、むっつりと押《お》しだまっている。そのまわりで、ほかの犬たちはせわしなく隊列を組みつづけた。ラッキーはストームのわかりやすい態度をみて、つい口元をゆるめた。ストームは、いまだに赤んぼうのようなところがある――基地でみつけたころから、後先考えずに動いては、小言をいわれてしょんぼりすることが何度もあった。あのころと、なにも変わっていない。

マーサがストームのそばへいった。肩《かた》に頭をすりよせて、落ちこんだ子犬をはげまそうとしている。「元気だして。うしろにいたほうが安全でしょ？」

「安全じゃなくたっていい――群れのために戦いたい。みんな、そうするのに」

マーサはおだやかな声でいいきかせた。「ストームの出番もかならずくるから」

ストームは甘《あま》えるように、マーサの豊かな黒い毛に顔をうずめた。二匹《ひき》のあいだが少し前までぎくしゃくしていたなんて、信じられないくらいだ。マーサの顔には、母犬のような愛情が浮《う》かんでいる。そしてストームは、大きな仲間を信頼《しんらい》しきっているようだ。

ストームが――とりあえず、いまのところは――群れのうしろに下がると、ラッキーはひとまず胸をなでおろし、川沿いに歩きながら群れのようすをたしかめた。みんな、戦う準備はできただろうか。ほとんどの犬は、たがいにはげまし合い、戦いに向けて士気を高めあっているようだ。だが、群れの一番うしろまできたとき、ラッキーは、サンシャインのようすに目をとめた。小さなマルチーズはおびえてぶるぶる震《ふる》え、黒い瞳《ひとみ》を心配そうにみひらいている。敵がきていないか伸びあがってたしかめ、少しでも物音がするとびくっと振《ふ》りむき、はあはあ息を荒《あら》げる。

ラッキーは、サンシャインの耳をなめて、気持ちを落ちつかせようと声をかけた。「だいじょうぶかい？」マルチーズは胸を張り、せいいっぱい体を大きくみせようとした。だが、体の震《ふる》えは隠《かく》しきれない。「あたし、がんばって群れのために戦うから」サンシャインは、きっぱりと言ってのけた。

「きみには戦ってほしくないんだ。小さくて白いから、雪の中にいればみつかることもないと思う。安全な場所に隠《かく》れていてほしい」

「でも、そんなの臆病者《おくびょうもの》のすることでしょ？　あたしは自分の使命を果たさなきゃ」

「使命は犬によってちがうんだ」ラッキーは首を振《ふ》っていいきかせた。「きみの使命は、戦うことじゃない。いまは自分の身を守っていてくれ――ほかの方法で群れを助けてくれればいい」声を小さくして続ける。「ぼくだって、スイートがジャイアントファーをフィアースドッグの群れにけしかけたとき、塀《へい》のうしろに隠《かく》れた。スイートみたいに速く走れない自分が恥《は》ずかしかったよ。だけど、得意なことはそれぞれちがう――自分の長所を生かすのが一番だ。サンシャインはいつも、群れのみんなを元気づけてくれる。それは、大きい牙《きば》や鋭《するど》いかぎ爪《づめ》なんかより、ずっと役に立つ長所だよ。どんな仕事より重要だ」

サンシャインは、感謝をこめてラッキーをみた。緊張《きんちょう》でこわばっていた体から、力がぬけていく。しっぽを小さく振《ふ》ると、群れからひとり離《はな》れ、一本の木の根元に積もった雪のほうへ歩いていった。雪の小山を掘《ほ》って隠《かく》れ家《が》を作り、中へもぐりこんでいく。しばらくすると、雪とサンシャインは見分けがつかなくなった。

ラッキーは、群れの一番前へもどり、スイートのとなりに並んだ。吹雪《ふぶき》はいっそう激しくなり、視界は真っ白な雪におおわれてしまった。背すじに寒気が走った。とうとうはじまる――何度も夢に出てきた〈アルファの乱〉が、とうとうはじまるのだ。

サンシャインにいった自分の言葉が、頭の中でこだました。『使命は犬によってちがうんだ』

それなら、自分の場合はどうだろう？　アルフィーのいっていた、ラッキーの使命とはなんなのだろう。ほんとうに、そのときがきたら、取るべき行動がわかるのだろうか。

21 アルファの乱

朝なのか昼なのか、夕方なのか、わからなかった。空をみあげても、白いもやが垂れこめているばかりだ。〈太陽の犬〉はもう、凍《い》てつくように冷たい北風から逃《に》げて、あたたかく安全な寝床《ねどこ》にもぐりこんでいるのかもしれない。だが、空には〈月の犬〉の姿もない。ふたつの犬に見捨てられるなんて、ありえるのだろうか。まさか、そんなはずはない。母犬はいつも、〈太陽の犬〉が寝床《ねどこ》にひきあげると、今度は〈月の犬〉が現れて、犬たちをみまもってくれるのだと話していた。そんなふうにして〈精霊《せいれい》たち〉は、この世界をみまもり、犬たちの安全を守っているのだ。

だが、母犬は、いまとはちがう世界に生きていた。ニンゲンたちが町を守り、〈大地の犬〉が静かで、犬たちの味方をしてくれていた世界に。

その世界はもう、失われたのだ。

ラッキーは体をゆすって雪を払《はら》いおとそうとした。だが、雪はあとからあとから降ってくる。すぐとなりにはスイートが静かに立ち、行く手に目をこらしている。反対側にはトウィッチがすわり、鼻をぴくぴくさせながら一心に耳をすましていた。

「なにかきこえる？」スイートがたずねる。

トウィッチはため息をついた。「いや、なにも」

うしろに集まった〈野生の犬〉の群れのなかに、不安そうなざわめきが広がった。ラッキーは、鳥の鳴き声や、ネズミが川辺を走る音が恋《こい》しかった――なんでもいいから、このぶきみな静けさをやぶってほしい。

どうしてフィアースドッグたちはこんなに遅《おそ》いんだろう？　もしかして、ジャイアントファーが、ブレードの群れを全滅《ぜんめつ》させてしまったんだろうか。それとも、凶暴《きょうぼう》な獣《けもの》に怖気《おじけ》づいて、戦う気をなくしたんだろうか。

そのとき、かすかな物音がした――雪を踏《ふ》む小さな足音だ。とたんに、緊張《きんちょう》で息が苦しくなる。スイートも体をこわばらせ、トウィッチははっと顔をあげた。二匹《ひき》にも、いまの音がきこえたのだ。

それからまた、しばらく静寂《せいじゃく》が続いた。きこえるのは、舞いおちる雪の、さらさらというかすかな音だけだ。ふたたび足音がきこえたかと思うと、つぎの瞬間《しゅんかん》、吹雪《ふぶき》の中から、黒くがっしりした犬がぬっと現れた。

ブレードだ。目を血走らせ、怒《いか》りで口をわななかせている。つややかな毛におおわれた大きな体には、傷ひとつついていない。〈野生の犬〉をみまわすと、いまいましそうに口をゆがめた。メースとダガーがうしろにひかえている。メースはほおに大きな傷を負っていた。肩《かた》のあたりは、毛皮をはぎとられ、舌のような桃色《ももいろ》の肉がのぞいている。ラッキーは身ぶるいした。ジャイアントファーにやられたにちがいない……。

三匹《びき》のうしろには、フィアースドッグたちの群れがいた。吹雪《ふぶき》のせいで正確な数はわからなかったが、森の怪物《かいぶつ》に襲《おそ》われたせいか、前よりも数が減っているようにみえる。

「おまえ！」ブレードが、スイートをにらみつけてうなった。「そこのスウィフトドッグ！森の怪物《かいぶつ》が攻撃《こうげき》してきたとき、おまえが逃《に》げていくのがみえたわ。あいつをけしかけたのはおまえだったのね。卑怯《ひきょう》なことを！」

スイートも、負けじと敵をにらみ返した。「何度だってやってあげるわ」

ブレードは黒い前足を地面に打ちつけ、雪を煙《けむり》のようにまきあげた。「ああいうこざかしいまねも、岩山から奇襲《きしゅう》をかけるという卑劣《ひれつ》な計略も、すべてはわたしたちを怖《こわ》がっている証拠《しょうこ》よ。正々堂々と戦う度胸がない。こっちにしてみれば都合がいいわ。だまってストームをわたしなさい――その子犬は、わたしのものよ」

「こっちには仲間がいる」スイートがうなった。「勇敢《ゆうかん》なトウィッチが、仲間を連れて加わってくれたのよ」

ブレードは、垂れ耳の犬に気づき、意外そうに目をみひらいた。ばかにしたように鼻を鳴らす。「スウィフトドッグ、おまえが腰ぬけだとは知っていたけれど、ここまで必死だったとは。三本足の犬にすがるつもり？　しかも、そんな犬が、群れのアルファだというの？」

メースとダガーも、あからさまにばかにしたような声で吠《ほ》えたてた。ラッキーは、ブレードたちに感じていた恐怖《きょうふ》をすっかり忘れ、怒《いか》りで全身がかっと熱くなるのを感じた。だが、トウィッチは平然としている。痛くもかゆくもないといった顔で、ブレードをみつめ返した。トウィッチの冷静なようすに、ブレードはたじろいだようだった。居心地が悪そうに口のまわりをなめている。

ブレードは、凍《こお》った川をながめまわすと、急にいかめしい声になった。「もう、時間がない。わたしの予言したとおり、このあいだ、二度目の〈大地のうなり〉がきた。ゆうべみた夢の中では、〈精霊《せいれい》たち〉が、三度目にして最後の〈大地のうなり〉を警告してきた。〈大地の犬〉はほろび、永遠の夜が訪れるだろう、と」そこでラッキーをみる。「野良犬、おまえは知っているはずよ。わたしとおなじ夢をみていたのだから」

一瞬《いっしゅん》、ラッキーとブレードのあいだに、稲光《いなびかり》のような緊張《きんちょう》が走った。ラッキーは、驚《おどろ》いて息もできなかった。ブレードには一度も夢の話をしていない。なぜ知っているのだろう。ホワインが話したのだろうか。

ブレードは、さぐるような目つきでラッキーをみつめ、ふたたびスイートに目をもどした。「〈大地の犬〉をなだめるには、その子犬の血が必要なのよ。もうすぐ、最後の〈うなり〉が訪れる。街の犬も、それは感じているはずよ――なぜ、残りの犬たちは気づかない？　食い止めるにはストームが死ぬしかない」

また、ラッキーの背すじに、冷たいものが走った。胸騒《むなさわ》ぎがする。風にあおられてうずを描く雪の中にさえ、〈大地のうなり〉の気配がただよっているような気がする。首すじがぞわりと冷たくなり、背中の毛が霜柱《しもばしら》のようにかたく逆立つ。ラッキーは自分を叱《しか》りつけた。どうせ、ブレードの出まかせだ。ぼくを混乱させようとしてるんだ。夢のことだって、ホワインにきいたに決まってる。ぼくの夢のことは、スイートが群れのみんなに話してたんだから。ブレードは、ぼくたちがおびえて、ストームを引きわたすだろうと踏《ふ》んでるんだ。

スイートは動じるようすもない。「わたしたちは、命をかけて、ストームとなわばりを守りとおすわ。トウィッチの群れだって、いっしょに戦ってくれる。トウィッチは、勇敢《ゆうかん》で優秀《ゆうしゅう》なアルファよ。あの群れは、戦いとなれば容赦《ようしゃ》はしない。そっちの群れは、ジャイアントファーとの戦いで減ってしまったようね。数だけでも、こっちの群れが大きく勝っている」

ラッキーは、スイートの自信に満ちたふるまいに胸を打たれた。仲間たちも、数では大きく勝っているという言葉に勇気づけられたようだった。

スイートは、さらに続けた。

「そっちの群れの犬たちは、あなたの支配に虐《しいた》げられ、苦しめられてきた。あなたがファングを冷酷《れいこく》に殺す姿を、大勢がみていた。あの子はずっとあなたに忠実だったのに。あなたに見切りをつけた犬だっているのよ」スイートは、アロウのほうを向いてうなずいた。若いフィアースドッグが、〈野生の群れ〉から一歩前へ踏《ふ》みだす。

ラッキーは息をつめてみまもっていた。アロウがブレードに送りこまれたスパイだったら、
ぼくたちに勝ち目はない……。

だが、ラッキーはほっと息を吐《は》いた。アロウに気づいたブレードが、顔を引きつらせ、怒《いか》りで舌をもつれさせながら叫《さけ》んだのだ。「この裏切り者！　八つ裂《ざ》きにしてやる！」

「八つ裂《ざ》きになるのはそっちよ」スイートがうなった。

ブレードは、毛を逆立てて牙《きば》をむき出しにしながら、ゆっくりと前に進みでた。アルファの左右をメースとダガーがかため、ほかのフィアースドッグたちも、それぞれの持ち場につきはじめた。そのときラッキーは、群れのうしろのほうにオオカミ犬の姿をみつけて、激しい嫌悪《けんお》を感じた。

ブレードが、さげすむような目でスイートをみている。「まだわからないのか？　頭数で勝とうが、策略をめぐらせようが、そっちに勝ち目はない。わたしたちは、生まれついての戦士。だが、そっちのみすぼらしい群れは、ペットと野犬の寄せ集め——誇《ほこ》りも規律もない〈野生の犬〉と、ニンゲンに捨てられた、弱く臆病《おくびょう》な〈囚《とら》われの犬〉。わたしたちは、すばらしい訓練を受けてきた。殺すために生まれてきたのよ。刃向《はむ》かえば、おまえたちはかならず全滅《ぜんめつ》する」

フィアースドッグたちは、アルファに賛成して口々に吠《ほ》えた。ラッキーの胸の中に、じわじわといやな予感が広がりはじめた。〈野生の群れ〉の中には、ウサギより大きい生き物を相手にしたことがない犬もいる。デイジーもそうだし、ムーンの子どもたちもそうだ……。

ラッキーは不安を隠《かく》して、ブレードに向かって吠《ほ》えた。「おしゃべりは十分だ！　ぼくたちのアルファの話をきいてたか？　ストームをわたすつもりはない。おまえらに引きわたせば、虫けらみたいに殺すに決まってる。ぼくたちは、おまえたちのことなんか怖《こわ》くない。最後まで戦いぬく」

うしろにひかえている〈野生の群れ〉が、いっせいに賛成の声をあげた。対するフィアースドッグたちが、威嚇《いかく》するようにうなる。

とうとう、スイートの凛《りん》とした吠《ほ》え声が、凍《い》てつく空気の中に美しく響《ひび》きわたった。

「攻撃開始《こうげきかいし》！」

〈野生の犬〉たちは、雪を舞いあげながら突進《とっしん》した。スイートは、ためらうことなくブレードに向かっていく。一瞬《いっしゅん》、敵のアルファの顔に動揺がよぎった。まさか〈野生の犬〉たちが先に動くとは思っていなかったのだろう。だが、すぐに気を取りなおし、自分の群れに命じた。

「フィアースドッグ、かかれ！　皆殺しにしなさい！」

フィアースドッグたちが雪の中を猛然《もうぜん》と走りだすと、スイートとトウィッチの群れの犬たちは、わずかにたじろいだ。ジャイアントファーに襲《おそ》われたフィアースドッグは、深い傷を負っている。だが、傷の痛みは、犬たちの闘志《とうし》をいっそうかき立てたようだ。群れの数は減っているが、ブレードの言葉は正しかった――この犬たちは、訓練を受けた戦士なのだ。突進《とっしん》してくるあいだも、決して隊列が乱れない。激しい怒《いか》りで、目はらんらんと光っている。

フィアースドッグは、すさまじい勢いで〈野生の犬〉たちに襲《おそ》いかかってきた。ダガーはまっさきにアロウをねらい、若い犬を木の幹につきとばすと、長く鋭《するど》い牙《きば》で首にかみついた。

「裏切り者！」ブレードの腹心の部下は、耳ざわりな声でののしった。「思い知らせてやる！」

ラッキーがアロウを助けようとしたそのとき、視界のすみを灰色の影《かげ》が横ぎり、スナップの苦しげな悲鳴が響《ひび》きわたった。いつのまにか前に出てきていたオオカミ犬が、かつての仲間に不意打ちを食らわせたのだ。スナップのうしろ足に、長い牙《きば》を食いこませている。スナップは必死でもがき、オオカミ犬の顔を引っかいた。だが、どんなにあがいても、身を振《ふ》りほどくことができない。

「仲間だったのに！」スナップは息を切らしながら叫《さけ》んだ。「あなたの命令にずっと従ってきた——わたしは、ずっとあなたに忠実だったのに！」

「おまえの忠誠心などどうでもいいのだ」オオカミ犬はうなりながら、あごに力をこめた。

ミッキーが吹雪《ふぶき》の中を駆《か》けより、かつてのアルファに力いっぱい体当たりした。オオカミ犬は不意をつかれて口をはなし、横ざまに転がった。「ペットの分際《ぶんざい》で！」オオカミ犬が憎《にく》らしげに吐《は》きすてる。「ろくに戦えもしないくせに！」そういうなり、ミッキーにとびかかろうとした。その瞬間《しゅんかん》、スイートがどこからともなく現れ、ほっそりした体でオオカミ犬の前に立ちはだかった。

元アルファが、あざけるように口をゆがめた。「おまえが、わたしのあとがまについたのか。わたしに成り代わったというわけだな？」

スイートは背を弓なりにすると、胸の深いところでうなった。「あなたのあとがま？　あなたは、一度だってアルファらしいことをしなかった！」

スイートはオオカミ犬をつきとばすと、凍《こお》った地面に組みふせてのど元にかみつき、深々と牙《きば》をつきたてた。二匹《ひき》が激しくうなりながら地面を転がるそばで、ミッキーはスイートに加勢しようと、慎重《しんちょう》に機会をうかがっていた。

だが、怒《いか》りにかられたスイートには、手助けなど必要なさそうだ。

ラッキーは、急いでアロウに目をもどした。若いフィアースドッグは、ダガーのがっしりした前足に押《お》さえつけられたまま、きゅうきゅう鳴いている。耳からは血が吹《ふ》きだしていた。うしろ足をばたつかせ、逃《に》げだそうともがいている。とうとうアロウは、助けを求めて、悲痛な声をあげはじめた。

ラッキーは、アロウに向かって走りだした。あの犬は、こっちの群れに忠誠を誓《ちか》ってくれたのだ。〈野生の群れ〉の一員として、助けてやらなくては。「いまいく！」

「どこにいくつもりだ？」メースだ。ブレードのベータが、がっしりした体でラッキーの行く手をふさいでいる。アロウが助けを呼んで必死に吠《ほ》えていても、ラッキーにはどうすることもできなかった。メースのわきをすりぬけようとしたが、相手は、その大きな体からは想像もつかないほどすばやく動いた。ラッキーにとびかかってくると、よだれにぬれた牙《きば》をぎらつかせながら、うなり、かみつこうとしてきた。

二匹《ひき》のベータはもみあった。ラッキーは、すきをみてメースを振《ふ》りきるつもりだった。ブルーノが助けにきて、牙《きば》をむき出しにして激しくうなる。だが、二匹《ひき》で力を合わせても、逆上したフィアースドッグをかわすのはむずかしかった。メースに迫《せま》られ、ラッキーとブルーノは、川のほうへとじりじり追いつめられていった。

アロウがまた、おびえた声で遠吠《とおぼ》えをした。

そのときラッキーの視界のはしに、黄金色の犬の影《かげ》がうつった。ダガーとアロウが争っている木の根元に走っていく。ベラだ！　走っていった勢いのまま、うしろ足でダガーをけりとばす。ダガーは、木の幹に頭を激しく打ちつけた。

ようやく自由になったアロウは、急いで立ちあがると、ベラのとなりに走りよった。ダガーがふらつく足で体を起こす。

その瞬間《しゅんかん》、ラッキーの足に焼けつくような痛みが走った。メースだ。一瞬《いっしゅん》のすきをついて、ラッキーの前足に食らいついてきたのだ。その前足は、洞《どう》くつにとらえられていたとき、オオカミ犬にかみつかれたところだった。自分の血のにおいが鼻をつく。あまりの痛みにめまいがして、ラッキーはよろめいた。自分の心臓の音がきこえ、口の中が、砂を食べたようにざらつく。一瞬《いっしゅん》、視界がゆがんだ。白い大地がぐにゃりとたわみ、〈太陽の犬〉が消えてしまったかのように、目の前が真っ暗になる。

そのとき、耳元で激しい吠《ほ》え声がきこえて、ラッキーはわれにかえった。みると、メースが地面に転がり、大勢の犬たちに押《お》さえつけられている。ウィスパーの曲がった灰色のしっぽがみえた。よくみると、ブルーノとレイクとムーンもいる。みんなが、敵のベータを押《お》さえつけている。ラッキーは、急いで体勢を整えた。ふたつの群れが助け合って戦っている光景が、ラッキーに勇気をくれた。だいじょうぶだ、これならきっと勝てる……。

雪の中で重い体を引きずっていくと、いきなり丸太のようなものにつまずいた。一匹《ぴき》のフィアースドッグが、横向きに倒《たお》れている。目は開いたままで、ピンク色の舌が口のあいだからだらりと垂れていた。わき腹の深い傷から、どくどくと血が流れでている。

〈アルファの乱〉の最初の死者だ。

名前も知らない犬だったが、ラッキーは悲しみで体がうずいた。どうして戦わなくてはいけないのだろう。こんなふうに死んでいい犬なんて、一匹《ぴき》だっていないはずなのに。だが、この戦いをはじめたのは、フィアースドッグたちのほうだ。ラッキーたちは、戦いなんか望んでいなかった。

ラッキーは前足の傷をなめ、川辺に広がる血なまぐさい光景をみわたした。吹雪《ふぶき》の中に、どう猛《もう》に戦う色とりどりの犬たちの姿がみえる。世界は白から赤へと色を変え、血のにおいがだんだん濃《こ》くなっていく。夢でみた光景にそっくりだ。いや、もっと悪い……これはただの夢ではなく、現実なのだから。苦しんでいるのは、ラッキーの仲間たちだ。家族なのだ。

上流のほうから鳴き声がきこえ、ラッキーは顔をゆがめながらそちらに向きなおった。吹雪《ふぶき》に目をこらし、慎重《しんちょう》に歩いていく。みると、ウィスパーが二匹《ひき》のフィアースドッグにつかまっていた。やせた灰色のウィスパーは、すばやく方向を変えながら二匹《ひき》の敵をかわし、急所をねらわれないように気をつけている。だが、敵はじりじりとウィスパーを追いつめ、いまにもかみつきそうだ。このままではやられてしまう。ラッキーは、前足の痛みも忘れて、手前にいるほうのフィアースドッグに突進《とっしん》した。

同時に、いつのまにかそばへきていたストームが、もう一匹《ぴき》のフィアースドッグにとびかかった。地面に押《お》したおし、首に食らいつく。牙《きば》を肉に食いこませると、ウサギにとどめを刺《さ》すときのように、力まかせにゆさぶった。フィアースドッグの目がとびだし、口がわなないた。だが、きこえてくるのは、のどがつまったような弱々しい鳴き声だけだ。のどの傷口から血が吹《ふ》きだしてくると、ストームはぱっと身を引いた。子犬の足元に転がったフィアースドッグは、すでに息絶えていた。

ラッキーが相手をしていたフィアースドッグは、ストームの強さを目《ま》の当たりにすると、恐怖《きょうふ》に打たれた顔で後ずさりをはじめた。「あんた、何者なの？　むだ死にするなんてまっぴらよ」そうつぶやくと、しっぽを巻いてくるりと背を向け、風に舞う雪の中を逃《に》げていった。

ストームは、フィアースドッグの死体に背を向けると、ウィスパーに声をかけた。「だいじょうぶ？」

ラッキーは、ストームのことが誇《ほこ》らしくてたまらなかった。勇ましく、怖《こわ》いものしらずのストームは、生まれながらの戦士だ。だが、〈野生の犬〉の一員として、仲間への忠誠も決して忘れない。

ウィスパーは、あっけにとられた顔でストームをみた。「驚《おどろ》いたよ……またきみに命を救ってもらった！」

突然《とつぜん》、凍《い》てつく空に、悲しみに暮れた声が響《ひび》きわたった。ラッキーはぱっと顔をあげ、声がきこえてきた岩山へ急いで向かった。ストームとウィスパーもついてくる。三匹《びき》は、血で赤く染まったぬかるみに何度も足を取られた。空まで、血のような赤に染まりつつある。赤い空を背景にして吹《ふ》き荒《あ》れる白い雪は、どことなく気味が悪かった。

ラッキーはごつごつした岩山をみわたし、どこから吠《ほ》え声がきこえてきたのかつきとめようとした。そのとき、チェイスの姿がみえた。トウィッチの群れの赤茶色の小柄《こがら》な犬が、岩山のふもとで震《ふる》えている。その足元には、スプラッシュが横たわっていた。息絶えたベータの前足はえぐられ、あごの半分が食いちぎられている。血まみれの歯ぐきと牙《きば》がむき出しになり、死んでしまったいまでさえ、スプラッシュはうなっているようにみえた。

ラッキーは、必死で吐《は》き気《け》をこらえた。チェイスがこっちをみあげる。小さな体はがたがた震《ふる》え、声がほとんど聞き取れない。「ブ……ブ……ブレードが……あいつが……殺したの！」

そのとき、ブレードのなめらかな声が、吹雪《ふぶき》の中からきこえてきた。「おまえたちも殺してあげるわ」

チェイスがブレードに突進《とっしん》した。足がすべるのもかまわず、無我夢中で岩をよじのぼろうとしている。ラッキーは急いでその前に立ちはだかり、鋭《するど》くひと声吠《ほ》えた。「だめだ！」悲しみでわれを忘れたまま向かっていけば、あっけなく返《かえ》り討《う》ちにされる。

ブレードは、おどすように一歩踏《ふ》みだし、ぎらつく目でラッキーをにらみつけた。「やっと、おまえの息の根を止めてやれる」うしろ足に体重をかけ、とびかかる体勢になった。ラッキーの動悸《どうき》が激しくなっていった。足には深い傷を負い、頭はふらふらしている。いまは、ブレードを相手にできるような気力がない。

そのとき、〈森の犬〉のことが頭に浮《う》かんだ。雪をかぶった木々の、しんとした静けさを思いだす。森は、いつもラッキーをみまもってくれた。賢《かしこ》い〈森の犬〉よ——あと一度だけ、ぼくを助けてください。

そのとき、頭上でにぶい音がしたかと思うと、大きな石が岩山を転がりおちてきて、ブレードの真ん前に落ちた。ブレードが、ぎょっとした顔でとびすさる。恐怖《きょうふ》で目をむき、まるでべつの犬になってしまったようだ。「〈うなり〉よ！　〈うなり〉がくる！」あえぎながら叫《さけ》ぶ。

とたんに、戦っていた犬たちが、凍《こお》りついたように動きを止めた。どの犬も、胸を大きく上下させている。

「〈うなり〉がくるの？」ダートが、かん高い声で吠《ほ》えた。

「〈大地の犬〉が怒《おこ》っている！」ダガーがどなる。

フィアースドッグたちが騒《さわ》ぎはじめ、〈野生の犬〉の数匹《すうひき》も、恐怖《きょうふ》に駆《か》りたてられたように吠《ほ》えはじめた。ラッキーは、そのすきにチェイスをそっと押《お》して、ブレードから遠ざかった。襲《おそ》われる心配のないところまでいくと、足を止めて空気のにおいをたしかめる。〈うなり〉の気配は感じられない。足の下の地面は、ぴくりとも動いていない。〈森の犬〉に祈《いの》りが通じたのだろうか。ほんとうにそんなことが……？ ふしぎに思いながら岩山をみあげる。そのとき、岩のあいだで、雪のかたまりのようなものが動き、大急ぎで遠ざかっていくのがみえた。ちがう、助けてくれたのは〈森の犬〉じゃない。サンシャインだ！

サンシャインにかけた言葉を思いだす――『使命は犬によってちがうんだ』。またしても、おなじ疑問が頭をよぎった。それなら、ぼくが果たすべき使命はなんだろう？

ブレードは、急に冷静になったようだ。「野良犬どもをつかまえなさい！」とどろくような声で吠《ほ》える。

たちまちフィアースドッグは隊列を組み、すさまじい勢いで〈野生の犬〉の群れに向かってきた。ふたたび戦いがはじまり、血のまじった雪があたり一面にとびちる。スナップとミッキーは背中合わせに戦い、たがいに助けあっている。だが、二匹《ひき》は完全に敵に囲まれていた。ブルーノは、体じゅう傷だらけだ。ひるむことなく戦っているが、やっとのことで体を引きずり、顔は苦痛にゆがんでいる。トウィッチもけんめいに戦い、前足でフィアースドッグになぐりかかったり、牙《きば》を鳴らしながらかみついたりしている。だが、ぼろぼろの体は、目にみえて動きがのろくなっていた。

ラッキーは、恐怖《きょうふ》で息が浅くなっていた。じわじわと、フィアースドッグたちが優勢《ゆうせい》になっている。そのとき、だれかに押《お》しのけられてよろめいた。ストームだ。川沿いを猛然《もうぜん》と駆《か》けていく。

ラッキーは急いで後を追った。「ストーム？　なにがあった？」

そのとき、ストームが目指しているものが目に入った。〈野生の群れ〉の元アルファと二匹《ひき》のフィアースドッグが、マーサを囲んで、凍《こお》った川にじわじわと追いつめているのだ。わき腹をねらってしつようにかみついている。マーサはよろめきながら、なんとか体勢を立てなおそうとしていた。黒く長い毛がごっそりぬけ、血のまじるぬかるみに落ちている。

「とどめを刺《さ》せ！」片方のフィアースドッグがうなると、オオカミ犬が、肩《かた》でマーサのわき腹に体当たりした。二匹《ひき》のフィアースドッグが、血にぬれた口で、ふたたびわき腹に食らいついた。マーサはされるがままだ。とうとう、うしろ足ががくっと折れ、大きなウォータードッグは地面にくずおれた。フィアースドッグたちが、勝ちほこって吠《ほ》える。

「マーサから離《はな》れて！」ストームが叫《さけ》んだかと思うと、オオカミ犬の背中にとびつき、首にかみついた。あまりの剣幕《けんまく》に、フィアースドッグたちが一瞬《いっしゅん》たじろいだ。ストームがあごにぎりぎりと力をこめると、傷口から赤黒い血が弧《こ》を描いて吹《ふ》きだしてくる。オオカミ犬は鋭《するど》い悲鳴をあげて身を振《ふ》りほどき、フィアースドッグたちのあとを追って逃《に》げていった。

「臆病者《おくびょうもの》！」ラッキーは吠《ほ》えた。

「殺してやる！」ストームが叫《さけ》ぶ。

ラッキーは、子犬の背にそっと前足を置いた。「ストーム、マーサが苦しそうだ……」

ウォータードッグは、雪の上に腹ばいに倒《たお》れこみ、ぜえぜえと荒《あら》い息をついていた。わき腹にいくつもついた深いかみあとから、どくどくと血が流れている。マーサは、前足のあいだの地面に、ぐったりと頭を寝かせた。こわばっていた体から力がぬけ、呼吸がおだやかになっていく。

マーサがラッキーと目を合わせ、垂れた耳を少し立てた。「ストームはだいじょうぶ？」

ストームは心配そうに顔をくもらせ、雪の上にすわりこんだ。首を伸ばして、鼻先をマーサの顔に近づける。「あたしはここよ」

マーサは、ストームのほおひげをなめた。「よかった」思いやりのこもった、低くおだやかな声でいう。「ほんとうに、強くて勇敢《ゆうかん》な犬に育ったわね。わたしたちみんな、あなたのことを誇《ほこ》りに思ってる」

ストームはもう、容赦《ようしゃ》のないフィアースドッグにはみえなかった。急に小さくなったような気がする。リックと呼ばれていたころにもどったようだ。心細そうで、自分を認めてもらおうと必死で、愛情に飢《う》えていた赤んぼうに。「マーサがあたしを信頼《しんらい》してくれたからよ」細い声できゅうきゅう鳴く。

マーサの目がかがやいた。「これからも忠実でいて――強く、優《やさ》しくいてちょうだいね。それが、わたしの知っているストームだから」

「マーサが教えてくれたことよ」ストームはいった。「マーサはずっと、お母さんみたいにしてくれた。マーサが必要なの。そばにいて、強く、優《やさ》しくいる方法を教えて」

「わたしの助けは必要ないわ。強さも優《やさ》しさも、あなたの中にあるもの」マーサの目が、ゆっくりと閉じていく。

ラッキーは、さびしさで体が震《ふる》えはじめた。のどがつまったような感じがして、息がうまくできない。なすすべもなく、ストームのようすをみまもる。ストームは、顔に恐怖《きょうふ》を浮《う》かべ、大きな友だちの体を鼻先でしきりにつついている。

マーサが、そっと目を開き、降りつもる雪のようにささやかな声でいった。「わたしは〈川の犬〉になるの。自由になる……あなたのことと、群れのみんなのことを、いつもみまもっている」小さくゆれていたしっぽが、ぱたんと雪の上に落ちた。マーサはふたたび目を閉じ、それきり動かなくなった。

ストームは、宙を切り裂《さ》くような遠吠《とおぼ》えをあげ、はじかれたように立ちあがった。「ブレード！　あんたを許さない！」ラッキーが止めるまもなく、ストームはくるりとうしろを向いて川岸の地面をけった。川に張った氷にとびおりると、足をぴんと張って真ん中まですべっていく。目は怒《いか》りでらんらんとかがやき、首の毛は大きく逆立っていた。

「ブレード、どこ？　出てこい、臆病者《おくびょうもの》。逃《に》げてないで、あたしと戦え！」

22 対決のとき

犬たちがいっせいに川岸に集まってきた。フィアースドッグと、〈野生の群れ〉の犬たちは、たがいに敵意と警戒心《けいかいしん》をむき出しにしていたが、ひとまず戦いを中断して、押《お》しあいながらストームのようすをみまもりはじめた。ソーンが苦労して川岸を乗りこえ、凍《こお》った川面に降り立った。

「あたしも戦う！」大きな声で宣言《せんげん》する。

ビートルもきょうだいを追いかけた。「ストームをひとりで戦わせたりしない！」

「だいじょうぶだから」ストームが吠《ほ》えかえした。「岸にもどって――おねがい。気持ちはうれしいけど、これはあたしの戦いなの」

子犬たちはしぶしぶ引きかえし、もう一度岸をよじのぼると、雪の積もった川べりにもどった。ムーンが心配そうに待っている。

ラッキーは、犬たちを押《お》しのけて前に出た。「あぶない……氷が割れるかもしれない！　ストーム、むちゃするな！」

ストームは顔色ひとつ変えずに、真剣《しんけん》な表情でラッキーをみつめ返した。「やらなきゃいけないの！　こんな戦い、もう終わらせたい。これっきりにしたいの！」

ブレードが、川岸をゆったりと歩いてくる。うつぶせになったマーサのなきがらには目もくれない。視線をぴたりとストームにすえている。「やっと、わたしと決闘《けっとう》する覚悟《かくご》を決めたようね。このまま一生逃《に》げつづけるかと思っていたわ」

水辺に並んだ犬たちが、しん、と静かになった。

ストームが鼻づらにしわを寄せる。「このときをずっと待ってた。借りを返してやる。あんたが殺したきょうだいと、マーサと、あたしのお母さんと、あんたが虫けらみたいに殺してきたたくさんの犬たちのために」

ブレードが、凍《こお》った川に足を踏《ふ》みいれる。その足の下で、ぎい、と氷がきしんだ。ラッキーは、はっと耳をたおした。氷は、ブレードの重みに耐《た》えられるだろうか。だが、思っていたよりも氷は厚かったらしい――ブレードがじわじわとストームに近づくあいだも、氷が割れる気配はない。やがて、二匹《ひき》のフィアースドッグは、正面からにらみあった。

最初に動いたのはブレードだった。ストームに突進《とっしん》し、思いきり体当たりする。二匹《ひき》は氷の上ですべり、倒《たお》れこみ、すさまじい激しさでもみ合った。岸辺の犬たちが、吠《ほ》えたりうなったりしながら、ストームやブレードに声援を送りはじめる。

ラッキーは、雪を強く踏《ふ》みしめて立ち、体を緊張《きんちょう》でこわばらせていた。空は灰色にくもり、吹雪《ふぶき》の勢いはおさまる気配もない。なにが起こっているのか、はっきりとはみえなかった。ブレードは氷の上にストームを押《お》さえつけて、顔に食らいつこうとしているようだ。だがストームは、力ずくで身を振《ふ》りほどくと、氷の上で足をすべらせながら、片方の前足でブレードのしろ足を払《はら》った。敵のアルファが、どさっと鈍《にぶ》い音を立てて倒《たお》れこむ。

ラッキーは、はっと耳を立てた。みなれた灰色の影《かげ》がひとつ、雪の中をこっそりとはいながら、岩山のほうへ移動していく。あれは、〈野生の群れ〉の元アルファだ。なにをたくらんでいるのだろう。

ラッキーがみていると、オオカミ犬は雪だまりをかき分けて岩山にのぼり、岩伝いに川の下流へ向かいはじめた。ストームとブレードに近づこうとしている。

ほかの犬たちは、決闘《けっとう》に気を取られて、オオカミ犬の不審《ふしん》な動きに気づいていない。吹雪《ふぶき》にはばまれて、オオカミ犬の姿はうまく隠《かく》れている。だがラッキーには、灰色の影《かげ》がたしかにみえていた。オオカミ犬は、体を低くしたまま、自分のアルファとストームにじわじわ近づいていく。

ストームがぐいっと頭を引き、ブレードのとがった耳の片方を力まかせに食いちぎった。ブレードが苦しげに遠吠《とおぼ》えをし、ストームに頭突《ずつ》きを食らわせる。氷の上に倒《たお》れこんだストームは、くるくる回転しながら岩山のほうへすべっていった。

その瞬間《しゅんかん》、オオカミ犬が岩山の上からとびおり、ストームの背中に襲《おそ》いかかった。首をひねり、ストームののどに食らいつこうとする。

時間が止まったような気がした。ラッキーは、なすすべもなく川岸からストームをみつめていた。ブレードはうしろ足で立ち、ストームはオオカミ犬に組みふせられたままもがいている。一瞬《いっしゅん》、すべての犬が動きを止めた。雪が空中で静止したかのようだった。雪片の一枚一枚が、宙に浮《う》いたまま、ガラスのようにかがやいている。ラッキーは恐怖《きょうふ》に飲みこまれそうだった。こんなことが起こっていいはずない！　ブレードとストームの最後の決闘《けっとう》が、思ってもいなかった形で終わろうとしている――卑怯者《ひきょうもの》のオオカミ犬のせいで。このままでは、マーサとスプラッシュの死がむだになってしまう。

ブレードが、〈アルファの乱〉に勝ってしまう。

ふいに、真っ白な雪景色が明るく照らしだされた。水平線のむこうへ沈《しず》みかけた〈太陽の犬〉が、最後の光を投げかけ、森の木々のりんかくをくっきりと浮《う》かびあがらせたのだ。〈森の犬〉がそばにいる——〈精霊《せいれい》たち〉は、ラッキーたちを見捨てたわけではなかったのだ。その瞬間《しゅんかん》、ラッキーは、ずっと探していた答えにたどりついた。自分がするべきことがわかった。

これが、ぼくの使命だ。

止まっていた時間が流れはじめた。ふたたび、水辺に並んだ犬たちの吠《ほ》え声が響《ひび》き、雪が降りはじめる。オオカミ犬の牙《きば》が、いまにもストームの急所をとらえそうだ。ラッキーはためらうことなく川岸をとびこえると、氷の上をすべっていった。そのまま、あらんかぎりの力をこめて、かつてのアルファに体当たりする。ストームの背におおいかぶさっていたオオカミ犬は、氷の上に転がった。これで〈アルファの乱〉は、公平な戦いになる——卑怯者《ひきょうもの》なんかにじゃまはさせない。

オオカミ犬はすぐに立ちあがり、怒《いか》りに口をゆがめてどなった。「街の犬！　またおまえか？」そういうなり、ラッキーの傷を負ったほうの足めがけて突進《とっしん》してきた。ラッキーも負けじと前にとびだす。こんなに激しく戦ったのは、生まれてはじめてだった。夢中で牙《きば》を鳴らし、オオカミ犬の体にかみつく。あごにぐっと力をこめ、反撃《はんげき》される前にとびすさった。また前にとびだし、身をかわし、相手の動きを封じようと全力を尽《つ》くす。

オオカミ犬は目をぎらつかせた。「おまえなど相手にならん。勝つのはわたしだ。そしておまえは氷の上で息絶える。なつかしい街やニンゲンの残りものや、こざかしい悪知恵《わるぢえ》から遠く離《はな》れたこの地でな」

ラッキーの胸の中で怒《いか》りが燃えあがった。悪知恵《わるぢえ》だって？　悪知恵《わるぢえ》が好きなら、くれてやる！　オオカミ犬が自分のほうへとびかかってきた瞬間《しゅんかん》、ラッキーはひと声叫《さけ》んで横向きに倒《たお》れこんだ。きゅうきゅう鳴きながら体をちぢめ、いかにもオオカミ犬を怖《こわ》がっているような仕草をする。〈野生の群れ〉から、絶望したようなどよめきがあがった。

ひときわ大きいのはミッキーの声だった。「ラッキーから離《はな》れろ！　こんなやり方、汚《きたな》いぞ！」

「こいつには、戦う資格すらない」オオカミ犬は、あざけるような声でいった。

相手が警戒《けいかい》を解いた瞬間《しゅんかん》、ラッキーはすかさずはね起きて、あらんかぎりの力でわき腹に食らいついた。「あんまりみくびるなよ」ラッキーは口をはなしてうなると、もう一度、かみついた。

オオカミ犬は驚《おどろ》きと痛みで悲鳴をあげた。身を振《ふ》りほどこうとしたはずみに足をすべらせ、どさっと倒《たお》れこんで、氷に頭を打ちつける。

ふたたび立ちあがろうとしたが、足がむなしく氷を引っかくばかりだ。ラッキーは、ちぢみあがったオオカミ犬の上に立ちはだかった。「助けてくれ」かつてのアルファは、声を震《ふる》わせながら命乞《いのちご》いをした。「フィアースドッグの群れに入ったのが、そもそものまちがいだった。頼《たの》むから、殺さないでくれ！」

川辺に並んだ犬たちが激しく吠《ほ》えたてている。ほとんどはききとれなかったが、ベラの声だけがラッキーの耳にとびこんできた。「そいつを信じちゃだめ！」

ラッキーはためらった。この裏切り者に情けをかけてやる必要はない。それでも、氷の上に倒《たお》れこんだオオカミ犬は、みるからにあわれにみえた。ラッキーは、怒《いか》りが引いていくのを感じた。ぶるっと体を振《ふ》って気持ちを切りかえると、きびしい声できっぱりと告げた。「さっさといけ。二度と姿をみせるなよ。ここにも、ぼくたちの野営地にも、森にも、〈果てしない湖〉の岸辺にも。永遠に失《う》せると約束するなら、命は助けてやる」

「ああ、約束する！」群れの元アルファは、必死の形相《ぎょうそう》でいった。「二度ともどってこない」

オオカミ犬はあわてて立ちあがり、くるりとうしろを向いてその場を離《はな》れはじめた。ラッキーはほっとため息をつくと、ストームたちのことを思いだして振《ふ》りかえった。二匹《ひき》の決闘《けっとう》はまだ続いていた。激しい吹雪《ふぶき》のむこうに、もみあう二匹《ひき》の黒い影《かげ》と、氷の上にとびちった鮮《あざ》やかな血がみえる。

その瞬間《しゅんかん》、ラッキーの肩《かた》を激しい痛みがつらぬいた。あえぎながら振《ふ》りかえる――みると、オオカミ犬が、肩《かた》に深々と牙《きば》を立てていた。ラッキーは力まかせに身を振《ふ》りほどきながら、敵の体を乱暴に投げとばした。

元アルファの体が氷の上に転がった瞬間《しゅんかん》、ぼきっという不吉《ふきつ》な音がした。首が奇妙《きみょう》な角度に曲がっている。大きな体はぴくりとも動かない。ラッキーは一瞬《いっしゅん》ためらい――また芝居《しばい》かもしれない――、そろそろとオオカミ犬に近づいてにおいをかいだ。みると、氷に落ちたときの衝撃《しょうげき》で首の骨が折れている……〈野生の群れ〉の元アルファは息絶えていた。

ラッキーは後ずさった。アルフィーが殺されたときの記憶《きおく》がよみがえる。このオオカミ犬は、あの小さな犬の命を、なんのためらいもみせずに奪《うば》った。その犬がいま、氷の上で血を流しながら横たわっている。アルフィーが夢の中でいっていたのは、このことだろうか。アルフィーの死が、オオカミ犬を死に追いやったのだろうか。アルフィーが殺されたからこそ、ラッキーはオオカミ犬に反感を抱《いだ》くようになった。あの瞬間《しゅんかん》から、二匹《ひき》は幾度となく対立するようになった――その長い戦いが、いま終わったのだ。

ラッキーは、重い足でゆっくりと氷の上をわたっていった。くたくたに疲《つか》れた体をなんとか引きずり、やっとのことで、氷から岸の雪の上に倒《たお》れこむ。ぜえぜえ荒《あら》い息をつきながら、争うフィアースドッグたちをながめた。ストームを助けにいきたい。だが、たとえその気力があったとしても、これは、あの二匹《ひき》が一対一でけりをつけるべき争いなのだ。そのとき、だれかが自分のわき腹の傷をなめてくれているのに気づいた。

ベラが、心配そうにラッキーの顔をのぞきこんでくる。「ヤップ、だいじょうぶ？」そういうと、もう一度傷に口を寄せ、注意深くなめはじめた。

「ありがとう、スクイーク」ラッキーも、ベラの子ども時代の名前を呼んで礼をいった。視界がゆがみ、頭ががんがん痛む。頭の中でウサギが暴れまわっているようだ。それでも、ブレードとストームからは決して目をはなさなかった。戦いのゆくえはどうなるのだろう。

「〈大地の犬〉の命があぶないのよ！」ブレードがわめいている。

ストームは、ひるむようすもみせずに敵をにらみ返した。牙《きば》が血に染まっている。「そんなのウソ！〈大地の犬〉は関係ない！〈精霊《せいれい》たち〉とつながってるとか、お告げをきいたとかいってるけど、あんたは預言者でもなんでもない――ただの頭のおかしい暴君よ！」ストームは、怒《おこ》ったジャイアントファーのように、うしろ足で立ちあがった。「あたしこそは、〈大地の犬〉と〈川の犬〉の娘。〈大地の犬〉はもう、これ以上血をみることなんて望んでない。もう、うんざりなの――あたしたちみんな、もううんざり！」そう叫《さけ》ぶなり、ストームは、両方の前足を激しく氷に振《ふ》りおろした。

ビシッという音が宙を切りさいた。岸辺で吠《ほ》えたてていた犬たちがいっせいに口をつぐむ。川に張った氷に大きなひびが入ったのだ。氷はつぎの瞬間《しゅんかん》、割れたガラスのように粉々に砕《くだ》けた。にらみあっていた二匹《ひき》のフィアースドッグが、大きなしぶきをあげて、冷たい川の中に沈《しず》んでいく。

ラッキーは急いでストームたちのそばへ駆《か》けよった。ベラもついてくる。まわりでは、犬たちが悲鳴のような声で吠《ほ》えていた。川の中をのぞきこむと、凍《い》てつくような水の中でもみあう、ふたつの黒い影《かげ》がみえた。ラッキーは息をつめた。頭の痛みはどんどん激しくなる。影《かげ》の片方が、水底に沈《しず》んでいった。黒っぽい血が、水煙《みずけむり》のように立ちのぼってくる。もう片方は、水面に向かって浮《う》かびはじめた――だが、どっちだろう？　目を血走らせたどう猛《もう》なブレードだろうか。ラッキーは、恐怖《きょうふ》で息ができなかった。

浮《う》かんできた方が、水の割れ目からざばっと顔を出し、水を吐《は》きながらあえいだ。ストームだ。ラッキーは、張りつめていた緊張《きんちょう》の糸が切れて、気を失いそうになった。ストームは、水面に浮《う》いた大きな氷のかけらにつかまっている。ラッキーがそこへ駆《か》けよろうとしたとき、背後から遠吠《とおぼ》えがきこえた。ぱっと振《ふ》りむくと、声の主はダガーだった。ダガーは、子犬のように震《ふる》えながら、じりじりと後ずさっている。決闘《けっとう》をみまもっていたほかのフィアースドッグたちも、恐怖《きょうふ》に打たれたように凍《こお》りついていた。

「ブレードが負けた！」ダガーはあえぎながらいった。「偉大《いだい》なアルファが死んでしまった！」

絶望した吠《ほ》え声がつぎつぎにあがる。「ブレードが負けた！　ブレードが死んだ！」

ダガーはぶるっと体をひと振《ふ》りすると、震《ふる》える声で群れに告げた。「フィアースドッグたち、いくぞ！　ここに残っても意味がない」くるりと川に背を向け、大またで歩きはじめる。フィアースドッグは整然と列を作り、ダガーに従って森の中へと入っていった。メースだけは、その場から動こうとしない。がっしりした群れの二番手は、首に深い傷を負っていた。その体がぐらりとゆれ、ばったり横向きに倒《たお》れた。うつろな目はぼんやりと宙をみている。すでに息絶えていた。

ラッキーは、急いで川を振《ふ》りかえった。ストームは、川岸へと続く氷の上にはいあがっている。ラッキーはほっと息をつき、もう一度、退散していくフィアースドッグに視線をもどした。

「待ってくれ！」聞き覚えのある声がした。

木陰《こかげ》からこそこそ出てきたホワインに気づいて、ラッキーは吐《は》き気《け》がこみあげてきた。あの臆病者《おくびょうもの》は、戦いのあいだずっとあそこに隠《かく》れていたにちがいない。

ずんぐりした小さな犬は、去っていくフィアースドッグたちに追いすがった。「ダガー！おれも連れていってください。きっと役に立ってみせます！」

降りつづける雪のむこうで、ダガーがぴたりと足を止めた。だが、正面を向いたまま、振《ふ》りかえろうとはしない。「見下げはてたやつだ。あと一歩でも近づいてみろ。おまえのほんとうの価値を思い知らせてやる」そう吐《は》きすてると、ダガーは群れを率いて、〈太陽の犬〉が赤く染める地平線へ向かっていった。

ホワインは立ちつくしたまま、ちらちらとあたりのようすをうかがっていた。

スイートはホワインにつめよると、憎《にく》らしそうに牙《きば》をむき出して吠《ほ》えた。「さっさと消えてちょうだい！　ここに裏切り者の居場所はないわ」

サンシャインが、隠《かく》れていた岩の陰《かげ》から走りだしてきた。スイートのそばに駆《か》けより、きゃんきゃん吠《ほ》える。それでもホワインは、ぐずぐずとその場に居残っている。

「アルファのいうこときいてたでしょ？　はやく消えてよ！」サンシャインは、小さな牙《きば》をむき出して、ホワインに襲《おそ》いかかるような素振《そぶ》りをみせた。とうとうホワインは悲鳴をあげ、太く短い足を必死に動かしながら、川の上流のほうへ逃《に》げていった。サンシャインが満足そうにしっぽを振《ふ》る。

ラッキーは、首をかしげてその姿をみおくった。ホワインをあわれむ気にはなれなかった。あの犬は、〈野生の群れ〉を裏切った……こうなったのは自業自得だ。

ピシッというい やな音がして、ラッキーは振《ふ》りかえった。思わず小さな悲鳴がもれる。岸にはい上がろうとしていたストームの足元で、氷にひびが入ったのだ。とっくに岸に上がったのだとばかり思っていた。ラッキーはぞっとした――どうして、助けにいかなかったんだ！

とほうに暮れてみまもっているあいだにも、ストームをのせた氷には、細かいひびが走っていく。ストームは必死で踏《ふ》みとどまろうとしていたが、ふたたび、しぶきをあげながら水に落ちた。ラッキーはぼう然と立ちつくしていた。こんな終わり方は、あんまりだ！

ラッキーは、雪をけって水辺に駆《か》けよった。足を踏《ふ》んばって首を伸ばし、暴れるストームの首をくわえる。だが、疲《つか》れきったラッキーには、子犬を引っぱりあげるだけの力が残っていなかった。口のあいだからストームの体がずるずるとすべり落ち、水の中へ沈《しず》んでいく。

「ストームが……」ラッキーはきゅうきゅう鳴いた。前足が疲労《ひろう》でうずき、頭がずきずき痛んで、うしろで騒《さわ》いでいる仲間たちの声もほとんどきこえない。かすんだ視界のはしに、スイートとレイク、ウィスパーとムーンがとびこんできた。仲間たちが水辺に駆《か》けよってくる。ベラもラッキーのそばを離《はな》れて、スイートたちの群れに加わった。そのとき、とぶように走ってきたアロウが、黒い顔を勢いよく水につけた。

ラッキーは、祈《いの》るような気持ちで仲間たちをみまもっていた。〈囚《とら》われの犬〉も、〈野生の犬〉も、トウィッチたちの群れも、フィアースドッグさえも、みんながいっしょになって、小さなストームを助けようとしている。ストームを水からすくい上げようとして、力を合わせている。

ラッキーは、自分がどんなに仲間を信頼《しんらい》しているか気づいた。みんながいるなら、ストームは、きっとだいじょうぶだ。

前足のうずきが、とうとう全身に広がりはじめた。ラッキーは目をつぶり、頭の中に、雪におおわれた景色を思いうかべた。あのとき――自分の使命はストームをオオカミ犬から守ることだと気づいたとき――一瞬《いっしゅん》だけみえた光景。そう、あれは、まばゆいばかりの光に照らされた、〈森の犬〉の姿だった。

23
めぐる季節

ラッキーは、重い体を引きずるようにして、崖《がけ》をのぼっていった。背後では、〈果てしない湖〉がため息のような音を立てながら砂地に打ちよせている。雪はようやくやんでいた。だが、あたりには、白い毛皮のように積もった雪が厚く残っている。砂地も、ニンゲンの建物も、崖《がけ》の上も、雪で白く染まっていた。空気は澄《す》んで、刺《さ》すように冷たい。

スイートがうしろに下がり、遅《おく》れていたラッキーと並んだ。鼻を耳にすり寄せる。

「ベータ、だいじょうぶ？」

ラッキーは、しっぽをそっと振《ふ》って、連れ合いにあいさつを返した。

「少し眠《ねむ》れば元気になるよ」

スイートの群れは、冷たい崖《がけ》をゆっくりとのぼって、野営地に帰ろうとしていた。トウィッチの群れもいっしょだ。どの犬もくたびれ果てていたが、勝利のよろこびに顔をかがやかせていた。ラッキーはストームのようすをたしかめた。子犬は、全身についたかみ傷をものともせず、頭をまっすぐにあげて力強く歩いている。

ラッキーは空をみあげた。〈月の犬〉は厚い雲のむこうに隠《かく》れているが、それでも、やわらかい光が空を銀色に照らしていた。ラッキーたちは、勝ったのだ。〈アルファの乱〉に勝った。オオカミ犬は死に、ブレードは〈川の犬〉に連れさられた。フィアースドッグたちは、おびえた子犬のように逃《に》げていった。ブレードの予言はまちがっていた――ストームのことも、三度目の〈大地のうなり〉のことも。

崖《がけ》をのぼりきったラッキーは、雪におおわれた地面を踏《ふ》みしめて立ち、野営地をながめわたした。足の裏から、冷たい雪をとおして、ゆるぎない〈大地の犬〉の存在感が伝わってくる。〈精霊《せいれい》たち〉はおだやかに眠《ねむ》っているようだ。〈氷の風〉の季節がすぎて〈新たな緑〉の季節がくれば、大地はまた、草花におおわれるだろう。木々は新芽と花をつけ、そのなかで小鳥たちが歌うようになるだろう。未来を思うと、ラッキーは胸があたたかくなった。幸福な夢をみたときと同じように。

犬たちは野営地の一番奥へいくと、低く張りだした枝の下で体を寄せあい、温めあった。スイートは敬意をこめて頭を低くすると、トウィッチに向かって話しはじめた。「わたしたちはみんな、あなたの群れが助けてくれたことに心から感謝しているの」ラッキーたちも、そのとおりだ、と小さくささやきかわした。「みんな、気高くて誠実な犬たちばかりだわ。スプラッシュのことは、ほんとうに残念だった」スイートはそういうと、チェイスのほうをみた。小さなチェイスは、片方のまぶたが開かないほどに腫《は》れあがっている。あの目が、もう一度みえるようになる日はくるのだろうか。

スイートはため息をついて続けた。「ひどいケガを負った犬もいるわね。ほんとうに尊い犠《ぎ》牲《せい》を払《はら》ってくれたと思う。わたしたちのためだけではなく、野生に生きるすべての犬たちの自由のために」

トウィッチが頭を下げて答えた。「きみたちと戦えて光栄だったよ。スイート、きみはすばらしいリーダーだ。おれの群れも、きみの戦いぶりにすごく勇気づけられた。おれのベータと、そしてマーサの死は、残念だった。二匹《ひき》とも、最後まで勇ましく戦ってくれた」

ストームが悲しげに鳴き、ラッキーに体を押《お》しつけてきた。ラッキーは子犬をなぐさめようと、とがった耳をなめた。マーサのことを考えると、さびしさで胸が押《お》しつぶされそうになる。いまごろ、〈川の犬〉のもとで眠《ねむ》っているのだろうか。ラッキーは、〈大地のうなり〉が起こった直後のマーサのことを思いだしていた。街を離《はな》れたころのマーサは、自分の居場所をみつけたい、という静かな決意を胸に秘めていた。はじめのうちこそ、生真面目で目立たない犬だった。だが、はじめて川をみた瞬間《しゅんかん》、マーサは生まれかわったようだった。子犬のように目をかがやかせ、大よろこびで川にとびこむと、水かきのついた足で上手に泳いでみせた。水の中にいるとき――〈川の犬〉に抱《いだ》かれているとき――マーサは、いつもしあわせそうだった。

トウィッチが、ふいに伏《ふ》せの姿勢になった。「ずっと考えてた。おれの群れとスイートの群れは、すごく相性がいいと思う――きっといいチームになれる。いいや、いい仲間になれると思うんだ」

集まった犬たちのあいだから、賛成するような声があがった。

トウィッチは、緊張《きんちょう》した顔つきで続けた。「これっきりで別れて森に帰る気にはなれないんだ」顔をあげ、優《やさ》しい茶色の目でスイートをみる。「どうだろう、おれたちを仲間に入れてくれないか？　もちろん、群れのアルファはきみだ。おれたちはきみに忠誠を誓《ちか》うし、きみの指示や命令にはかならず従う」

ラッキーは歓声《かんせい》をあげた。それまで、うやうやしく頭を下げていたスイートは、ぱっと体を起こした。「もちろんよ。仲間になってくれたらうれしいわ」そういうと、大きくしっぽを振《ふ》った。

トウィッチはすばやく地面に転がり、服従のしるしにあおむけになって、おなかをみせた。スイートが前に踏《ふ》みだし、承認のしるしに、片方の前足でそっとトウィッチの胸にふれる。すぐに何歩かうしろに下がると、トウィッチは体を起こした。

トウィッチは三本の足でしっかりと大地を踏《ふ》みしめ、首を振《ふ》りあげた。「アルファ、ありがとう」トウィッチの群れの犬たちは、よろこびの遠吠《とおぼ》えをあげはじめた。ラッキーたちもつぎつぎと仲間に加わる。

犬たちが静かになると、スイートはアロウに向きなおった。「もちろん、あなたもここに残ってちょうだい。ブレードの妄想《もうそう》にも巻きこまれないで、ほんとうに立派だったわ。わたしの群れにいれば、きっとしあわせに暮らせるはずよ」

アロウは急いで伏《ふ》せの姿勢になると、感謝をこめて頭を下げ、真剣《しんけん》な声でいった。「感謝します、アルファ。あなたのいうことにはなにがあっても従い、ぼくのすべてをささげて忠誠を誓《ちか》います。ベータ、あなたにも忠誠を誓《ちか》います」

ラッキーは、若いフィアースドッグにうなずいてみせた。〈天空の犬〉よ、感謝します。アロウを信じたぼくたちの判断は、まちがっていませんでした。

ベラが、黄金色の毛におおわれた前足を伸ばし、じゃれつくようにアロウの耳を軽くたたいた。「そんなにピリピリしなくていいのよ。スイートはブレードみたいないばり屋じゃないし、ラッキーだってメースとかダガーとは大ちがいなんだから」ベラは、しっぽを元気よく振《ふ》って続けた。「スイートは最高のアルファだし、ラッキーみたいに優《やさ》しい犬はめったにいないの。ほんとよ」

ラッキーは、自分の連れ合いときょうだいがうなずき合うのをみて、誇《ほこ》らしい気持ちでいっぱいになった。ベラにも負けないくらい、しっぽが大きくゆれる。

そのとき、ミッキーがひと声吠《ほ》えてとびあがった。「獲物《えもの》だ！　においがしたぞ！」そういうなり、自分の立っていた地面を勢いよく掘《ほ》りはじめた。ほかの犬たちも、ミッキーのまわりでにおいをかぎはじめる。

「ほんとうだ！」ブルーノが吠《ほ》え、穴を掘《ほ》るミッキーに加勢しはじめた。

スナップがいそいそと二匹《ひき》に駆《か》けより、小さな体で穴の中にもぐりこむ。少しすると、穴から顔を出して叫《さけ》んだ。「ここ、ウサギの巣穴よ！」

ウサギのおいしそうなにおいがただよってきて、ラッキーは舌なめずりをした。だが、穴掘《ほ》りに加わる気力は残っていない。元気よく狩《か》りをはじめた仲間たちのようすを、少し離《はな》れたところからみまもった。

ムーンとレイクとベラは、木々のあいだを走っていって、巣穴のもう一方の出口を探しはじめた。スナップは猛然《もうぜん》と前足を動かして、小柄《こがら》な体でどんどん穴を掘《ほ》りすすめていく。だれかの歓声《かんせい》が響《ひび》いたのと同時に、木々のあいだに隠《かく》れていた巣穴の出口から、三匹《びき》の太ったウサギがとびだしてきた。犬たちに囲まれているのに気づいたウサギは、必死で逃《に》げまどった。ミッキーとブルーノがそれぞれ一匹《ぴき》ずつつかまえ、首の骨をすばやく折ってとどめを刺《さ》す。さらに四匹《ひき》のウサギが雪の上にとびだしてきて、待ちかまえていたベラとレイクとムーンが、すばやく獲物《えもの》にとびついた。ムーンは、仕留めかけた一匹《ぴき》に逃《に》げられ、腹立たしそうに鼻息を荒《あら》げた。新たに巣穴から出てきた一匹《ぴき》も、雪の上をすばやく走っていった。それでも、ベラとレイクは一匹《ぴき》ずつつかまえ、まだあたたかいウサギの体を、獲物《えもの》の山の上に加えた。

「〈大地の犬〉からの贈《おく》り物《もの》ね」スイートがいった。「わたしたちの勝利を祝福して、ここをすみかにしていいと伝えてくれているのよ。このまま、〈果てしない湖〉をながめながら、この地で暮らしましょう」

犬たちはしっぽを振《ふ》り、いっせいに賛成の声をあげた。

ラッキーは、おいしそうなウサギを前にして、おなかをぐうぐう鳴らした。太ったウサギが四匹《ひき》もいる。〈氷の風〉の季節には、めったにお目にかかれないごちそうだ。犬たちは、待ちかねたようにスイートをみた。最初に獲物《えもの》を食べるのは、もちろん群れのアルファだ。

ところがスイートは、ウサギを二匹《ひき》、トウィッチとブルーノとデイジーのほうへ押《お》しやった。

「今日はみんな、一生けんめい戦ったわ。規律にこだわりたくないの――こんなときくらいはね。今夜だけは、みんなでいっしょに食べましょう」

ラッキーは、連れ合いの言葉をきいて、息をはずませた。スイートの賢《かしこ》い判断が誇《ほこ》らしかった――オオカミ犬とは大ちがいだ。群れの元アルファのことを考えると、反射的に体がこわばってしまう。ラッキーは、深呼吸をした。だれかのことを憎《にく》みつづけたって、なんの意味もない。あの裏切り者は、もういないのだ。いまごろ〈精霊《せいれい》たち〉にこらしめられているにちがいない――いなくなった犬のことを、自分がいつまでも気に病む必要はないのだ。

犬たちは夢中でウサギにかぶりついた。しばらく、あたりには、骨を砕《くだ》く音や、満足そうなうなり声だけがきこえていた。

ビートルが、ピンク色の舌で黒い鼻づらをなめた。「戦ってるストーム、すごかったよな」おさえた声できょうだいに話している。「なんか、〈精霊《せいれい》たち〉の一員みたいだった！」

ソーンも目を丸くして答えている。「そうそう、〈大地の犬〉と〈川の犬〉の力をかりて、ブレードを殺したみたいだったわ」

ラッキーは、ちらっとストームをみやった。フィアースドッグの子犬にも、二匹《ひき》の話し声がきこえていたらしい。気まずそうにそわそわ動き、ラッキーと目を合わせようとしない。

みんなとちがう犬だと思われて、居心地が悪いにちがいない。群れの犬たちはしょっちゅう忘れてしまうが、ストームはビートルやソーンとたいして年が変わらない。どんなに勇敢《ゆうかん》でたくましくても、ストームは、まだほんの子犬なのだ。

ラッキーは、ストームの耳元でささやいた。「みんなのいうことなんか気にするな。ぼくはちゃんとわかってる――きみは、自分の力と強い意志で、ブレードを倒《たお》したんだ」

しょんぼり耳を垂れていたストームは、それをきくと小さくしっぽを振《ふ》った。

ラッキーは考えこみながら、爪《つめ》のあいだにはさまった獲物《えもの》の肉をかみ取った。ストームをはげましたかったのは、ほんとうだ。だが内心では、ラッキーもビートルたちと同じことを考えていた。氷の上でブレードに立ちむかっていたとき、ストームは自信にあふれていた――ほんとうに、〈精霊《せいれい》たち〉が味方についていたみたいだった。

だが、ストームがこの群れにふさわしくないと声を上げる者は、二度と現れないだろう。ストームほど、この群れにふさわしい犬はいないのだ。何度もくりかえし、勇気と忠誠心を証明してきた。ストームほど強い犬は、めったにいない。まだ、ほんの子どもだというのに。いつかそう遠くない日に、ストームをアルファと呼ぶようになるのかもしれない。

そのとき、雲間から〈月の犬〉が顔をのぞかせた。丸く満ちて、夜空を明るく照らしている。スイートの号令で、群れの犬たちは、小高い丘《おか》の上に集まった。ここにも、雪が厚く積もっている。犬たちは丘《おか》の上に立つと、〈グレイトハウル〉をはじめた。ラッキーは、仲間たちの顔をみまわした。むかしからの仲間もいれば、新しい仲間もいる。ベラ、ミッキー、ストーム、トウィッチ、サンシャイン、ウィスパー、ほかにもたくさんいる。

胸があたたかくなり、ふわりと体が軽くなる。群れのみんなと築いてきた、強いきずなのことを思った。生きのびるために必死で戦ってきたこと。力を合わせて、フィアースドッグたちに打ちかったこと。

〈グレイトハウル〉が高まるにつれ、群れのみんなの姿がうすれはじめた。雪をかぶった草地に、白くぼんやりとした霧《きり》のようなものが立ちこめる。その霧《きり》の中に、四匹《ひき》の〈精霊《せいれい》たち〉が現れた――〈天空の犬《スカイ》〉、〈森の犬《フォレスト》〉、〈川の犬《リバー》〉、そして〈大地の犬《アース》〉。〈精霊《せいれい》たち〉は、静かにラッキーたちをみまもっている。となりには、四匹《ひき》の子犬たちがいた。いつか夢でみた、ラッキーの子どもたちだ。ラッキーは、はっと息をのんだ。濃《こ》い茶色の子犬が、ふと顔をあげ、まっすぐにみつめてきたのだ。つぎの瞬間《しゅんかん》、子犬たちの姿は、ふっと消えた。

ラッキーは、ゆっくりと息を吐《は》いた。じわりと体があたたかくなり、〈グレイトハウル〉をするたびに感じる、幸福な気持ちが体を包みこんでいく。やがて〈精霊《せいれい》たち〉は、雪の上でゆったりとはねながら、遠くにみえる青々とした森の中へ駆《か》けていった。べつの群れが、そのあとを追っていく。そこには、ラッキーのよく知る犬たちの姿があった。アルフィー、マルチ、スプリング、スプラッシュ。うしろのほうで堂々と歩いているのはフィアリーだ。その横を、ふわふわした小さな子犬がついていく——あれは、フィアリーとムーンの子どものファズだ。マーサも現れた。たくましい体で長い草をかき分けながら、すべてから解放されたように軽々と走っている。そのまま犬たちを追っていくようにみえたが、ふと、だれかを待っているような顔で足を止めた。みると、黒と褐色《かっしょく》の子犬が、雪の上をよちよち歩いてくる。子犬は短い足でけんめいに歩きつづけ、とうとう、森へ続く草地にたどりついた。マーサに追いついた子犬は、夢中でしっぽを振《ふ》った。丸々とした体が左右に大きくゆれている。

それはウィグルだった。

マーサが、愛《いと》おしそうに小さなウィグルをなめる。それから二匹《ひき》は、先をいくアルフィーやフィアリー、ファズやマルチ、スプリングやスプラッシュのあとを追っていった。なつかしい仲間たちが、〈精霊《せいれい》たち〉とともに走っていく。〈氷の風〉が厚く積もらせた雪には背を向けて、日の光が射すほうへと歩いていく。

ふいに、〈グレイトハウル〉が終わった。

「あれをみてくれ！」トウィッチが吠《ほ》えた。「〈果てしない湖〉に——光が射してるぞ！」

ラッキーたちは雪の上を走って、崖《がけ》のふちへ近づいた。崖崩《がけくず》れが起こったあたりからは、用心深く距離《きょり》を取る。トウィッチのいったとおりだった。ひとすじの光が湖の水面をすべってきて、群れの野営地をまばゆく照らしだした。

「なんだろう？」ウィスパーが、そっとささやいた。

ムーンが口を開いた。青い目が、光を浴びていっそう鮮《あざ》やかにみえる。「〈精霊《せいれい》たち〉からのメッセージじゃないかしら」

ラッキーは、その光に見覚えがあった。湖の上にのびる道でフィアースドッグたちと戦ったときにも、これとおなじ光をみたのだ。「湖のほとりに、〝灯台《とうだい》〟とかいう建物があった——あの光が、ここまで伸びてきてるんだと思う」ラッキーは、灯台《とうだい》の姿を思いかえした。ほかの建物から離《はな》れて、水辺でぽつんとたたずんでいた。

「じゃあ、ニンゲンたちがもどってきてるってこと？」ベラがたずねた。

ストームが耳をぴくっと立てる。「ううん、ニンゲンじゃない。マーサよ。あたしたちをみまもってくれてるの。だって、ちゃんと約束してくれたもん」

きっと、ベラの言葉もストームの言葉も、両方正しいのだろう。〈大地の犬〉が落ちついたのなら、ニンゲンたちがもどってきてもおかしくはない。だが、なにがあっても、この群れはきっとだいじょうぶだ――ぼくたちなら、だいじょうぶだ。ラッキーは、湖の上をすべっていく光を目で追った。この先なにがあろうと、マーサがみまもってくれる。そう約束してくれたのだから。

灯台《とうだい》の光が消えたあとも、崖《がけ》の上は明るかった。澄《す》んだ夜空に、〈月の犬〉が静かに浮《う》かんでいる。ラッキーは、まわりに集まった仲間のぬくもりを感じていた。ストームの耳をなめ、となりに寄りそっているスイートのほうを向く。自分たちの子どもたちの姿をみたことを、スイートにも話したほうがいいのだろうか。はやく、あの子たちに会いたかった。

ラッキーはスイートに鼻をすり寄せたが、声は出さなかった。今夜はもう、話をする時間は終わったような気がした。じきに〈太陽の犬〉が顔を出して、新しい一日がはじまるだろう。

きっと、いまこの瞬間《しゅんかん》も、深い雪に隠《かく》れた土の下では、植物の芽がはやく顔を出したくてうずうずしているのだろう。いまは枯《か》れてしまっているようにみえる木々も、寒さがゆるみはじめるころにはまた、新しい芽をいっぱいにつけるのだろう。ふいにラッキーは気づいた――きっと、〈新たな緑〉の季節が訪れるころ、あの子犬たちにも会えるのだ。

ベラがラッキーをみて、うれしそうにまばたきした。ラッキーもめくばせを返す。崖《がけ》の下から、寄せては返す波の音がきこえてくる。〈孤独《こどく》の犬〉だった時代は、はるか遠いむかしのことのようだ。あれは、〈大地のうなり〉がニンゲンたちを遠くへ追いやり、世界を一変させる前のことだった。いつの日か、ニンゲンたちはもどってくる。また、いろいろなことが変わるだろう。だが、いまのところは、〈野生の群れ〉をじゃまするものはいない。ラッキーたちは、自由に狩《か》りをし、自由に眠《ねむ》る。自分たちの決めた道を歩んで、自由に生きる。

ラッキーは目を閉じ、仲間のぬくもりに身をひたした。眠《ねむ》りはじめた犬たちの、おだやかな寝息や、軽いいびきの音がきこえる。いま、ラッキーには、居場所があった。仲間たちは、ゆったりとくつろいでいた。

ほかには、なにもいらなかった。

訳者あとがき

二〇一四年から刊行がはじまった「サバイバーズ」シリーズは、六巻目となった本書で完結しました。本シリーズは、刊行以来何度もニューヨーク・タイムズのベストセラーリストに入り、同じ作者による「ウォーリアーズ」シリーズとおなじく大ヒットしました。作者のエリン・ハンターは、児童書の作家グループが用いているペンネームです。「サバイバーズ」第一巻の原書が刊行された二〇一二年にはふたりだった〝エリン・ハンター・チーム〟は、現在七名にまで増えました。シリーズタイトルの「サバイバーズ」とは、生きぬく者たちという意味です。この言葉のとおり、物語に登場する犬たちは、過酷《かこく》な状況を生きぬくために知恵をはたらかせ、ときには勇気を奮《ふる》いたたせて戦います。

主人公のラッキーは、乱暴な飼い主のもとから逃げだして以来、〈街の犬〉として気ままに暮らしていました。ところがある日、人間によって保健所に入れられてしまいます。まさにそのとき、街を揺るがす〈大地のうなり〉が襲《おそ》ってくるのです。ラッキーは、となりの檻《おり》にいたスイートと共に、危ないところで保健所の外へ逃げだします。すると、街は荒《あ》れはて、人間はひとり残らずいなくなっていました。この日から、ラッキーやスイート、そして、人間たちに飼われていたベラたち〈囚《とら》われの犬〉の運命は、大きく変わっていきます。

いきなり住む場所を失った犬たちは、自分たちの知恵と力だけを頼《たよ》りに生きていくことになります。日々の食糧《しょくりょう》を自力で確保することも、寝る場所を自分で決めることも、世界をつかさどる〈精霊《せいれい》たち〉と呼ばれる不思議な犬たちの存在について学ぶことも、すべてがはじめての経験です。しかし、〈囚《とら》われの犬〉たちがなにより苦しんだのは、人間たちへの愛情を絶ちきって、自然のなかで〈野生の犬〉として成長していく過程でした。いっぽうラッキーは、〈街の犬〉の知恵を活かして、そんな〈囚《とら》われの犬〉たちを率いていきます。それでも、独《ひと》りで生きてきたことを誇《ほこ》りに思うラッキーにとって、ベラやスイートと共に〈野生の群れ〉の一員になるべきなのか、これまでどおり自分の生き方を貫きとおすべきなのかは、すぐに決断できることではありません。たぶん、どちらの道も正解で、そして不正解なのでしょう。ラッキー自身、そのことに心のどこかで気づきつつ、それでも、自分と仲間にとって一番いい答えをみつけようと、答えのない問いに正面から挑《いど》みつづけます。わたしたち人間も、なかなか答えのみつからない問いにぶつかることは、しょっちゅうあります。だからこそ、悩むラッキーの姿に心を打たれるのでしょう。

三巻では、第二の主人公ともいえる重要な犬が登場します。人間によって闘犬《とうけん》として訓練されたフィアースドッグの子犬、ストームです。ラッキーが命を救ったストームには、おとなの犬たちを警戒《けいかい》させるほど高い戦闘《せんとう》能力がありました。ラッキーは、子犬の激しい気性にとまどいながらも、ストームが生まれもった優《やさ》しさや誠実さを信じつづけます。そしてストームは、犬たちが飛びこんでいく最後の戦いで、ラッキーさえ想像していなかった、ある重要な役割を担《にな》うことになるのです。

ラッキーたちは、物語の最後でどんな場所にたどりついたのか。また、最後の戦いに勝つのはだれなのか。そして、ストームを待ちかまえるのはどんな運命なのか。長い旅のすべての答えが、この最終巻で明らかにされています。そして、物語を読みおえたみなさんは——もちろん、まだ途中のみなさんも——、ぜひ一度、表紙の絵をゆっくりながめてみてください。そこには、困難をくぐりぬけてきたサバイバーズの姿があります。

最後になりましたが、一巻目から編集を担当してくださった山岸都芳さん、同じく一巻目から訳者を導き、原文との照らし合わせまでしてくださった編集の市河紀子さん、ダイナミックな装画を書いてくださった平沢下戸さん、ドラマチックな装丁をしてくださった城所潤さんと大谷浩介さん、そして、ラッキーたちの物語に最後までお付き合いくださった読者の皆様に、心から感謝を申しあげます。

二〇一八年七月

井上　里

作者
エリン・ハンター
Erin Hunter
ケイト・ケアリー、チェリス・ボールドリーらによる6人の作家グループ。大自然に深い敬意を払いながら、動物たちの行動をもとに想像豊かな物語を生みだしている。おもな作品に「ウォーリアーズ」シリーズ(小峰書店)、「SEEKERS」シリーズ(未邦訳)などがある。

訳者
井上 里
いのうえ さと
1986年生まれ、早稲田大学第一文学部卒。訳書に『ペーパープレーン』(小峰書店)、『わたしはイザベル』『ガーティのミッション世界一』(岩波書店)、『それでも、読書をやめない理由』『サリンジャーと過ごした日々』(柏書房)などがある。

サバイバーズ 6
アルファの乱

2018年7月26日　第1刷発行

作者　エリン・ハンター
訳者　井上 里
編集協力　市河紀子
発行者　小峰広一郎
発行所　株式会社 小峰書店
〒162-0066 東京都新宿区市谷台町4-15
電話 03-3357-3521
FAX 03-3357-1027
https://www.komineshoten.co.jp/
印刷所　株式会社 三秀舎
製本所　小高製本工業株式会社

NDC 933　339P　19cm　ISBN978-4-338-28806-4

水辺の地図
PALACE
THEATRE
フィアースドッグの野営地
トウィッチの群れの森
毒の川